TRAVERSER LA NUIT

Du même auteur
chez le même éditeur

L'Homme aux lèvres de saphir
Derniers retranchements
Les Cœurs déchiquetés
Après la guerre
Du sable dans la bouche
Prendre les loups pour des chiens
Dans l'ombre du brasier

HERVÉ LE CORRE

TRAVERSER LA NUIT

Collection fondée par François Guérif

RIVAGES/NOIR

Retrouvez l'ensemble des parutions
des Éditions Payot & Rivages sur

payot-rivages.fr

Collection dirigée par Jeanne Guyon
et Valentin Baillehache

Ouvrage publié sous la direction
de François Guérif

1

Immobiles et sombres sous l'éclairage bleuté que la pluie pulvérise sur eux, soufflant de petits nuages de condensation vite dispersés par le vent traînard qui rôde le long des voies du tramway, ils attendent là, une dizaine, transis, emmitouflés, et se tiennent à l'écart de l'homme inanimé gisant sous un banc. Ils affectent de regarder ailleurs, loin, pour apercevoir l'approche d'une rame, ou bien scrutent l'écran de leur téléphone qui leur fait un visage blafard et creux. On est au mois de mars et depuis des jours le crachin fait tout reluire d'éclats malsains, de lueurs embourbées.

À 6 h 22 une femme a appelé le 17 pour signaler qu'un type était allongé par terre sous un banc d'une station de tramway près de la cité des Aubiers, et qu'il était en tee-shirt malgré le froid, et que son tee-shirt était couvert de sang, enfin, elle pensait que c'était du sang, et que l'homme ne bougeait pas, peut-être était-il mort, raison pour laquelle, a-t-elle ajouté, elle préférait prévenir la police.

Bientôt, les yeux se tournent vers les gyrophares de la voiture de police et les silhouettes des trois flics qui en descendent, se découpant et dansant contre ces durs éclats désynchronisés. On les observe qui s'approchent de l'homme décidément inerte, tournant le dos à tout le reste, la tête posée sur son bras replié comme un qui fait une sieste sous un arbre, l'été, fatigué par la chaleur. À la femme qui se trouve le plus près, un policier demande si c'est elle qui a appelé et elle répond d'un air craintif que non en tirant plus bas sur son front le foulard mauve qui lui enserre la tête puis elle se détourne de la scène pour guetter si le tram pointe là-bas son phare blanc.

Un des flics pousse l'homme du bout du pied, se penche vers lui.

– Bon, il respire.

Un de ses collègues reste en retrait, une main posée sur son arme dans l'étui. Le troisième est plus loin. Il regarde autour de lui, curieux peut-être, comme s'il découvrait le quartier, son béton dressé dans la nuit, ses angles droits, son peuple de travailleurs transis sous la bruine.

– Oh ! C'est la police. On se bouge ! Tu peux pas rester là.

Le sang sur le tee-shirt a caillé. Taches brunes, traînées merdeuses.

Le flic braque sa lampe sur la tête du dormeur. Il tire une oreille et fait se tourner vers lui un visage glabre, rond, une bouche boudeuse de bébé endormi. Il lui dit à nouveau de se bouger, de se réveiller. Police, il répète.

L'homme finit par déplier ses jambes et le policier se redresse vivement et recule d'un pas pendant que son collègue s'approche.

– Bon. On va pas y passer des heures.

Sa radio grésille. Il rend compte de la situation.

– Encore un poivrot, il dit. On le ramène.

La radio crachote ce qui peut être un ricanement.

L'homme se retourne lentement sur le dos. Il frotte ses yeux du revers de ses mains comme un gamin mal réveillé. Il se déplie peu à peu. Il semble grandir à chaque mouvement qu'il fait.

– On est tombés sur un basketteur. Il doit bien faire ses deux mètres.

Le flic qui tient la lampe torche soupire. Il éclaire la figure du type. Éclat terne entre les paupières mi-closes.

– Allez, lève-toi. Tu viens avec nous.

Le type se tortille pour s'extirper de sous le banc, il se cogne la tête et porte la main à son front puis regarde ses doigts.

– Fais gaffe. Après, on va dire que c'est nous.

Ils l'aident à s'asseoir. Le tram arrive en grondant. Derrière les vitres, des regards curieux s'écarquillent. Le type est adossé à la paroi de verre de l'abri, les mains posées sur les cuisses, et il regarde autour de lui d'un air hébété, ou indifférent. Il pue l'alcool, la pisse, aussi. Son jean est mouillé jusqu'aux genoux.

Le rond lumineux de la lampe continue de parcourir son visage rond, joufflu, gras. Plutôt jeune. Sous le tee-shirt souillé, un ventre relâché. Sur le bras gauche un tatouage grossier. Du genre de ce qui se fait en taule ou par défi un soir d'alcool. Peut-être une tête de chien. Aucune trace de coups, pas de plaie apparente.

– Comment vous vous appelez ?

L'homme lève les yeux vers celui qui demande ça. Il semble n'avoir pas compris.

– Your name, reprend le flic.

Des larmes coulent sur les joues rebondies. Il détourne le regard puis s'essuie la figure.

– Voilà qu'y chiale.

– Il doit avoir le vin triste.

– Vous le ramenez dare-dare, dit la radio. C'est pour la PJ.

Ils le font se lever. Il tient bien sur ses jambes, pas chancelant du tout comme souvent ces ivrognes qu'ils ramassent toutes les nuits. Debout, il est plus grand qu'eux. Les épaules tombantes, un peu voûté. Ils se demandent s'il faut lui passer les menottes. Oui, évidemment, on sait jamais. Il se laisse mettre les bracelets dans le dos sans résister, il s'assied à l'arrière de la voiture, lent et lourd, le regard vide.

Pendant le trajet, la cadence criarde du deux-tons, le roulement du véhicule semblent le bercer parce qu'il ferme les yeux, et sa tête se met à ballotter, menton sur la poitrine.

Dans l'ascenseur qui monte vers les bureaux de la PJ, il s'appuie à la cloison de fer, grand, large, épais, et il regarde d'en haut les trois policiers entre ses paupières mi-closes, battant lourdement par moments. Ils respirent par la bouche parce que le type sent vraiment mauvais, pas seulement l'urine et l'alcool, saturant la cabine d'une puanteur épaisse, celle de certains clochards qu'ils arrêtent parfois en train de beugler dans la rue à la lune ou après la pluie qui leur tombe dessus, se battant ou brisant des rétroviseurs, fous de misère, encroûtés de crasse, drapés dans une odeur de presque morts, leurs corps déjà bouffés dans leurs replis par la vermine.

Le chef de bord, un brigadier du nom de Roland, Jérôme Roland, lui demande à nouveau son nom, lui soulevant le menton de sa main gantée pour l'obliger à le regarder. L'homme le fixe d'abord, l'air étonné, puis ses yeux roulent dans toutes les directions, s'attardant au plafond, passant sur les autres flics comme s'ils n'existaient pas, des yeux exorbités, pleins de larmes.

On le fait entrer dans un bureau où un jeune OPJ boit du café devant un ordinateur, un lieutenant nommé Madec, qui lève les yeux vers la gueule ronde du suspect, joues rosies, nez cassé de boxeur, et dit ah bon d'accord et va ouvrir aussitôt la fenêtre, et dégage une chaise pour qu'on assoie le géant.

– Merde, en plus il est bourré, vous sentez pas ?

Roland a ôté sa casquette, il s'essuie le front du revers de la main.

– On sent ça depuis plus d'une heure, si tu veux savoir. On en a plein les naseaux. Ça et le reste. Il est pas là, Jourdan ? Et les autres ?

– Ils sont sortis sur une affaire. Je garde les meubles et le standard. C'est quoi tout ce sang sur lui ?

– Demande-lui. Il te le dira peut-être. Apparemment, c'est pas le sien. Je sais même pas s'il comprend ce qu'on lui dit. C'est peut-être un étranger ou un con génital.

Les deux autres flics ricanent. C'est toi qu'es génital, murmure l'un d'eux.

Le type regarde autour de lui, affaissé sur sa chaise. Il semble sortir du coaltar. Ses pieds bougent sans cesse, crissant sur le carrelage. Madec fait claquer ses doigts mais l'autre ne réagit pas. Il lorgne par la fenêtre ouverte le ciel gris, bouche entrouverte, et il a l'air d'un idiot profond.

– Oh ! Vous êtes avec nous ? Ça va mieux ?

L'autre perd son regard par la fenêtre. Les nuages, leur lent mouvement au-dessus de la ville.

Madec fait tourner entre ses doigts un stylo-bille bleu. Il s'adresse à Roland :

– Bon, alors ?

Roland raconte. Ce géant couché sous un banc, station Les Aubiers, du sang sur lui, mais ni traces de coups ni aucune plaie, nada. Rien dans les poches, pas de papiers, pas même un ticket de tram. Très probablement alcoolisé. Rien à en tirer. La brute épaisse, le tas de viande qu'il va falloir cuisiner.

Madec hoche la tête, imperceptiblement, dévisageant le géant replié sur la chaise. Ne comprenant visiblement rien, ne parvenant selon toute évidence à échafauder aucune hypothèse. Il frotte ses mains l'une contre l'autre, soupire.

– Comment vous vous appelez ?

L'homme se redresse, fixe le sol devant lui. Il secoue la tête, remue sur son siège au point que les pieds de métal raclent un peu par terre. Il marmonne quelque chose d'une voix éteinte, au timbre enfantin.

– Qu'est-ce qu'il a dit ?

Les quatre flics s'adressent des regards d'ignorance en haussant les épaules.

– Qu'est-ce que vous avez dit ?

– Fallait pas, dit le type.

– Fallait pas quoi ?

Il rentre la tête dans les épaules, sourcils froncés, bouche boudeuse.

Madec jette un coup d'œil à ses collègues qui attendent, les pouces accrochés à leurs gilets pare-balles. L'un d'eux tapote le cadran de sa montre puis gesticule son impatience. Autre chose à foutre. Madec se lève en soupirant, sans quitter des yeux le géant qui fixe ses pieds d'un air buté.

– En attendant que les autres reviennent, on va le mettre au frais. Enlevez-lui son tee-shirt, il faut en savoir plus sur ce sang. Ensuite, il ira cuver en cellule.

Ils lui ôtent les menottes et le font se lever. Une fois debout, sa tête émerge au-dessus des leurs et son regard, qui parcourt le bureau, semble découvrir un nouveau point de vue. Madec va récupérer dans une armoire un sac à scellés puis revient derrière son bureau. Un des policiers demande au type d'enlever son tee-shirt mais il ne bouge pas.

– Nous fais pas chier. Enlève ce truc. On va t'en donner un autre.

Le type ne bouge pas. Il a planté son regard fixe, inexpressif, toujours brillant de larmes, dans celui du policier. Alors le flic perd patience. Il soulève le tee-shirt, et faisant cela il est tout contre le géant et il se produit un remuement très rapide, comme si les deux hommes soudain s'enlaçaient ou s'empoignaient et le policier part en arrière en criant, valdinguant contre un fauteuil qui roule et se dérobe sous lui, le jetant au pied d'une armoire.

Le type tient le pistolet et le manipule en tous sens, ôtant la sécurité, faisant monter une cartouche dans la chambre, clic-clac. Il braque l'arme dans toutes les directions, le doigt posé sur le pontet. Roland lui dit ce qu'on dit dans ces cas-là, pose ça, fais pas le con, tout en sortant lentement son arme à lui, actionnant la culasse d'un geste si fluide qu'on entend à peine le déclic mécanique. Il tient son pistolet bras ballant le long de sa jambe, le doigt sur la queue de détente, pose ça, je te dis, on est trois et tu es seul, sois raisonnable. Derrière lui son collègue demeure immobile, sidéré. Il est jeune, ce collègue, il s'appelle Martin, Tintin pour tout le monde. Un bon flic, dit-on, honnête et carré, et c'est la première fois qu'il se fait braquer alors il laisse peut-être faire son aîné, agir l'expérience, puis soudain, allez savoir pourquoi, il s'avance vers le type, mains tendues, en lui demandant d'un ton doux de lui donner son arme mais l'autre pointe le canon sur lui, à moins d'un mètre de son front, et le poing serré autour de la crosse tremble, alors le type appuie la bouche du pistolet sur sa propre tempe comme pour le caler, d'ailleurs il respire à fond sans doute pour retrouver la maîtrise de lui-même ou se donner du courage, on ne peut savoir, et le jeune Martin, Tintin pour les collègues, les amis, désarmé, crie non, fais pas ça, sois raisonnable, alors le type, l'air surpris, tourne l'arme vers Martin et tire par-dessus son épaule dans le placard derrière lui puis bondit vers la fenêtre et le crachin qui brouille tout et il bascule dans le vide au moment où la balle qu'a tirée le brigadier Roland lui déchire la nuque.

Madec se précipite et le voit pratiquement s'écraser au sol et bouger vaguement ses bras et ses jambes dans une flaque d'eau et de sang, nageur déjà noyé, puis se retourne en gémissant. Le brigadier Roland regarde ses hommes autour de lui, ça va ? Ils hochent la tête en clignant des yeux, encore assourdis par les détonations. Le troisième flic, Hamache, est adossé contre une armoire, une main posée sur l'étui vide de son arme, le tee-shirt sanglant dans l'autre.

– Du bon travail d'Arabe, lui dit Roland en tapant sans bruit dans ses mains.

Sourds, encore hébétés, aucun d'entre eux n'entend les cinq ou six collègues entrer dans une confusion de cris, d'appels, de meubles bousculés, troupeau gueulard hérissé d'armes stoppé net par un mur de silence et par l'odeur de poudre. Un commissaire arrive, en bras de chemise, cravate dénouée. On s'écarte sur son passage. Il est très pâle, essoufflé.

– Putain, qu'est-ce qui se passe ici ?

Madec raconte. Il bégaie, bafouille, rectifie, et les trois autres autour de lui acquiescent, confirment, précisent. Le commissaire se penche par la fenêtre, dit « Bon il tombera pas plus bas ce con », puis, se retournant, « tout le monde sort d'ici, on fige la scène, bordel, je veux plus voir personne dans ce burlingue », ajoute-t-il en évitant d'un pas de côté une douille tombée là.

Et dehors, pendant que le troupeau de flics sort de la pièce, lent, marmonnant, le vent hulule et gifle les vitres de ses grandes mains mouillées.

2

Elle était assise par terre et ce chien avait foncé sur elle en grondant. Un chien énorme aux yeux jaunes, au mufle massif, écrasé, dont il était venu presser contre sa figure la masse molle et tiède, mouillant sa bouche et ses yeux de bave à grands coups de langue. Elle sentait par moments le contact de ses dents qui semblaient vouloir la mordiller mais elle avait peur à chaque instant que sa gueule s'ouvre et lui arrache le visage car elle entendait au fond de la gorge du molosse un grondement sourd, profond, qui faisait vibrer l'animal tout entier. Une petite femme brune, un peu plus loin, appelait le chien sans aucune autorité, l'air inquiet, tout en la rassurant. N'ayez pas peur il n'est pas méchant. Mais sa voix s'étranglait à force d'appeler l'animal.

Il y avait aussi ces deux autres chiens. Petits et laids. Ils jappaient, serrés l'un contre l'autre, confondus presque, et l'on aurait pu croire qu'il s'agissait des deux têtes petites, pointues, hérissées d'oreilles roses, d'une seule créature. Leurs gros yeux ronds, saillants, sur le point de jaillir de leurs orbites, près d'éclater sous l'effet de la peur. Malgré sa terreur, Louise ne pouvait s'empêcher de redouter que le monstre se jette sur eux et les déchiquette, et se demandait pourquoi il n'en faisait rien et continuait de lui sucer le visage. Elle s'efforçait de repousser le poitrail puissant qui tremblait au-dessus d'elle mais elle était sans force et avait fini par pousser un cri.

Elle s'est réveillée et a essuyé aussitôt, écœurée, sa joue sèche avec le drap. Elle est restée un moment sur le dos, les yeux au plafond dont elle distinguait le rectangle flou à la lueur verte du radio-réveil, laissant se dissiper l'angoisse du rêve et s'apaiser son cœur. Elle a regardé l'heure – 5 h 52 – et a su qu'elle ne se rendormirait pas. Elle a repoussé drap et couverture puis s'est assise au bord du lit, frissonnant dans un de ces vieux tee-shirts qu'elle finissait d'user comme chemise de nuit, fatiguée déjà en dépit des sept heures de sommeil qu'elle venait d'aligner, fatiguée en repensant à la journée de la veille et en songeant à celle qui venait. Elle s'est levée avec peine, la tête lui tournant un peu, et a renoncé à allumer la lampe de chevet parce qu'il lui semblait que l'obscurité la berçait encore un peu, que la nuit la retenait dans ses bras en lui murmurant d'impossibles promesses de repos. Elle a trouvé à tâtons sur la chaise un pantalon de jogging qu'elle a passé appuyée à la commode puis a enfilé son vieux pull trop grand qui est tombé, lourd et doux, sur ses épaules. Elle a glissé ses pieds dans les espadrilles qui lui servaient de pantoufles et a marché jusque dans le couloir. L'odeur du lit défait, du sommeil, la suivait dans le noir. Elle a passé la tête par la porte entrouverte de la chambre de Sam puis a écouté sa respiration tranquille et a souri en apercevant ses cheveux noirs s'ébouriffer à la lisière du drap, bleuis par la lueur de la veilleuse.

Elle s'est assise sur la cuvette froide sans allumer. La fatigue en a profité pour monter sur ses épaules et lui faire courber l'échine, et elle a su que si elle restait encore trente secondes elle pourrait se rendormir ici, le cul nu, dans le noir, les avant-bras posés sur les cuisses, dans les relents de son corps en train de se ranimer.

Elle se remet debout brusquement puis sort accompagnée par le fracas de la chasse d'eau en redoutant que ce vacarme ne réveille le petit. Elle va vérifier que la porte d'entrée est bien verrouillée avant de jeter un coup d'œil par la fenêtre de la cuisine. Elle ne voit rien sous la clarté sale des lampadaires que les voitures bien rangées sur le parking, rien qui puisse l'inquiéter. Il a plu, et tout luit d'éclats sales et de reflets troubles. Le ciel peine à s'éclaircir, bleuâtre et gris comme une plaque d'acier.

Dans la salle de bains, la lumière lui écrase les yeux et elle baisse la tête et fixe le fond du lavabo, ses cheveux tombés devant son visage comme une voilette. Quand elle se redresse, elle ne peut éviter de se voir boursouflée par la nuit, un pli de la taie d'oreiller gravé au travers de sa joue. Elle s'asperge d'eau froide, rafraîchit sa nuque tendue comme si elle avait résisté des heures à une main qui aurait voulu la faire plier.

Elle attend debout dans la baignoire que l'eau chaude arrive jusqu'au pommeau de la douche. Elle frissonne en dansotant sur la pointe des pieds pour éviter les giclures glacées qui lui mouillent les chevilles. Sur sa cuisse droite l'hématome se résorbe peu à peu en prenant une teinte verdâtre et elle ne peut s'empêcher de repenser au père Lacombe qu'elle a trouvé un lundi matin, tombé au pied de son lit, dont la peau avait pris par places déjà cette coloration glauque, depuis trois ou quatre jours qu'il était mort seul chez lui.

Alors elle frictionne sa cuisse pour tâcher d'y faire circuler le sang, d'en faire disparaître cette empreinte morbide, mais elle ne parvient qu'à réveiller la douleur du muscle mâché, les larmes aux yeux de rage et d'impuissance. D'autres parties de son corps lui font encore mal, dans le dos, sur les côtes, et elle les savonne doucement, avec précaution, et elle fait couler dessus de l'eau très chaude comme si elle pouvait anesthésier sa chair, effacer les ecchymoses qui la marquent encore.

Elle se rappelle qu'à un moment elle s'est laissée tomber sur le canapé pour se recroqueviller en boule, se protégeant le visage et les seins, encaissant les coups de pied affaiblis par le manque d'élan, le martèlement des poings contre ses bras, dans ses côtes. Je vais te défoncer, il gueulait, et elle avait bien cru qu'il finirait par fracasser sa cage thoracique et fouiller dans son corps pour lui arracher le cœur. Lui sont venues des images de films où des brutes éclatent à coups de poing des cloisons ou des portes et elle s'était vue explosée, lui plongé en elle jusqu'au poignet pour achever le massacre.

À la pensée du gosse, enfermé dans sa chambre, terrorisé, pleurant en silence contre la porte comme à chaque fois, elle a trouvé assez de force et de souffle pour pousser un hurlement d'animal, rauque et déchirant. Elle a dit son prénom dans un souffle, Lucas, et il a reculé jusqu'à un fauteuil qu'il n'avait pas vu derrière lui et a failli y tomber assis. Il s'est rattrapé de justesse et elle l'a aperçu immobile, haletant, stupéfait sans doute, et ses grosses mains tremblaient au bout de ses bras ballants. Il a regardé autour de lui, cherchant peut-être quelque chose à casser ou à jeter sur elle, puis a secoué la tête avant de sortir de la pièce en l'injuriant.

Il a refermé la porte d'entrée sans bruit, sans la claquer contrairement à son habitude, si bien que le croyant encore à l'affût dans le couloir, prêt à fondre à nouveau sur elle, elle n'a pas osé se lever tout de suite ni même quitter sa position de défense, en chien de fusil.

Toujours debout dans la baignoire, elle s'aperçoit qu'elle essuie machinalement son corps déjà séché et elle doit faire un effort de volonté pour sortir de l'engourdissement qui l'a prise et enjamber le rebord de la baignoire et se retrouver face à son reflet dans le miroir, nue, fragile, seule, un pli amer à la bouche, sous cette lumière qui fait saillir ses os et creuse sa peau blême et lui rend son corps incertain, sur le point peut-être de s'effondrer, de se dégonfler comme celui d'une grande poupée.

Elle s'empresse de s'habiller et finit de se préparer en nettoyant son visage avec une lotion dont la fraîcheur, le parfum léger lui font du bien, frottant sous ses yeux sa peau jusqu'à la faire rougir comme si elle pouvait gommer les fines rides qui profitent de la nuit pour y marquer plus fort chaque éraflure que la journée a laissée. La crème de jour a rendu sous ses doigts sa peau plus douce, plus jeune, l'espace d'un instant, et elle cherche dans le miroir son visage de jeune fille.

Dans la cuisine, elle mange un bout de pain couvert de confiture qu'elle noie dans un bol de café noir. La chaleur au fond de sa gorge, dans son œsophage, la réveille tout à fait et elle roule une cigarette qu'elle fume sur le balcon, étonnée par la douceur de l'air. Le ciel commence à pâlir. Entre les nuages quelques étoiles frémissent encore. Elle sursaute au claquement d'une portière de voiture plus loin sur le parking puis elle voit s'allumer les phares et manœuvrer le véhicule qui s'éloigne lentement. Elle le suit des yeux jusqu'à ce qu'il disparaisse entre deux bâtiments puis soupire en rejetant la fumée de sa cigarette comme si s'annulait une menace diffuse. Elle écrase son mégot au fond d'un pot de résine qui lui sert de cendrier et elle s'accoude au balcon, laissant venir à elle des pensées confuses. Partir d'ici avec Sam, refaire ailleurs une vie tranquille, à l'abri. Reprendre des études. Devenir institutrice. Mais il y a ses morts. Elle serait loin d'eux. Est-ce qu'ils l'entendraient quand elle leur parle ? Ma pauvre fille. Les morts n'entendent rien. La preuve : ils ne répondent jamais. Tu ne parles jamais qu'à toi-même quand tu les invoques. Tu crois te consoler.

Pourquoi vous n'êtes pas là ?

Elle s'arrache à sa contemplation en se demandant quelle heure il peut bien être et rentre à l'intérieur et lève les yeux vers la pendule accrochée au-dessus du frigo. Elle soupire de dépit en voyant les aiguilles arrêtées sur 3 h 17 comme la veille, comme la semaine dernière et la semaine précédente, pense à acheter des piles, connasse, alors l'envie de marquer ça sur son poignet lui vient et elle trouve un stylo sur le plan de travail près d'une liasse de post-it et comme il ne marche pas bien, ne laissant sur sa peau que des traces d'encre sèche, elle insiste, inscrivant des traînées rouges au tendre de son avant-bras et l'idée de s'écorcher, de faire venir le sang, la saisit durant quelques secondes et c'est en suffoquant d'effroi qu'elle jette au loin le stylo comme un objet maléfique doté d'une volonté hostile.

Quand elle le prend pour y voir l'heure, son téléphone vibre. Trois messages.

Je t'aime comme un fou.
Je pense à toi tout le temps.
Il faut qu'on parle.

L'écran affiche 6 h 30 et elle sent ses jambes se dérober sous elle. Elle se laisse choir sur la chaise la plus proche et dans sa gorge une boule amère vient se loger, que deux sanglots ne parviennent pas à expulser, puis elle se met à pleurer en silence, la tête sur ses bras croisés, et son corps lui semble se défaire, se dissoudre en lui-même au point que d'elle ne subsistera peut-être sur l'assise de la chaise qu'un tas de peau chiffonnée abandonné là comme une combinaison inutile. Elle a peur de disparaître et pourtant ne désire rien d'autre à ce moment, épiant avec une curiosité presque impatiente le mécanisme qu'elle croit enclenché en elle, cette absorption de sa chair, de tout son être dans une brèche ouverte sur le vide par où elle serait aspirée.

Elle se redresse, les épaules toujours secouées par les spasmes, essuyant avec sa serviette de table ce qui coule de son nez sur sa bouche et son menton puis elle se lève pour aller prendre une feuille d'essuie-tout et s'y moucher. Elle ouvre le robinet de l'évier et passe son visage sous l'eau froide et en boit deux gorgées puis passe sa main mouillée dans sa nuque. Un grand frisson court dans son dos, jusqu'en bas des reins, et elle se frappe les joues du plat des mains, se donnant de grandes claques sonores, mâchoires serrées pour en supporter la douleur.

Une porte grince doucement. Elle respire moins fort et tend l'oreille. Elle est capable d'entendre ses pieds nus marcher sur la moquette. Sam est tout le temps pieds nus. Elle a peur qu'il prenne froid et quand elle le lui dit, il hausse les épaules avec un demi-sourire et un battement de paupières. Il fait souvent ça. Ces os qui pointent sous le tee-shirt comme des ailes qui auraient poussé. Mon ange brun aux yeux si doux. Ces longs cils noirs et leur douceur de papillons. C'est pas grave, il dit parfois de sa voix un peu éraillée. Alors elle est d'accord avec lui. Elle se sent soulevée, légère soudain, par cette formule de petit magicien. C'est pas grave.

Il entre dans la cuisine clignant des yeux, les frottant du revers de la main. Il se gratte le bas du dos à travers son haut de pyjama Superman. Elle ouvre ses bras, ses jambes, et il vient les yeux baissés se blottir au milieu d'elle. Il presse sa tête contre sa poitrine. Elle embrasse ses cheveux. Elle sent la chaleur de son corps léger se répandre sur elle et il lui semble voler un morceau d'éternité, quelque chose d'absolu qu'elle ne sait nommer. Peut-être une parenthèse hors du temps.

Il dévore ses céréales en faisant du bruit avec sa bouche, coulant vers elle des regards obliques parce qu'il sait qu'elle n'aime pas ça. Elle lui fait les gros yeux et il pouffe en silence, le nez dans son bol.

Il traînasse devant son chocolat parce que c'est trop chaud. Il ne dit pas grand-chose. Il bâille, perd un chausson, se contorsionne pour le récupérer sans avoir à se lever. C'est quand les vacances ? Louise ne sait pas bien. Le mois prochain, je crois. Dépêche-toi, on va être en retard. Alors il souffle plusieurs fois sur son bol, les joues gonflées, feignant soudain la précipitation puis il boit à longues gorgées, finissant par un gros soupir, essuyant du dos de la main ses lèvres barbouillées.

Devant l'école, règne l'agitation coutumière des parents bavardant entre eux pendant que les gosses s'engouffrent dans le hall d'entrée en piaillant. Louise salue deux ou trois femmes et elles échangent les rituelles formules de politesse, ça va et vous, faut que j'y aille moi je vais être en retard, ils ont dit qu'il allait pleuvoir, y en a marre de ce temps. Comme chaque matin, Sam serre sa mère contre lui en chuchotant à son oreille quelque chose qu'elle n'a jamais pu comprendre et qu'il refuse toujours de lui expliquer. C'est secret, il dit toujours quand elle lui demande ce que ça signifie. Je te le dirai quand je serai grand. Elle lui prodigue les habituels conseils en embrassant ses cheveux puis le regarde rejoindre trois garçons qui semblaient l'attendre et l'accueillent avec des mines de conspirateurs puis l'entraînent avec eux, se tenant par les épaules, et lui montrent quelque chose sur quoi ils se penchent tous, progressant, courbés et solidaires, comme une mêlée de nains sans ballon.

Louise s'éloigne dans la rue avec à l'oreille le chuchotis de son fils, cet abracadabra inaudible qui lui fait songer, durant quelques secondes, que cet enfant est peut-être un enchanteur aux charmes encore balbutiants dont elle devrait préserver et approfondir le don.

Elle s'assied derrière le volant avec un soupir d'aise et s'adosse, les jambes étendues, les yeux fermés, dans la froidure humide que le chauffage n'a pas eu le temps de dissiper. Elle serre autour d'elle les pans de sa veste matelassée et se tient comme ça, blottie, s'enlaçant elle-même, et l'envie de s'endormir là, fût-ce dix minutes, la saisit avec tant de force, l'attirant dans le creux du sommeil comme dans une de ces pentes douces où, tout en marchant, se défait la fatigue, qu'elle doit s'arracher à sa propre étreinte avec un grognement d'effort pour se redresser sur le siège et faire démarrer la voiture. Un peu de crachin s'est mis à saupoudrer le pare-brise et il lui semble que les essuie-glaces, grinçant sur le verre, estompent les couleurs à chaque battement comme si le ciel pulvérisait lentement dans les rues sa grisaille.

Elle surveille dans le rétroviseur une voiture bleu nuit qui la suit de trop près, dont elle ne peut distinguer ni la marque ni les traits de l'homme au volant parce que la lunette arrière est brouillée de pluie et que l'essuie-glace usé trace d'inutiles arcs de cercle sur le voile crasseux collé au verre. Damien a dit à ce soir mais il est capable de surgir de nulle part à tout moment, l'implorant ou la menaçant selon les jours, ou l'heure, ou bien encore selon ce qu'il a pris ou bu avant de venir. Elle fouille dans son sac à main pour y chercher la bombe lacrymogène dont elle ne se sépare jamais et finit par la trouver coincée sous un petit foulard de soie qui appartenait à sa mère. Elle la pose sur le siège sans quitter des yeux la voiture. Soudain un jeune type à vélo, caparaçonné sous un poncho noir luisant de pluie, jaillit de l'arrière d'un fourgon garé en double file et elle doit faire un écart pour l'éviter. Elle injurie le type, elle cogne du poing sur le klaxon. Quand elle lève les yeux vers le rétroviseur, la voiture bleu nuit a disparu et deux courts sanglots la secouent en la soulageant de l'oppression qui écrasait sa poitrine.

Elle roule pendant près d'une demi-heure dans ce jour incertain luisant de flaques. Des perles molles courent sur les vitres de la voiture puis s'effondrent en jetant des éclats dérisoires. À un moment, lasse d'entendre le même bulletin d'informations rediffusé tous les quarts d'heure parmi un flot de commentaires et de chroniques, elle éteint le poste et le silence relatif bourdonnant à ses oreilles lui donne l'impression que le monde extérieur est en train de s'éloigner pour disparaître bientôt. Elle aimerait foncer sur cette rocade seule désormais, unique rescapée d'une catastrophe fulgurante, et pouvoir faire demi-tour dans l'instant pour aller chercher Sam qui aurait su se mettre à l'abri.

3

La porte de l'appartement n'était pas fermée à clé. Jourdan est entré le premier et s'est arrêté sur le seuil et a senti, mêlée à celle de la poudre, une odeur de café provenant de la cuisine, sur sa droite, dont il apercevait les placards suspendus au-dessus d'un plan de travail. Portes laquées rouges. Un paquet de pain de mie, une boîte de céréales pour gosses ornée du dessin d'un ourson à gros pif se léchant les babines. Derrière lui, la voisine de palier qui avait entendu les détonations, cinq ou six, et croisé le père meurtrier dans l'escalier un fusil à la main, pleurnichait en répétant c'est terrible, mon Dieu quelle horreur, cependant qu'Elissalde lui conseillait de s'asseoir, là sur les marches, je vous en prie, n'approchez pas, laissez-nous faire notre travail.

Jourdan reste peut-être trente secondes avant d'oser faire un pas dans le couloir au sol revêtu de lames en PVC imitant le bois, et il se surprend à en détailler les motifs trompeurs, se demandant quel effet cela ferait chez lui. Il lève les yeux vers la lumière jaunâtre que dispense une lampe pendue au plafond, surmontée d'un abat-jour bleu pâle.

Il regarde tout ça pour ne pas voir. Il entend dans son dos le souffle de Corine entrecoupé de déglutitions pénibles et s'aperçoit qu'elle a posé une main sur son épaule. Lieutenant Corine Berger, dite Coco. Cador en droit pénal et en procédure. Elle a déjà envoyé dans les cordes deux avocats poids lourds qui venaient sautiller sur le ring autour d'elle. Jourdan ne sait pas bien ce qu'elle fait ici. Elle était dans le bureau quand l'appel leur est parvenu. Une radio annonce le fourgon de la scientifique dans dix minutes. Jourdan sort son téléphone et prend trois photos de la scène. Plus deux autres au flash. Ce que les éclairs blancs arrachent à la pénombre lui électrise le cœur.

Alors, il entre en enfilant ses gants. Reste avec elle, entend-il dire Elissalde à Corine. J'y vais. Il repousse la porte derrière lui.

Les corps des enfants étendus contre le mur mènent à la salle de bains, où la mère a été abattue sortant de la douche, sans doute parce qu'elle a entendu les détonations malgré le petit poste de radio posé sur un placard qui débite encore ses bavardages. Jourdan éteint la radio.

Trois enfants. Huit, cinq, trois ans, à peu près. Deux fillettes encore en pyjama. Des princesses de dessin animé imprimées dans le dos, éclaboussées de sang. Un garçon, l'aîné, vêtu d'un jean et d'un maillot du Barça. Jourdan se concentre là-dessus. Il murmure ses constatations à son téléphone. Ils sont à plat ventre, leurs visages tournés tous vers le mur. Le garçon a été touché deux fois. Dans le dos puis à la nuque. Du sang sur le sol à l'entrée de la salle de séjour, sur la table de la cuisine. Traînées sanglantes sur la porte de la salle de bains, sur le loquet. Le gamin a dû vouloir se réfugier auprès de sa mère après que ses deux petites sœurs ont été tuées. Jourdan s'efforce d'imaginer la scène. Le garçon se précipite en criant, peut-être, ou bien muet de terreur, pour retrouver sa mère. Comme il bouge, son père l'atteint dans le dos, il s'effondre contre la porte, puis le père l'achève pratiquement à bout touchant.

– Il les a bougés, dit Elissalde. Pour pas voir leurs visages. Putain, une balle dans la nuque. Tu le crois ça ?

– Je crois rien.

Jourdan a chaud aux mains, avec ces gants. Il lui semble que ses doigts gonflent comme s'ils cuisaient dans leur jus.

Il regarde les trois enfants. Le père les a disposés l'un derrière l'autre, les bras le long du corps.

Elissalde tousse. Souffle court. Il soupire. Putain, il dit encore à voix basse. Fumier de salaud. Il entre dans la salle de bains et se plante devant le lavabo.

– La mère, il l'a pas bougée.

La femme a reculé sous l'impact et s'est affalée contre un radiateur, comme vautrée, cou tordu, jambes écartées. La balle est entrée par l'œil gauche. Pas d'orifice de sortie.

Elissalde s'accroupit devant le cadavre.

– On dirait du .22.

– Bien vu.

– Il s'est barré avec l'arme. Il va se foutre en l'air quelque part.

– Espérons. À moins qu'il soit parti pour flinguer le reste de la famille.

Jourdan sort de la salle de bains. Il ne peut s'empêcher de jeter un coup d'œil aux enfants morts, ne peut s'empêcher de songer à Barbara et il la revoit ce jour-là, il se rappelle ses pieds inertes sur le parquet, dépassant du lit défait devant la fenêtre ouverte de la chambre. C'était pour lui faire peur, et il avait eu peur, quelque chose s'était effondré dans son corps, il avait senti cela, comme ces pans de montagne qui se décrochent, la terreur comme un monstrueux séisme dévastant et remodelant les paysages.

Il l'avait relevée violemment, incapable de rien lui dire, et il l'aurait frappée si le souffle, soudain, ne lui avait pas manqué, l'obligeant à s'asseoir sur le lit avec elle pleurnichant contre lui à se faire pardonner en lui mouillant le cou de larmes et de baisers.

Il entre dans le salon, fait le tour des meubles, des bibelots, souvenirs d'Espagne, poupées flamencas dans une vitrine, assiettes dressées sur leur présentoir imprimées de scènes de tauromachie. Il s'arrête devant une série de cadres où sourient des enfants, où éclate de rire, coiffée de chapeaux en papier, une famille heureuse. Puis le père et la mère, attablés devant un gâteau planté de bougies. Dix ans de mariage. Jourdan extirpe la photo de son cadre de bois et photographie l'homme puis transmet le cliché au service pour diffusion générale. Dans un tiroir, il trouve des cartes d'identité aux noms de Virginie Dedieu, de Chloé, Laura et Léo Caminade, du nom de leur père, Cédric, trente-cinq ans.

– C'est lui ?

Jourdan n'a pas entendu Elissalde s'approcher. Il sursaute presque quand sa voix résonne tout près de lui.

– Il a l'air gentil, comme gars. C'est ce que diront les voisins. Gentil, toujours à dire bonjour, à demander des nouvelles, prompt à rendre service. Le voisin idéal qui aide les vieilles à monter leurs courses. C'est comme les terros. Ils sont polis, ils sourient à la dame. Jamais on n'aurait cru qu'ils artilleraient au hasard sur un trottoir plein de monde.

– Ça va, dit Jourdan. Arrête un peu.

Il range les cartes d'identité de la mère et des enfants et garde celle du père, il remet la photo en place sur cette sorte d'autel abandonné désormais à la poussière puis il observe le visage de ceux qui allaient mourir et l'envie le prend de balayer toute cette bimbeloterie d'un revers de main pour fracasser les faux-semblants de ces cultes païens à la sainte famille. Il se retient au bord du buffet et se tourne vers Elissalde qui erre dans la pièce et s'arrête devant la baie vitrée donnant sur le balcon. Des plantes végètent dans des jardinières accrochées au garde-fou. Quelques feuilles tremblent au vent et à la pluie.

Du remue-ménage sur le palier les attire dans le couloir. Deux techniciennes de la scientifique sont devant la porte, revêtues de leurs combinaisons stériles, encombrées de leurs mallettes. La légiste finit de s'équiper, son visage rond déjà enserré dans sa capuche.

– Alors ?

Jourdan ouvre largement la porte. Les trois femmes marquent le pas avant de franchir le seuil. On pourrait croire qu'elles pénètrent dans quelque temple. L'une des techniciennes, Camille, se met à souffler fort par la bouche comme si elle entrait dans de l'eau glacée.

Jourdan se tourne vers Elissalde.

– Tu prends ?

Elissalde acquiesce. Il enfile des chaussons, il attrape un calepin dans une sacoche. Le reste du groupe arrive. Bernie, Greg, Clément. Bipés chez eux. Jourdan leur fait un topo. Leurs regards fixes, brillants, posés sur lui. Bernie a trois gosses dans ces âges-là. Pendant dix secondes, ils ne se disent rien. L'immeuble bruisse autour d'eux d'une rumeur étouffée. Les agents empêchent les curieux d'approcher. Ils doivent parfois élever la voix parce que quelques-uns demandent à parler aux *inspecteurs*.

Jourdan répartit les tâches. Fouille de l'appartement, voisinage, famille et proches. Il doit rentrer au service pour coordonner les recherches. Aucune envie d'attendre le substitut du proc. Il entraîne Corine avec lui dans l'escalier.

– On prend pas l'ascenseur ?

À l'étage au-dessous, il tombe sur un groupe de curieux qui bavardent dans un couloir, contenus par un flic. En apercevant son brassard, un type s'avance vers lui. Grand, large, tête rase. Vêtu d'un tee-shirt *Metallica* et d'un pantalon de jogging. Des tongs aux pieds.

– On peut savoir ce qui se passe ?

Jourdan fait un pas vers lui. Il attend que les talons de Corine aient fini de retentir sur les marches.

– Trois enfants morts, ainsi que leur mère. Ça vous va ? Ça devrait relancer les conversations, non ?

Jourdan tourne le dos à ces gens et reprend l'escalier.

L'homme maugrée. On est chez nous, merde, on pourrait être informés !

Jourdan s'arrête, se retourne, remonte trois marches et s'approche de lui au point de sentir sa mauvaise haleine. Tabac et chicots. L'homme recule d'un pas. Ses yeux rougis, larmoyants, aux paupières lourdes.

– Ça va libérer un appartement. Bientôt de nouveaux voisins. Ça c'est une info.

Il finit de descendre les jambes raides, tremblant de colère. Il ne trouve pas d'autre mot pour nommer ce qu'il ressent. Il est souvent dans cet état-là. Tremblant, le cœur fou. Pour un rien, parfois. Il ne sait plus réagir autrement. Chercher à comprendre. Réfléchir. Il a l'impression que quelque chose en lui s'est nécrosé au fil du temps puis s'est détaché pour ne lui laisser qu'un douloureux moignon émotionnel. À vif. Ça n'a rien à voir avec l'imbécile qui vient de l'alpaguer. Mais il y a ces trois enfants morts. Cette femme jetée sous une fenêtre, nue, affalée, une balle dans la tête. Son œil crevé, comme si son meurtrier avait voulu la rendre hideuse, telle qu'il la voyait peut-être. Ce type, ce père et mari en fuite qu'il va falloir aller chercher dans la tanière où il se sera réfugié, ou ramasser derrière son volant la tête éclatée par sa dernière balle, ou bien encore dans un trou d'eau où il sera tombé en arrière, renversé par l'impact, sans rien comprendre à ce qui l'a conduit jusqu'à cette extrémité de la passerelle effondrée qu'a été peut-être sa vie. Jourdan ne sait pas ce qui mène les hommes vers leur chute. Il ne veut plus savoir. Alors, la colère comme seule réponse aux questions impossibles. Comme ultime recours au fond de l'impasse.

La colère, parce qu'au moins on se sent vivre, parce que ça fait moins mal que la tristesse.

Il sort de l'immeuble sous la pluie, dans le vent, et il offre son visage au mauvais temps et il regarde le plafond gris qui lui crache à la gueule.

Corine vient se planter près de lui.

– Tu restes là ?

La capuche de sa parka lui mange la moitié de la figure. Elle le regarde par en dessous, de travers.

– Je peux conduire, si tu veux.

– Oui, c'est ça. Conduis.

Il lui tend la clé de la voiture et la suit, mince et légère, ondulant presque sous les coups de vent.

4

Louise est détournée de son itinéraire habituel par des travaux qui barrent une rue et elle se perd et elle tourne en rond un moment dans un quartier qu'elle connaît mal. Elle n'y vient que pour le travail, elle en repart en empruntant le même trajet. Lacis de rues, d'impasses aux noms d'oiseaux. Elle finit par s'orienter grâce à son téléphone, mal garée devant une pharmacie. Elle n'arrive pas à comprendre comment sa position est repérée, comment son itinéraire peut être instantanément marqué, avec la durée du parcours, à pied, en voiture. Comme si une intelligence supérieure, omnisciente, avait écrit ou tracé à l'avance parcours et destinées. Comme s'il existait un dieu se jouant de ces dérisoires créatures que sont les humains persuadés d'exercer leur libre-arbitre. Elle sait pour les satellites, le GPS, le traçage, la surveillance, le contrôle exercés par tous ces yeux et ces espions froids et avides. Elle sait. Mais leurs réseaux étendus partout, la gangue dans laquelle ils enserrent la planète, l'espèce de foi que des milliards d'humains leur vouent pourraient faire penser à l'invention fabriquée d'une divinité sans transcendance, d'une entité souveraine et malveillante. Alors, elle se laisse parfois aller à ce genre de questions, comme à de vertigineuses rêveries qu'elle congédie en s'injuriant à voix basse, pauvre conne, reviens sur terre, vois dans quelle merde tu patauges et laisse la branlette à ceux que ça fait jouir.

Elle redémarre. La voiture tape et grince en descendant du trottoir. Elle a trop chaud, et quand elle baisse la vitre le vent lui jette à la figure de la poussière d'eau froide.

Les Dumas habitent une petite maison aux volets rouges. Louise descend de voiture avec peine. Dos raide, souffle court. Elle regarde autour d'elle la rue déserte, l'alignement rébarbatif des maisons basses au milieu de leur terne verdure, la tristesse tranquille tombant là-dessus avec la pluie, et l'envie de partir la secoue et elle tape le toit de la voiture du plat de la main pour conjurer le tressaillement qui l'a prise. Finalement elle pousse le portail et longe un parterre de rosiers taillés court, contourne un laurier, parvient sous la marquise en forme de coquille Saint-Jacques et donne un coup de sonnette. Le chat vient se frotter à ses jambes, secoue la pluie tombée sur lui puis lève vers elle ses yeux de jaspe.

La femme qui lui ouvre tend vers elle son visage craquelé de rides et cligne des yeux et la dévisage avec méfiance. C'est Lidia. Cheveux blancs, courts. Ils ont été blonds. Louise a vu la beauté de Lidia sur des photos encadrées sur le buffet, souriante avec ses trois fils.

– Qu'est-ce que vous voulez ?

Voix sèche, cassante. Rien ne tremble dans cette femme accrochée à la poignée de la porte.

– C'est moi, Louise. Vous savez bien.

Lidia sourit et ouvre plus largement.

– Ah oui, Louise. Vincent n'est pas avec vous ? Il traîne toujours en rentrant de l'école.

Un homme apparaît dans l'entrée, l'air soucieux. Il prend doucement la femme par les épaules. C'est Louise, il dit. Viens. Elle sursaute, se dégage d'un mouvement souple puis secoue la tête, de dépit peut-être, puis disparaît à l'intérieur de la maison. L'homme fait entrer Louise. Il s'appelle Georges. Il est mince, large d'épaules, très droit. Crâne chauve, rasé.

Ses vieux copains l'appellent Yul Brynner. On lui dit toujours qu'il ne fait pas son âge.

– J'ai toujours peur qu'elle s'en aille, dit-il.

Comme Louise se tourne vers lui, troublée, il précise :

– Dans la rue, je veux dire, et qu'elle se perde. Comme en janvier, vous vous rappelez ? Avec seulement un pull sur elle.

Louise se rappelle. Le vieil homme en pleurs avait appelé la police, qui lui avait promis qu'une patrouille viendrait jeter un coup d'œil. C'est une voisine qui avait retrouvé Lidia au supermarché, un caddie plein, expliquant à la caissière qu'ici on lui faisait toujours crédit.

Louise demande comment ça va depuis jeudi dernier et Georges soupire en lui tendant une tasse de café et raconte qu'hier Lidia a décidé d'aller chercher à l'école le plus jeune de leurs fils, Manuel, et qu'il a eu beau lui expliquer qu'il avait 46 ans, Manuel, et qu'il habitait à Montréal, elle n'a rien voulu entendre et a continué de se préparer, le traitant de menteur, de fou, qu'est-ce que tu racontes elle disait, c'est toi qui perds la tête, jusqu'au moment où elle a voulu sortir et s'est trouvée bloquée par la porte fermée à clé et s'est mise à hurler au secours, à l'aide, et là il a fallu que Georges la maîtrise et hausse le ton et gueule, même, Manuel a 46 ans, il vit au Canada bordel, réalise un peu, et là Lidia est tombée dans ses bras, molle comme un drap, impossible de la remettre debout, et elle a éclaté en sanglots en demandant pardon, pardon elle répétait, qu'est-ce qui m'arrive, je ne sais plus où je suis, j'ai tout perdu, et elle pleurait et elle disait à Georges tiens-moi, serre-moi fort, reste avec moi et Georges la serrait contre lui et se laissait secouer par ses sanglots et pleurait lui aussi et ils sont restés tous les deux par terre, se tenant l'un l'autre pendant un long moment.

– Vous vous rendez compte ? Je crois qu'on a été heureux, comme ça par terre, comme deux bestioles perdues. On aurait pu mourir à ce moment-là, ç'aurait été bien.

Louise regarde le vieil homme qui sourit furtivement, son regard vague tourné vers la fenêtre, et elle ne comprend pas son sourire. Elle ne comprend pas ce bonheur étrange qui vient d'éclairer son visage.

– Pourquoi vous dites ça ? La vie…

Elle s'interrompt avant d'énoncer les mots creux, les mensonges habituels qu'on jette en l'air sans y croire vraiment, sans savoir ce qu'on dit.

– La vie ? Depuis quelque temps je m'y accroche comme à une bouée percée. Comme on s'accrochait l'un à l'autre hier soir. Et Lidia dérive sur un océan désert, entre le ciel et l'eau, sans rien pour s'orienter à part moi. Et ça m'épuise de nager près d'elle. Et je vois pas ce que je pourrais faire d'autre… Au moins, je suis avec elle.

Louise ne sait pas quoi dire et ils restent l'un en face de l'autre masqués d'un sourire faux puis Georges lui tourne le dos et met sa tasse dans l'évier et ce petit tintement brise le silence qui les enfermait. On entend la vieille femme bouger dans le salon, parler seule. Georges pose une main légère sur l'épaule de Louise.

– Je vais pas vous plomber la journée. Allez. Je vais voir ce qu'elle fabrique.

Louise ôte sa veste, enfile une blouse, chausse une paire de sandales. Dans le petit cellier elle trouve ses gants, qu'elle enfile aussitôt, les ustensiles de ménage, les produits de nettoyage. Flottent ici quelques senteurs de la droguerie-quincaillerie où elle aimait aller avec sa mère pour observer le capharnaüm qui s'élevait jusqu'au plafond, les étagères, les placards, les casiers de bois, les antiques tiroirs d'où le patron, qui savait par cœur jusqu'au moindre clou son trésor hétéroclite, exhumait devant ses clients des bizarreries cliquetantes qu'il faisait sautiller dans le creux de sa main comme des pépites d'or. Louise inspire à fond encore une fois ces effluves chimiques mais déjà le souvenir s'est dissipé avec eux par la porte ouverte.

Elle les entend se parler dans le salon devant la télévision en sourdine. Ils sont sur le vieux canapé de cuir, Lidia promenant son regard vide dans la pièce, apercevant Louise et lui adressant un petit signe de la main pendant que Georges lui détaille la liste des courses qu'il va partir faire au supermarché. Louise tient l'aspirateur qu'elle n'ose pas déclencher parce qu'elle a peur de gêner les mots qu'ils se disent. Puis Lidia pointe l'écran du doigt. Qui c'est celui-là ? C'est le président de la République, tu sais bien. Lidia hausse les épaules en s'esclaffant : On dirait un chanteur yéyé avec son petit costume ! Georges rit puis lui pose un baiser sur la joue. La femme ferme les yeux, l'air heureux.

Dans le vacarme de l'aspirateur, Louise tend l'oreille. De temps en temps, elle va jeter un coup d'œil dans le salon. Lidia somnole, un magazine de mots croisés posé à côté d'elle. Bientôt, elle se réveillera et se lèvera en demandant quel jour, quelle heure on est et elle déambulera dans la maison en ouvrant les placards, y cherchant quelque chose qu'elle ne parvient pas à désigner et qu'elle ne trouve jamais. Où est-ce que j'ai foutu ce truc ? Quand on lui demande de quoi elle parle, elle agite par-dessus son épaule une main agacée. Rien, dit-elle parfois. C'est mon affaire.

Louise s'applique. Se concentre. La salle de bains rutile. Le miroir au-dessus du lavabo lui renvoie un reflet sans auréole mais elle refuse d'envisager la silhouette en blouse bleue qui s'y inscrit. Elle parvient le plus souvent à ne penser à rien, toute à son travail. Parfois, la peur l'envahit et lui serre la gorge et bien vite la colère vient desserrer cet étranglement. Elle se met à songer à un couteau. À son utilité. Il faudrait qu'elle le porte sur elle. Mais comment ? Dans un étui comme les trappeurs ou les commandos ? Dans sa poche, sagement replié ? Je ferai comment pour le sortir, l'ouvrir. L'autre il m'aura déjà massacrée rien qu'à l'idée que je puisse le menacer ainsi. Un cran d'arrêt. Hop, la lame jaillit et tu frappes. Il faudrait que l'arme surgisse sous sa main comme par magie. Elle réfléchit alors aux coups qu'il faudra porter. Au ventre, il paraît que ça fait bien morfler. Au cœur, t'es sûre de cogner contre une côte. Une chance sur deux. À la gorge. Là, il se vide en cinq minutes. Tu prends son sang dans la gueule avant qu'il ait l'idée de vouloir colmater la plaie avec ses mains. Je le regarderai tomber par terre et gargouiller. La panique dans ses yeux. Son regard implorant fixé sur moi, pendant qu'une énorme flaque rouge grandira autour de lui, épaisse et belle comme de la peinture. Je le regarderai crever. J'entendrai les gargouillis dans sa gorge et ses râles et son dernier souffle et le sang cessera brusquement de pulser à son cou et si ça se trouve tout se relâchera et il se pissera dessus comme je me suis pissé dessus déjà, de peur, de douleur, quand j'avais plus de souffle, quand ses mains m'écrasaient la gorge et que je croyais mourir comme ça, ses genoux entre mes jambes, mes mains essayant sans force de lui griffer la gueule.

Haine et colère. Louise tremble. Son cœur furieux se met à taper là-dedans comme un fou sa tête contre les murs.

Et son cadavre. Je ferai quoi de ça ?

Sam. Pour toi je tuerai, et je te perdrai.

Elle étouffe sous le poids de ce choix impossible.

Elle boit de l'eau dans le creux de ses mains, elle s'asperge le visage, elle crache, elle tousse et se redresse bouche ouverte pour aspirer un air raréfié et ouvre une fenêtre par où le vent mouillé s'engouffre et la glace.

Dans le petit bureau, elle époussette les étagères pleines de livres. De la poésie, des romans policiers. Tout en haut, reliées de vert triste, presque kaki, les œuvres complètes de Lénine. Georges lui a expliqué un jour que tout le monde avait acheté ça, à l'époque, pour soutenir les éditions du

Parti. Mais personne ou presque ne les a lues. Il aimerait bien s'en débarrasser, ça prend de la place, mais qui va en vouloir ? Elle ne connaît de Lénine que la photo de ce chauve barbichu haranguant la foule, et l'échec de l'espèce de société nouvelle qu'il a essayé d'instaurer, ils appellent ça le communisme ; elle se rappelle ces soldats traversant en courant une vaste place enneigée, les bonnets pointus frappés d'une étoile rouge, les foules emmitouflées, sombres, écoutant un orateur juché sur une estrade improvisée. Des images en noir et blanc, un peu floues, où les visages semblent sur le point de s'effacer. Des films muets aux mouvements saccadés qui animent l'Histoire de mimiques burlesques comme si tout ça, au fond, n'était pas très sérieux. Georges lui a dit un jour quel espoir immense ç'avait été, ce soleil rouge qui se levait à l'est et qui donnait chaque matin envie de se lever aussi, pour la cause, pour hâter la venue des jours heureux. Ils y avaient cru, oh oui, Lidia et lui. Lidia ne gardait de son père, mort à Teruel, que la photo froissée d'un type hilare, le pompon d'un calot pendant sur son front, un fusil dressé près de lui dans sa main. Elle avait franchi la frontière en janvier 39 et sa mémoire en lambeaux se souvient encore du froid et de la faim et la nuit, parfois, elle tremble et sanglote et parle à sa mère. *Mamá, tengo frio, Guárdame en tus brazos. Mamita, te quiero tanto.* Parfois, il la surprend debout derrière la vitre, épiant dans la rue les rares passants. Quand il lui demande si elle attend quelqu'un, elle hoche la tête. Demain, peut-être, dit-elle en remettant en place le rideau qu'elle tenait ouvert. Il sait bien qu'elle les attend, Nuria la mère, Andrès, son frère aîné mort du typhus à Buchenwald. Oui, dit-il en la ramenant vers son fauteuil. Peut-être demain.

Louise a souvent éteint l'aspirateur pour écouter Georges égrener ses souvenirs, feuilletant des albums, grèves, manifestations, fêtes. Foules compactes, heureuses, intelligentes.

Elle a d'abord négligé de l'écouter, agacée par ses radotages, indifférente à ce passé qui soulevait des bouffées de poussière et saturait l'air d'odeurs de vieux papiers et de moisi et le faisait éternuer souvent. Elle ouvrait la fenêtre et attendait qu'il ait fini pour reprendre son travail, à quoi bon voulait-elle lui dire, tout ça pour ça, voyez où nous en sommes. Ces photos, en noir et blanc, ou bien décolorées, rosâtres et marron, ces coupures de presse jaunies, ces livres ne lui disaient rien, n'éveillaient en elle aucun écho. Puis peu à peu elle l'a regardé mieux et a perçu dans sa voix, dans les hésitations de ses mains survolant les souvenirs, une mélancolie qui lui a rappelé son père, un jour où il avait retrouvé dans un grenier une boîte pleine de vieilles photos où son enfance avait fané. Elle s'est rapprochée, a d'abord jeté un coup d'œil méfiant par-dessus son épaule puis a fini par envier le vieux Georges qu'elle sentait vibrer encore de bonheur et de colère. Elle posait parfois une question, lui parlait de ce qu'elle avait vu aux infos la veille. Il s'indignait aux nouvelles du monde, épouvanté et furieux devant le chaos. Elle s'est sentie souvent plus vieille que lui, l'échine courbée sous un poids qu'elle n'a pas la force de soulever.

Lidia vient quelquefois et se penche sur ce qu'ils sont en train de regarder. C'était où ? Quand ? Et lui, qui c'est ? Et elle ? Georges lui explique. Donne des précisions. Elle dit ah oui, ouh là en agitant sa grande main maigre près de sa tempe avant de quitter la pièce d'un pas traînant. Alors, Georges referme l'album, range le livre, éteint l'ordinateur et il se lève avec peine, vieillard soudain, et il va rejoindre la petite Espagnole qui ne sait plus ce qu'elle est devenue.

Louise ouvre *Les Fleurs du mal*. Elle se rappelle combien ça l'ennuyait au lycée et à quel point sa mère aimait ça. Elle feuillette le livre et s'arrête sur un vers qu'elle lit à voix basse : « *Ange plein de gaieté connaissez-vous l'angoisse ?* »

Dans le vacarme de l'aspirateur, les mots résonnent et chantent en elle sourdement. Maman chantait tout le temps. Fredonnait en corrigeant ses copies, tard le soir sous la lampe, levant vers Louise un regard fatigué et doux. Tu ne dors pas ?

Elle retrouve le poème et la suite lui serre le cœur : « *Ange plein de beauté connaissez-vous les rides / Et la peur de vieillir et le hideux tourment / De lire la secrète horreur du dévouement / Dans des yeux où longtemps burent nos yeux avides ?* »

Elle les revoit tous les deux, vers la fin. Elle ne peut empêcher le souvenir de s'imposer. Les regards qu'ils échangeaient quand ils se pensaient seuls, quand ils croyaient que Louise ne les voyait pas. Amoureux et tristes.

Elle repose le livre et reprend son travail. Elle referme la fenêtre et reste un moment appuyée à la poignée, l'esprit vide, puis elle entend Lidia entrer dans la pièce et se retourne pour voir la vieille femme la considérer avec surprise ou inquiétude, peut-être sur le point de demander à Louise qui elle est et ce qu'elle fait ici, puis elle secoue la tête et revient dans le couloir en traînant des pieds.

– Ça va ? demande Louise. Vous avez besoin de quelque chose ?

– Bien sûr que ça va. Qu'est-ce que vous croyez ?

Louise l'entend bougonner puis soupirer puis s'asseoir lourdement sur son fauteuil et allumer la télévision.

Louise termine le repassage quand Georges rentre des courses en s'ébrouant, tout encombré, les bras chargés, râlant après le mauvais temps. Elle l'aide à porter les sacs et cabas dans la cuisine. Lidia vient sans un mot et fouille, sort des paquets, des boîtes, des bouteilles. Curieuse, avide. Elle ouvre un pot de yaourt, y trempe son doigt. Louise lui tend une cuillère, qu'elle ignore. Bruits de succion. Lidia s'appuie à l'évier mange le yaourt en se salissant. Louise lui présente à nouveau la cuillère. Avec ça, ce sera plus pratique. La vieille femme secoue la tête. Meilleur comme ça, elle dit.

– Laissez-la, dit Georges. C'est l'heure, pour vous. Ne vous mettez pas en retard.

Louise va se changer. Dans la poche de son imper, elle trouve sur une demi-page de cahier un dessin représentant une femme en jupe écossaise et un petit garçon déguisé en pirate. Larges sourires sur les bouilles rondes. Au fond, des montagnes bleues, et derrière les personnages une rivière enjambée par un pont de bois. Maman, Sam, écrits en rouge. Dans le coin, en bas à droite, un lapin aux yeux fous, une carotte plantée dans la gueule comme un cigare. Georges l'accompagne jusqu'à la porte. Louise rit toute seule. Elle replie le dessin et le glisse dans son portefeuille.

On entend tinter dans l'évier la cuillère que Lidia vient d'y lancer en criant « Fait chier ! ». Georges se précipite. Lidia est attablée, la tête entre les mains, devant le pot de yaourt renversé. Elle boude comme une enfant. Ne pleure pas, murmure Georges. Il la serre contre lui et elle passe ses bras autour de son cou en geignant doucement. C'est rien, il dit encore. Je reviens. Il rejoint Louise, l'air absent.

– Ça va aller ? elle demande.

Il hausse les épaules. Il jette un coup d'œil circulaire autour de lui. Il semble perdu, ça dure quelques secondes, puis il se redresse, s'ébroue presque et regarde Louise bien en face. Ses yeux brillent de larmes.

– Oui, dit-il, bravache. Il lui tapote l'épaule. Vous en faites pas. Vous y retournez, samedi ?

– J'en sais rien. Il y a Sam. Je sais pas si ma voisine pourra me le garder.

– Faites attention à vous, ils ont décidé de vider les rues par la terreur. La plupart des flics sont des fascistes. N'allez pas vous faire éborgner.

Elle fait oui de la tête. Ils se serrent la main.

Louise sort, lève les yeux au ciel. Il pleut vraiment. Elle court vers sa voiture, toute raidie par le froid. Bien sûr qu'elle fait attention.

Sam. Lui sans moi, moi sans lui. Elle démarre en trombe comme pour fuir au plus vite les pensées qui l'assaillent, meute de chiens noirs.

5

Des cris le réveillent mais il garde les yeux fermés. Deux hommes se querellent dans l'escalier en une langue qu'il ne connaît pas. Une porte grince puis claque. L'immeuble semble vibrer soudain, résonner de toutes ces respirations qui s'activent, de voix étouffées, de raclements de gorge, de toux, de musiques. Une femme rit, un petit enfant pleure. De l'eau cataracte dans une canalisation. Il écoute au plus loin qu'il peut l'écoulement épais et croit pouvoir suivre sa chute jusqu'à l'égout. Il imagine à cet instant toutes ces saletés qui sortent des corps, retenues pendant la nuit, et il sait bien que les humains se défont de leur fange, se purgent de ce qu'ils ont accumulé des heures durant, résultat de toutes leurs activités de la journée, puisque c'est à ça qu'ils se résument, de molles machines à fabriquer de la merde, il sait bien, lui, que tout le jour ils vaqueront sous leur masque avenant, drapés, enrobés dans leurs habits, déguisés en êtres civilisés, travestis pour le grand carnaval sordide, grands singes savants, guenons rusées, tâchant de dominer leur état de rut permanent, leur violence, leurs rêves de puissance, leurs envies de meurtre, ces pulsions d'animaux qu'ils nomment amour, désir, ambition, ces mots qu'ils utilisent comme du papier hygiénique pour torcher leurs turpitudes. Tous les matins ils vidangent la fosse septique qu'ils s'appliquent à remplir chaque jour, heure après heure, en feignant d'ignorer ce qui macère en eux.

Il ouvre enfin les yeux sur l'obscurité où viennent mourir les lueurs de la rue à travers les persiennes. Il est surpris d'apercevoir l'encadrement de la fenêtre sur sa droite et il ne parvient pas à reconstituer de mémoire la disposition de la pièce. La porte, là-bas, à côté de l'armoire béante. Ce miroir, posé contre le mur, et son pâle rectangle.

Il n'ose pas allumer la lampe posée par terre à côté du matelas. Il regarde l'heure sur son téléphone. Il ne sait pas quand il est arrivé ici avec la fille. Il a peut-être dormi quatre heures. C'est important de bien dormir. Maman dit toujours ça. Pense à bien dormir, tu vivras vieux. Tant pis. Il va falloir qu'il se lève, qu'il rentre chez lui se laver un peu. Boire un café, manger quelque chose. Il prendra des cachets pour tenir le coup au travail aujourd'hui. Comme ça, il pensera à autre chose. Il oubliera. Il y arrive bien, en général. Il met tout ça dans une case de son cerveau, comme dans un coffre-fort, et ça reste bien fermé, ça ne bouge plus. Il l'ouvre de temps en temps pour aller voir et il retrouve tout un peu mélangé et froissé comme des papiers qu'on aurait entassés là sans aucun soin. Comme dans une poubelle. Alors il se rappelle un peu et il n'aime pas ça et pour refermer la case il se saoule à fond, il n'y a que ça, se noyer dans le gin, trois ou quatre bouteilles qu'il partage des fois avec Patrick, c'est le voisin du dessous, un fou, qui se met parfois à bramer en pleine nuit pour appeler sa femme morte l'année dernière et lui ordonne de revenir en l'insultant comme si elle avait fait ses valises la veille.

Il se sent fatigué. Il décide de rester encore un moment couché et tire jusqu'au menton ce drap qui sent la sueur et la pisse. Il aimerait dormir un peu. Seulement dix minutes. Qu'est-ce que c'est dix minutes ? Il ferme les yeux. Dix minutes puis il se lèvera.

Il se tourne et se retourne. Une migraine éclate sous son crâne. Des images, des musiques, des cris. La nuit revient vibrer autour de lui de tous ses néons, ses éclairages criards, ses sonos tonitruantes, nuit fantôme de retour pour le hanter. Il transpire. Il se concentre sur le petit bruit têtu de la pluie, sur le passage mouillé d'une voiture dans la rue, mais l'assaut de sa mémoire continue, qu'il repousse en se débattant contre les draps comme s'ils cherchaient à l'étrangler. Il gémit, il en pleurerait presque, et il enfonce sa tête dans l'oreiller pour y étouffer sa migraine mais c'est lui qui suffoque alors il se dégage avec un râle et se redresse et se lève brusquement, d'un bond, et il allume l'ampoule au plafond sous son abat-jour verdâtre.

Le corps de la femme est étendu là-bas au pied d'un mur, à côté du lavabo. Il s'approche pour mieux voir et il ne reconnaît pas ce visage à la bouche ouverte, aux yeux mi-clos, aux cheveux noirs étalés autour de sa tête. Il l'observe un moment, il se dit qu'elle n'est peut-être pas morte et qu'elle pourrait le reconnaître mais cette immobilité, tout ce sang, sous elle comme une étoffe sombre, et ces traînées sur le papier peint. Il ne sait pas quoi faire et reste figé devant le cadavre, incapable de bouger, ni de prendre une décision. C'est pas possible, il dit.

Tout ce sang. Un vertige le prend. La migraine lui fracasse le crâne.

Il aperçoit le petit sac de toile rouge qu'elle portait à l'épaule. Il se rappelle avoir d'abord vu d'elle ce sac rouge puis ses longues jambes. Et des chaussures rouges, aussi, qu'il cherche des yeux sans les trouver.

Un portefeuille, un téléphone, un paquet de cigarettes, un briquet de plastique, une petite trousse de maquillage. Tout au fond, deux clés accrochées par un anneau à une minuscule lampe torche. Il prend les clés, les trois billets de vingt que contient le portefeuille. Il faut partir. Il fait le tour de la chambre, il songe à essuyer tout ce qu'il a pu toucher mais ne se rappelle plus. Peu importe. Elle lui a dit qu'elle recevait des tas de clients dans ce gourbi. Des empreintes il y en a des dizaines. Il jette la trousse de maquillage et le téléphone et laisse tomber au fond de ses poches l'argent, le briquet, les cigarettes puis sort. L'obscurité du couloir le rassure. La clé tourne sans bruit, le verrou claque. Il fait le dos rond, la tête rentrée dans les épaules, inquiété par la rumeur qui emplit l'immeuble en train de s'éveiller.

Il descend l'escalier d'un pas hésitant, explorant du bout du pied le bord de chaque marche. Il se souvient qu'il tient dans sa main la lampe torche, l'allume. Dans le tremblement de cette lueur blanche, les murs lépreux pèlent comme une peau brûlée. Il se hâte, aperçoit au-dessus de la porte donnant sur la rue la clarté d'un vasistas.

La rue déserte. Une voiture arrêtée au feu rouge, un peu plus loin. Il se met à courir, de la pluie plein la figure.

Il faut que j'appelle maman.

6

Jourdan ne dit rien, peut-être bercé vaguement par le frottement sourd des essuie-glaces, par le vacarme étouffé du trafic, par le tremblement de la pluie sur les vitres. Au volant, Corine Berger se tait elle aussi. Elle se contente de conduire, attentive, exactement comme si elle était seule à bord. Par moments, elle soupire, impatiente ou contrariée. Elle regarde sa montre à peu près toutes les deux minutes.

Il y avait ce silence dans l'appartement, quand il est entré tout à l'heure. Il a toujours l'impression qu'il règne une étrange paix dans le chaos d'une scène de crime. Un peu comme si les bruits, les cris, les voix venaient tout juste de s'éteindre et que le silence alors était plus profond, comme un trou dans l'eau qui resterait creux après qu'on y a jeté une pierre. Mais ce silence-là était d'une autre nature : dense, étouffant, qui s'était collé à lui et avait embarrassé ses premiers pas, le tenant aux jambes, lui serrant la poitrine. Un silence ironique, malveillant, feignant de croire les enfants seulement endormis.

Il lui semble qu'il traîne avec lui, accrochés à lui, dans cette voiture de service coincée dans les embouteillages, des filaments de ce silence qui interdisent le moindre mot.

Jusqu'à ce que son téléphone se mette à vibrer dans sa poche. C'est Madec, qu'ils ont laissé au bureau tout à l'heure. Il parle vite, il est essoufflé, il raconte quelque chose d'invraisemblable que Jourdan lui fait répéter alors l'autre s'énerve, sa voix s'éraille. Oui merde, un mec qu'on interrogeait ici, dans le bureau. Il a pris l'arme d'un collègue, il nous a menacés avec, il a tiré et il a sauté par la fenêtre ouverte. On avait ouvert pour aérer parce qu'il puait. Putain, on a bien cru qu'il allait nous flinguer, ce dingue. C'est clair maintenant ?

Les mains de Coco se crispent sur le volant. Elle jette en coin quelques coups d'œil sans oser tourner la tête vers Jourdan. Elle le regarde attraper le gyrophare et le fixer sur le toit.

– Fonce.

– Qu'est-ce qui se passe ?

– Fonce. Et fais gaffe à emplafonner personne, c'est déjà assez la merde comme ça.

Ils arrivent abrutis par le vacarme du deux-tons, par la vitesse qui les a arrachés à l'immobilité engorgeant les rues, aux regards surpris qui se retournaient sur ce hurlement excédé derrière la masse bloquée d'un bus.

Dans le couloir, ils sont une vingtaine de flics de tous grades et fonctions, qui parlent à voix basse. Coco lui touche l'épaule. Je te laisse. Un taulier, Feugas, aperçoit Jourdan et marche vers lui.

– Madec. C'est chez toi, ça. Il a merdé, on dirait.

Jourdan le dévisage, croise par-dessus son épaule quelques regards affligés, copains, collègues, auxquels se sont joints les inévitables crétins.

– Comment il va ? Et les trois autres ?

Feugas s'en fout. Il hausse les épaules. Il parle d'enquête, de faute. Jourdan ne l'écoute pas. Ferme donc ta gueule. L'autre s'interrompt brusquement, au point que Jourdan se demande s'il n'a pas pensé tout haut.

– Tu m'écoutes ?

Jourdan lui tape sur l'épaule. Bien sûr que je t'écoute. Il le contourne et marche vers les flics massés un peu plus loin. Il se faufile entre eux, parmi leurs paroles confondues, indistinctes. Il répond à des « salut » marmonnés, il hoche la tête à des banalités de circonstance. Il entre dans le bureau accueilli par un flash. Le technicien se redresse, le salue d'un geste de sa main gantée. Deux OPJ prennent des notes. Lacoste et Marchives. Il voit la fenêtre béante, il entend la rumeur de la ville qui s'engouffre par bouffées avec le vent. Les trois flicards sont dans un coin et parlent avec un capitaine, Marchand, croit se rappeler Jourdan. Ils ont débouclé leurs gilets pare-balles, l'un d'eux est assis, la figure dans les mains. Marchives se tourne vers lui, parle à travers son masque.

– Les collègues sont en bas avec l'autre con. Dommage qu'il soit mort, je lui aurais bien fait sa fête.

Jourdan marche sur la pointe des pieds jusqu'à la fenêtre encore ouverte. En bas, quatre étages plus bas, cinq silhouettes blanches tournent lentement autour du cadavre étalé dans l'eau, sous la pluie.

– Je vais voir.

Il voit. Le type doit bien mesurer deux mètres. Bras et jambes écartés, il paraît gigantesque. Il est à plat ventre, torse nu parce que son tee-shirt est parti au labo. La pluie s'écrase sur son dos large et gras, et rend luisante la peau très blanche, constellée de taches de rousseur. Jourdan trouve écœurantes cette chair affalée, cette molle blancheur détrempée, cette plaie béante à la base du crâne, creusée par la balle que le type a prise avant de s'écraser ici, et il songe qu'on devrait balancer tout ça tel quel dans un trou et recouvrir de chaux. Lui viennent des images de bulldozers, de cadavres en tas poussés dans des fosses, et il ne sait plus que penser de ces idées qui l'assaillent et il frissonne et met cela sur le compte de la pluie qui lui coule dans le cou et du vent qui tourne autour d'eux impassibles pourtant au-dessus de cette chose morte.

– Du sang ?

Il revient brusquement aux questions pratiques qui attendent des réponses précises, presque rassurantes.

– Oui, dit un des techniciens de la scientifique. Et c'est pas le sien. Un tablier de boucher c'est propre à côté. On attend le fourgon pour l'emporter à l'IML.

Jourdan s'approche du corps, essaie d'apercevoir le visage reposant sur la joue droite dans une flaque d'eau rougie par le sang. C'est bleu, enflé, brisé. La mâchoire est sortie de son logement et la face désarticulée semble tordre la bouche comme si le type avait été contrarié par son ultime idée.

– Il faudra lui refaire la gueule pour l'identification. Pour l'instant, sa putain de mère le reconnaîtrait pas.

– Si ça se trouve, elle l'a même pas reconnu à la naissance, ce bâtard, va savoir.

– Va savoir.

Jourdan s'éloigne, observe ses collègues en train de ranger leur matériel, courbés sous la pluie, et il s'attarde sur le corps, essayant d'imaginer qui ça pouvait bien être, quand c'était vivant, cette masse de viande : le bon géant des contes ? Ou bien celui que de connards poids-plumes hargneux viennent défier au comptoir d'un rade et qui n'ose pas riposter de peur d'en tuer un d'une simple gifle parce qu'on dit de lui dans sa famille *quand il est en colère il ne sent plus sa force* ? Une brute abrutie, stupide, qui aura saigné un type et fini sa nuit ivre mort sous le banc où on l'a trouvé ?

Mais s'emparer d'une arme et tenter de tuer un flic en plein commissariat ? Se jeter par la fenêtre ? Qu'y avait-il dans cette tête éclatée ? Dans ce cerveau noyé désormais par le sang de ses artères déchirées ?

Son téléphone vibre encore. C'est Laurentin, à l'état-major. On a sans doute logé Cédric Caminade. Un type armé d'une carabine et correspondant au signalement s'est retranché dans la maison de ses beaux-parents, à Andernos. Gendarmes sur place, prévenus par un voisin qui l'a vu entrer arme à la main et a entendu des cris. Les cognes ont informé le procureur, qui a fait le rapprochement. Réunion dans cinq minutes dans le bureau de Desclaux.

Jourdan essaie de joindre Madec. Portable éteint. Il ne sait pas quoi dire sur la messagerie, il bafouille trois mots, j'espère que ça va quand même. Rappelle-moi. Il marche vers l'entrée, il se demande à quoi servira cette réunion alors qu'il suffirait d'envoyer le Groupe d'intervention mais voilà, les gendarmes ont dû garer leur 4L devant la maison et réclament déjà de prendre l'affaire puisque c'est chez eux qu'est venu s'échouer ce minable... Dès qu'il rentre dans l'immeuble, une chaleur épaisse lui tombe dessus et l'engourdit et ses idées se mettent à tourner en rond, manège lent, alors en attendant l'ascenseur il manipule son téléphone, relit d'anciens messages, essaie d'occuper son esprit comme on agace un animal pour l'empêcher de s'endormir ou l'obliger à réagir. Une femme en uniforme déboule, le pas lourd, et le salue d'un signe de tête puis aussitôt soupire d'impatience en remontant son ceinturon sur ses hanches, putain murmure-t-elle en appuyant sur le bouton d'appel comme si ça allait faire venir plus vite la cabine qu'on entend bourdonner dans les étages. La porte coulisse, la femme s'engouffre et lui ne bouge pas et elle le regarde, les bras croisés, et quand le panneau se referme elle a le geste de le bloquer puis renonce et balance en soupirant sa main vers son épaule, et il croise son regard bleu, vide, qui ne le voit plus.

Ça le saisit comme une main froide lui broyant la nuque. Il cogne du poing contre la porte de l'ascenseur puis sa gorge est amère et se noue et les larmes débordent.

Il court presque dans un couloir menant au garage. Il suffoque sous les néons. Les enfants morts sont là, jetés au pied des murs. Il ne voit plus qu'eux. L'air fâché des petites filles. Le garçon à plat ventre, sa bouche ouverte sur son dernier souffle ou les mots ultimes qu'il a peut-être dits. Jourdan se rappelle la stupeur et la tristesse du visage détruit de la mère, son corps écartelé, presque vautré.

Il sort de la ville cloué à son siège par le hurlement de l'avertisseur. Il ne pense à rien qu'à la vitesse, au temps qui roule plus vite que lui. Il coupe le deux-tons, appelle Laurentin, qui s'étonne.

– L'adresse. Où c'est dans Andernos ?

– Pourquoi tu me demandes ça ?

– Pour savoir. Je connais un peu, par là-bas.

– Avenue De Lattre de Tassigny. T'es où là ? Ça va commencer.

Jourdan coupe la communication. La route file droit au milieu des pins lugubres sous le ciel gris. Parfois, des coupes claires étendent sur des hectares leur paysage de dévastation, gris, brun, verdâtre. Sur la quatre-voies, une trouée bleue écarte les nuages. Un peu de soleil saute dedans, y jette un faisceau de lumière dorée comme dans ces vieux films où Dieu décide enfin de se manifester auprès d'un prophète exalté. Jourdan abaisse le pare-soleil. Il regrette de n'avoir pas sur lui de lunettes noires. Il se plaît dans le crépuscule pluvieux qui détrempe tout depuis une dizaine de jours. Marlène hait cette tristesse océanique, ce vent d'ouest qui court les rues et bouscule les parapluies. Elle invoque des garrigues, une minéralité implacable bordée de montagnes bleues ou d'une mer immobile. Voilà longtemps qu'avec Marlène ils ont cessé d'aimer les mêmes choses. Leur fille, peut-être. Chacun à sa façon. Dos à dos. Il n'y a pas si longtemps, pourtant…

Le ciel s'assombrit brusquement et la voiture s'enfonce dans la masse opaque de l'averse. Jourdan secoue la tête pour se débarrasser du mélange instable de colère et de tristesse qui le fait trembler. Il arrive à Andernos et il se redresse dans son siège, serrant le volant dans ses poings comme s'il roulait sur un pont de lianes.

Les gendarmes ont barré la rue. Deux pandores font le gros dos près d'une voiture, sous la pluie, encapuchonnés dans leurs parkas. Ils font signe à Jourdan de circuler alors il montre sa carte de flic par la vitre baissée. L'un des gendarmes s'approche, examine la carte.

– On est sur cette affaire. On cherche ce type.

– Et alors ?

– Alors tôt ce matin j'ai fait des constatations sur les corps de trois gamins et de leur mère abattus par ce connard planqué là-bas et ça m'a mis de mauvaise humeur.

Le gendarme soupire, secoue la tête. De l'eau dégringole de sa capuche.

– Voyez ça avec le capitaine. Près du fourgon.

Le capitaine vient vers lui dès que Jourdan sort de sa voiture. Le vent l'oblige à cligner des yeux et à tenir sa capuche. Grand, large d'épaules, mince. Treillis, rangers. Il tend à Jourdan un parapluie, lui serre la main d'une poigne puissante. Jourdan conjecture qu'il a raté de peu le GIGN. Ils se présentent. Capitaine Balland, capitaine Jourdan. La pluie se calme puis cesse. Jourdan ferme son pébroque, il déteste ce genre d'accessoire. L'autre a dû le lui refiler pour qu'il ait l'air ridicule lui, le poulardin du SRPJ face à l'athlète en tenue de combat. Il pose le parapluie sur le toit de la voiture garée là.

– Bon. Qu'est-ce qu'on a ?

Le gendarme ôte sa capuche et tourne sa tête nue, aux cheveux noirs très courts, vers la maison qu'on devine derrière une haie de thuyas.

– Il y a deux heures, un voisin qui promenait son chien a vu un type arriver en trombe, descendre de voiture un fusil à la main et entrer. Presque aussitôt, il a entendu des cris, des éclats de voix, des portes claquer et il nous a appelés. On a prévenu le proc qui nous a dit que ça évoquait une affaire de quadruple homicide dont l'auteur est en fuite, armé d'un fusil.

J'ai posté deux hommes derrière la maison, dans un jardin mitoyen. A priori, le secteur est bouclé. On a vingt-quatre effectifs sur le dispo. J'ai reçu du renfort de deux autres brigades.

– Il y a qui avec lui ?

– Ses beaux-parents. Plus un chien, paraît-il. Il a gueulé qu'il les tuerait si on tentait quoi que ce soit. On attend des instructions du proc et de notre commandement. Et vous ? Qu'est-ce que vous faites ici ?

– Je voulais acheter des huîtres et…

– Me prenez pas pour un con. S'il vous plaît.

Jourdan hoche la tête en signe d'apaisement. Il sort un paquet de cigarettes, en offre une au gendarme qui la prend d'un geste vif, l'allume avec un briquet qu'il va chercher au fond d'une poche de son pantalon de treillis puis fume avec avidité.

– Il s'appelle Cédric Caminade. On vous l'avait dit ? Bon, on s'en fout, qu'il s'appelle Caminade ou Dugland, ce connard a tué ses trois enfants et sa femme ce matin. J'en viens, quasiment.

La capitaine Balland scrute la maison à travers la haie comme s'il pouvait percer les mobiles, les secrets de l'assassin retranché là-bas. Il tire machinalement sur sa cigarette comme s'il était pressé, comme si c'était la dernière. Jourdan consulte son téléphone. Quatre nouveaux messages. Il l'éteint.

– Depuis quand il n'a plus rien dit ? Il ne demande rien ?

– Silence radio depuis près d'une heure et demie. À notre arrivée on a téléphoné, c'est lui qui a décroché. Il a dit qu'il ne sortirait pas de là tant qu'on serait devant. J'ai essayé de parlementer mais il a raccroché. Dix minutes plus tard, on a refait une tentative par mégaphone, au portail. C'est là qu'il a menacé de tuer ses beaux-parents. Depuis, il ne répond plus.

Jourdan s'approche du portail. C'est une petite maison d'un étage, environnée de chênes et de mimosas. Un volet est entrebâillé ; les autres sont fermés.

– Il va les tuer.

Le gendarme s'approche.

– Qu'est-ce que vous dites ?

– Il va les tuer. Il va finir ce qu'il a commencé. Et il se foutra en l'air après.

– Qu'est-ce qui vous fait dire ça ?

– Il a tué ses enfants et sa femme. Il est méthodique. Il a décidé d'aller jusqu'au bout.

– Au bout, on dirait qu'il y est, c'est le fond de l'impasse.

Jourdan se tourne vers Balland, qui hoche imperceptiblement la tête, fixant la maison, l'air inquiet.

– C'est la seule issue qu'il a été capable d'imaginer à sa vie de con.

Balland baisse la tête, souriant à demi. Ils restent immobiles et muets pendant que monte vers eux une nouvelle averse et ils lèvent les yeux vers le ciel assombri, du vent sur la gueule. Les gendarmes dans la rue font les cent pas, la tête rentrée dans les épaules.

Jourdan s'aperçoit que depuis un moment il serre les dents, mâchoires soudées, douloureuses. Il ouvre la bouche, se masse la nuque, fait craquer une vertèbre, jette un coup d'œil à l'officier de gendarmerie figé et droit, la tête haute sous la pluie qui reprend.

Le coup de feu, les hurlements, l'arrachent du sol. La porte d'entrée de la maison s'entrouvre et un bras brandit puis jette la carcasse d'un chien.

– Laissez-moi partir ou je tue les vieux ! Barrez-vous tous, tas de bâtards !

Balland demande à l'un de ses hommes de lui apporter le mégaphone. La pluie s'est remise à tomber. La voix métallique semble noyée, étouffée par le clapotement. Je suis le capitaine Balland, de la gendarmerie nationale. Vous ne partirez nulle part. Relâchez ces gens et sortez tranquillement. Soyez raisonnable.

Raisonnable. Jourdan se demande quel écho ce mot peut rencontrer chez ce type. Il se met à courir sous les arbres et entend derrière lui Balland lui demander ce qu'il fout, lui ordonner de revenir, bordel. Jourdan sort son arme, fait monter une cartouche dans le canon, atteint la porte d'entrée. Il tend l'oreille contre le battant mais n'entend rien que le ruissellement de la pluie, le grand frisson des arbres qui s'ébrouent sous les rafales de vent.

La porte n'est pas fermée à clé. Il entre, son arme devant lui. Traînées sanglantes dans le couloir. La cuisine, sur sa droite, est vide. De la vaisselle sur un égouttoir. Rien ne traîne ni n'encombre. Il entre dans le salon. Une chaise est renversée. Le plateau de verre d'une table basse est brisé. Un homme en survêtement se dresse, se fige, une cigarette à la gueule. Il tend la main vers le fusil posé à côté de lui sur un fauteuil.

– Ne bouge pas.

Jourdan garde le doigt sur le pontet de son arme. Pas maintenant.

– M'oblige pas.

L'autre ne bouge pas. Ses yeux ne cillent pas. Bleus, très pâles, vides. Il jette sa cigarette et l'écrase sous son pied. Il respire par la bouche lentement, comme s'il cherchait à calmer les battements de son cœur. Il semble ne pas savoir quoi faire de ses mains, il croise ses doigts, les décroise, frotte ses paumes l'une contre l'autre. Jourdan pense à un pianiste. Ou à ces hommes dans les westerns avant un duel au revolver.

À l'autre bout de la pièce, se tenant par la main, avachis sur un canapé, une femme et un homme d'à peu près soixante-dix ans sont tournés vers Jourdan et ne le quittent pas des yeux.

L'homme se tamponne le front avec une serviette de table. Sa figure est pleine de sang. La femme sanglote en silence.

– Sortez.

Jourdan a dit ça à mi-voix, sans les regarder, si bien que le couple ne bouge pas.

– Sortez, putain. Il faut vous le dire comment ?

Ils se lèvent d'un même geste et marchent à petits pas vers la porte. Caminade n'a pas bougé. Il suit des yeux ses beaux-parents en train de quitter la pièce. On pourrait le croire indifférent ou stupéfait ou frappé d'idiotisme. Dès que la porte est refermée, Jourdan affermit sa prise sur la crosse du pistolet. Son doigt se pose sur la queue de détente.

– Comment ils s'appelaient tes enfants ?

Caminade joint ses mains en un geste de prière. Ses lèvres tremblent. Il va peut-être se frapper la poitrine, se mettre à genoux. Jourdan sait comment il le remettra debout.

– Non…

Il implore. Voix plaintive.

– Ils t'ont supplié quand ils t'ont vu braquer ton fusil sur eux ? Ils ont pleuré ? Ils ont eu peur tu crois ?

Caminade secoue la tête. Ses mains se débattent devant lui, brassent de l'air comme s'il essayait de disperser de la fumée ou du bouillard.

– Comment ils s'appelaient ? Dis leurs noms. Et ta femme ?

Jourdan fait un pas vers lui, bras tendu, le cran de mire de l'arme immobile absolument, comme un clou déjà rivé dans le front de l'homme.

– Ou alors ils ne se sont aperçus de rien ? Tu les as abattus par-derrière, c'est ça ? Je les ai vus. Un trou dans la nuque. C'est ça, pas vrai ? Après, tu les as traînés dans le couloir et tu les as disposés face contre terre. Pourquoi ? Tu voulais plus voir leurs visages ? Leurs yeux morts ?

Caminade grimace et pleure. Il regarde autour de lui, il se couvre le visage de ses mains, il essaie de dire quelque chose mais sa gorge encombrée de glaires empêche le moindre mot de se former et il renifle et il essuie du dos de sa main ce qui coule de son nez.

– Comment ils s'appelaient ? Dis-le, putain. Dis le nom de tes enfants que tu as tués. Celui de ta femme.

Caminade se redresse, se raidit, ravale sa morve et ses larmes.

– Cette pute…

– Et t'as tué la putain et ses enfants, c'est ça ?

L'autre baisse les yeux. Jette un coup d'œil au fusil.

– Vas-y. Prends-le.

Caminade tend la main vers l'arme.

Jourdan ne respire plus, comme au moment crucial d'un numéro de trapèze quand on ne sait pas si le voltigeur va trouver les mains de son partenaire. Quand on n'ose pas souhaiter qu'il échoue.

Caminade tremble. Puis il renonce, fermant et serrant son poing. Il fixe Jourdan, mâchoires verrouillées, les yeux ronds et brillants de colère ou d'effroi.

– Allez, prends-le. Pauvre type. C'était facile ce matin chez toi pas vrai ? Ils étaient en train de déjeuner, ils parlaient fort, ces fils de pute, c'est ça ? Et cette pute sous la douche qui écoutait sa radio, c'est ça ? Alors toi t'es allé prendre ton fusil dans un placard, peut-être que tu l'avais chargé depuis plusieurs jours mais que tu hésitais, non ? Tu t'es dit je vais pas finir en taule à cause de cette pute, alors tu repoussais sans cesse et puis ce matin, je sais pas, moi : ils parlaient fort, les enfants de la putain, ou l'un d'eux a dit un gros mot ou a fait tomber sa cuillère et ce bruit t'a électrisé, t'as vu rouge tout d'un coup et t'es allé chercher le fusil ? C'est ça ? Alors prends-le, maintenant, et montre-moi comment t'appuies sur la détente. Je suis sûr que t'as regarni le magasin avant d'entrer ici. Allez. Mets en joue. Montre-moi. C'est comme une reconstitution, tu vas voir. Tu sais, comme à la télé, avec un connard de juge mains dans les poches qui veut tout savoir au centimètre près, comme si ça changeait grand-chose à la saloperie qui a été commise, et l'abruti de service qui refait les gestes, ou bien qui des fois se rappelle même pas ce qu'il a fait tellement il était bourré ou défoncé ou simplement rendu fou par la haine et sa bêtise d'animal furieux. Fais ça. Prends ce putain de fusil et montre-moi comment tu l'as porté ce matin. À la hanche ? À l'épaule ? Évidemment c'est moins facile, à présent, mais fais l'effort.

Jourdan épie le moindre geste de Caminade mais l'autre ne bouge plus. Il ne tremble même plus, les épaules basses, le dos voûté, peut-être sur le point de s'affaler comme un tas de chiffons.

Jourdan pourrait l'abattre maintenant. Il est venu pour ça. Il convoque les images des enfants allongés dans ce couloir, la vision de cette femme effondrée contre ce radiateur, œil crevé, jambes ouvertes, il essaie de reconstituer le mélange instable que son cerveau avait fabriqué puis répandu en lui d'infinie tristesse et de rage profonde logée au creux de ses tripes comme une bête de dents et de griffes, cette douleur lancinante prenant le contrôle de toute sa personne, mais il ne parvient qu'à éprouver du dégoût pour cet abruti dont il devrait plutôt défoncer à coups de crosse la gueule pour qu'il souffre, pour que demain dans sa glace il voie vraiment à quoi il ressemble, à cet être difforme qui pleurniche sur sa faillite, sur sa chute sans fin dans le gouffre sans fond qu'il a ouvert sous lui. Il s'approche et lui colle le canon sur le front. Caminade lève ses mains vers le bras tendu. Il grince des dents. Ses paupières battent follement sur ses yeux écarquillés.

– Ne me touche pas, dit Jourdan. Ne me touche pas, sale con.

L'homme baisse les bras. Jourdan lui casse le nez d'un coup de crosse et l'autre titube, heurtant un vaisselier derrière lui, et pousse un cri et commence à gémir, ses mains sur la figure, du sang plein les doigts au milieu des assiettes qui lui dégringolent dessus. Jourdan lui balance un coup de pied dans l'épaule et le renverse et braque encore son arme sur lui et se met à trembler, le doigt sur la détente, la gueule en sang de Caminade floue par-delà le cran de mire. L'homme se met à brailler, secoué de sanglots. Se traînant par terre, on croirait qu'il essaie de ramper pour se réfugier sous le meuble.

Jourdan range son pistolet. Pauvre con, dit-il. Il donne encore un coup de pied dans les jambes de Caminade, qui ne réagit pas. Deux portes s'ouvrent à la volée, cognent ce qui se trouve derrière, et trois gendarmes casqués bondissent dans la pièce, en proférant des sortes d'aboiements. Jourdan se sent tiré en arrière et Balland se campe devant lui, en lui intimant d'un geste de la main l'ordre de ne plus bouger.

– À quoi vous jouez ?

Jourdan hausse les épaules.

– Vous le savez bien.

– La seule chose que je sais, c'est que vous êtes un dangereux connard.

Balland se retourne pour regarder ses hommes relever Caminade et le menotter. Ils le collent face à un mur, devant une aquarelle marine. Il baisse la tête. Du sang goutte par terre entre ses pieds.

Jourdan regarde tout ça comme s'il se trouvait enfermé dans une cage de verre. Ce type face au mur, tête baissée, mains dans le dos, lui apparaît soudain comme un gamin mis au piquet, et pendant quelques secondes il ne comprend plus la situation. Il lui semble ne plus rien entendre que le bourdonnement qui lui emplit le crâne.

Balland lui montre la porte d'un mouvement de menton.

– Sortez d'ici.

Jourdan sort. Il se sent ivre, lourd, fatigué comme s'il venait de courir dix kilomètres, les jambes molles.

Dehors, une éclaircie l'aveugle. Tout explose de reflets, de scintillements. Lumière froide, brisée, jetée partout comme de la glace. Il traverse le jardin sans oser lever les yeux. La rue est encombrée de voitures et de fourgons luisants d'eau et de soleil froid. Dans une ambulance, il aperçoit deux pompiers en train de réconforter le vieux couple. La femme brame et gesticule sous une couverture de survie. L'homme ne dit rien, affaissé sur une banquette, tenant à son front un gros pansement. Un gendarme s'approche de Jourdan.

– Comment ça se passe là-dedans ?

Jourdan s'arrête devant lui. Il a d'abord envie de lui répondre d'aller se faire foutre ou d'aller voir lui-même mais le type se balance d'un pied sur l'autre, piaffant presque de curiosité.

– Tout va bien, qu'est-ce que tu crois ? Le connard est vivant, en bonne santé. Il va pouvoir appeler un putain d'avocat. C'est le genre pleurnicheur... Il devrait émouvoir un jury d'assises.

Jourdan lui tourne le dos et s'éloigne.

– C'est toujours comme ça, dit le gendarme. Ils appellent ça la justice. Ce serait que de moi...

Jourdan hâte le pas. Sans se retourner, il adresse au gendarme un geste vague de la main. T'as bien raison. Bonjour chez toi. Il monte en voiture et démarre aussitôt, n'osant lever les yeux vers le rétroviseur, ignorant les deux pandores de faction au bout de la rue. Il roule vite, il traverse une averse sombre, la pluie sur les vitres tremblant comme des grandes larmes. Il doit presque se forcer à respirer, il doit débloquer sa poitrine écrasée sous un poids qui, pendant un moment, lui fait redouter de mourir de suffocation. Il a l'impression de fuir et de transporter dans son coffre les enfants morts et leur mère pour aller les enterrer dans un bois, complice, et il revoit l'expression stupide de Caminade derrière le cran de mire du pistolet, Caminade qui vivra, peut-être torturé pour toujours par la réalité de son acte, ou bien trop con ou trop fou pour éprouver la moindre douleur, tranquillement assis au bord de son enfer.

Il arrive sans y avoir songé au commissariat central éclatant de blancheur sous un soleil passager. Pureté de façade. Il plonge dans l'ombre du garage.

7

La vieille femme, le nez sur le ticket de caisse, pointe du doigt chaque article et vérifie qu'il est bien là, posé sur la table où Louise vient de vider les deux sacs. Le doigt gras tapote impatiemment le ruban de papier pendant qu'elle cherche des yeux ce qui lui manque, ah oui, la bouteille d'huile que soulève Louise pour la lui montrer, puis elle repique du nez puis relève brusquement la tête, son double menton et ses joues tremblotant, et les raviolis, ah oui ils sont bien là, deux boîtes pour le prix d'une et elle soupire, et elle continue ainsi, rajustant parfois ses lunettes, jusqu'au total qu'elle étudie, son ongle verni de carmin posé dessous, comme si elle recomptait tout.

Après quoi, assise sur une chaise de la cuisine, soufflant, toussant parfois, elle surveille le rangement des victuailles dans les placards et le réfrigérateur. Louise sait le moindre de ses gestes épié par la grosse femme qui tient à ce que chaque boîte, paquet ou sachet soit posé au même endroit que depuis toujours. Parfois, sa voix éraillée graillonne et grince En bas, les pâtes, il faut vous le répéter combien de fois ? Elle pourrait ranger elle-même mais Louise a eu le malheur d'accepter une fois et depuis la bonne femme considère ça comme un dû. Louise les lui enverrait bien dans la gueule, ses pâtes, ou les deux boîtes de raviolis, tiens, et elle l'imagine renversée en arrière le nez éclaté, heurtant de la nuque le bord de l'évier, et mourant là en quelques minutes, l'œil déjà vague sous les paupières mi-closes, bavant sur elle ou bien secouée de convulsions.

– Eh bien ? Vous apprenez les étiquettes par cœur ? À quoi vous pensez ?

Louise tressaille. Louise se rend compte qu'elle s'est figée, la main sur un paquet de café, pour visionner le petit film qu'elle vient d'imaginer. À rien, je pense, sale conne. Elle ne répond pas, elle termine le rangement et referme les portes des placards avec lenteur, tremblant presque pour s'empêcher de les claquer ou de les arracher.

Avant de sortir, elle dit même au revoir, à la semaine prochaine, et la femme bougonne quelque chose puis vient aussitôt faire tourner la clé du verrou. Louise s'appuie dans l'ascenseur à la paroi vibrante et ferme les yeux et se gifle pour empêcher les larmes de monter et s'oblige à respirer profondément. Sur le parking venteux elle court vers sa voiture, s'y engouffre, s'enferme dans l'opacité des vitres couvertes de buée, le monde autour d'elle réduit à cette lueur résiduelle, à ces bruits étouffés, à ce qu'on doit ressentir juste avant de mourir, quand tout s'éteint et s'engloutit.

Elle démarre, enclenche le chauffage et la ventilation, frotte les vitres avec un chiffon. Les choses hésitent à réapparaître par-delà cette humidité collante. Une voiture approche et ralentit derrière elle. Une femme, foulard sur la tête, cherche une place où se garer. À l'arrière, une petite fille colle son nez à la vitre. Elle semble vouloir tout absorber dans ses grands yeux noirs. Louise soupire. Elle quitte la résidence en se morigénant. Calme-toi, espèce de conne. Cesse un peu d'avoir peur de ton ombre.

Il lui faut près de quarante minutes pour traverser Bordeaux. Elle écoute à la radio un peu de rap, monte le son pour que les basses viennent vibrer dans son ventre. La nuit tombe. Les couleurs ne sont plus qu'électriques, primaires, violentes. Elles s'écrasent avec la pluie sur les vitres de la voiture et les barbouillent d'une palette frémissante. Les silhouettes entrevues sur les trottoirs se dissolvent comme au pays des morts. Ne te retourne pas. Ne les cherche pas dans les rétroviseurs. Sa mère lui avait parlé un jour du mythe d'Orphée et Eurydice. Ça l'avait plongée dans une angoisse profonde parce qu'il lui semblait impossible de ne pas se retourner, de ne pas chercher à voir l'être aimé et elle en voulait pourtant à Orphée de n'avoir pu dominer son désir et d'avoir tout compromis, d'avoir laissé la mort emporter Eurydice pour toujours.

Certains jours elle les aperçoit dans la rue. Sur l'autre trottoir. Dans la foule de la rue Sainte-Catherine. Derrière la vitre d'un tramway. Elle croise parfois leur regard absent. Au début, elle se retournait, bouleversée, mais ils disparaissaient aussitôt, avalés par la foule ou remplacés par des silhouettes incertaines. Désormais, elle tient bon, rendue heureuse pendant quelques secondes par cette bouffée de pensée magique, ramenée dans le monde des vivants par Sam qui ne comprend pas pourquoi soudain elle marche moins vite.

Si vous ne revenez pas, je viendrai vous retrouver.

La cour de l'école est sombre et vide. La grande baie vitrée de la salle où sont les enfants, éclatante de lumière, fait luire le macadam mouillé. Une dizaine de gamins, penchés sur leurs tables, dessinent de grands soleils, des fleurs géantes, du ciel bleu. L'animatrice, Nacera, salue Louise d'un signe de tête puis examine un dessin qu'une fillette lui tend. Sam n'a pas vu Louise arriver. Elle voit son dos courbé, sa main tachée de rouge posée à côté de la feuille sur laquelle il s'applique. Ses pieds s'agitent sous la chaise. Elle ne dit rien, debout dans son dos. Elle le regarde, elle résiste à l'envie d'aller l'embrasser dans le cou. L'animatrice sourit à Louise alors le garçon se retourne, fait un petit bond sur son siège puis se lève lentement, puis examine, debout, ce qu'il vient de dessiner. La plage, il dit. Regarde. Il prend ses jambes dans ses bras et serre fort et ferme les yeux pendant qu'elle lui caresse la tête.

Il y a la mer, le sable. Au loin, sur un promontoire, un phare. Un bateau à voile, un dauphin souriant, posé sur l'eau comme une bouée. Dans un coin, un gros soleil jaune d'or. C'est beau, dit Louise. Il est doué, dit l'animatrice. Je peux l'emporter ? Sam tend la feuille à Louise. Tu le mettras dans ma chambre ?

Ils rentrent, silencieux, dans le bourdonnement des essuie-glaces. Sam enfoncé au fond du siège à l'arrière. Louise ne le voit pas et tend le cou pour apercevoir dans le rétroviseur son visage tranquille tourné vers les lueurs du dehors. Elle fait un tour du parking et scrute les coins obscurs, les halls d'entrée, frissonne en apercevant la silhouette d'un homme descendant de voiture puis le voit ouvrir le coffre et en sortir deux énormes sacs pleins des courses qu'il vient de faire puis marcher, titubant presque, chargé comme une mule, les bras étirés par le poids, un sac à dos accroché aux épaules.

Dès qu'elle a refermé la porte, toute la fatigue de la journée lui tombe dessus. Elle entre dans la cuisine et remplit un verre d'eau qu'elle boit à grands traits, debout devant l'évier, puis vient s'asseoir à côté de Sam qui a allumé la télé et regarde un documentaire consacré aux chevaux. Elle le prend contre elle et il pose sa tête sur ses cuisses sans quitter des yeux l'écran où galopent des mustangs effrayés par l'hélicoptère depuis lequel on les filme.

Ils restent tous les deux comme ça pendant un long moment. Des chevaux, encore. Une troupe de Sioux traverse le Dakota dans le blizzard pour rendre hommage au chef Big Foot. Silhouettes emmitouflées, regards fatigués aux ouvertures des cagoules. Les chevaux baissent la tête, pas à pas contre le vent. Colonne noire, mouvante, dans la neige. Sam se redresse, se penche vers l'écran. T'as vu comme ils ont froid ? Louise remonte le col de son pull comme si un petit courant d'air glacé venait rôder dans la pièce. Ils doivent avoir froid les chevaux non ? Louise se rappelle les westerns dont son père était fou. Elle revoit cette scène où des Indiens, frigorifiés dans la prison où on les a entassés après qu'ils ont fui leur réserve, se révoltent et massacrent leurs gardiens avant de s'échapper, poursuivis et traqués par des régiments de cavalerie.

Elle sent le corps de Sam s'amollir puis peser davantage sur elle. Elle coupe le son du téléviseur pour écouter le souffle léger du sommeil où le garçon a glissé. Elle se détend elle aussi, elle pourrait comme lui se laisser aller, ils se réchaufferaient mutuellement, le temps s'arrêterait, le silence et la nuit autour d'eux les protégeant comme un refuge inexpugnable. Tu n'as pas faim ? Elle murmure tout contre son oreille et il grogne, il gronde comme un petit animal avant de se redresser. Comme un loup, il dit. J'ai faim comme un loup. Il lui prend la main et la mord doucement en faisant houhouhou !

Alors ils mangent. De longs silences entre eux. Sam a posé près de lui une figurine de guerrier hérissée de pointes et d'armes et il en rectifie de temps en temps la position, le fait patrouiller autour de son assiette, l'abat d'une pichenette en faisant avec sa bouche un bruit de fusillade. Arrête un peu. Mange, ça va être froid. Entre deux bouchées, Sam raconte qu'Enzo est tombé de sa chaise et que tout le monde a ri et qu'Enzo a pleuré, alors qu'il ne s'était même pas fait mal. Il raconte que Lauriane ne savait pas faire son calcul et qu'il l'a aidée. C'était facile, il dit. Avec Nadia on avait fini les premiers. Louise le taquine : Et c'était juste au moins ? Il soupire. Bien sûr qu'on avait juste. Il secoue la tête, l'air fâché.

– Elle est gentille Nadia ? T'en parles souvent.

Sam pioche dans son assiette, remet son guerrier debout, le fait gambader sur la table. Il lève les yeux vers sa mère et fronce les sourcils. Il redresse le bras de sa figurine armé d'une épée et l'agite devant lui.

– Je suis son sorcier et elle est ma douce, dit-il en forçant sa voix dans les graves. Des fois on se parle rien qu'avec les yeux.

– Et vous vous dites quoi avec les yeux ?

Il hausse les épaules tout en dépiautant une clémentine. Il s'applique à garder entière la peau qu'il reforme, presque intacte, au milieu de son assiette.

Louise se penche vers lui, elle essaie d'attraper son regard mais il garde la tête baissée, souriant à demi, mâchant lentement chaque quartier du fruit. Quand il a terminé, il reprend son guerrier et l'examine de près, grattant d'un ongle son bouclier doré.

– Alors ? Qu'est-ce que vous vous dites avec Nadia ?

Il soupire. Ses paupières battent et il secoue la tête, comme consterné.

– T'es trop curieuse.

Elle tend la main par-dessus la table, effleure les mèches désordonnées qui bouclent sur la tête du garçon.

– T'es pas obligé.

Elle entend dans l'entrée, où elle a posé son sac, son téléphone lui signaler un message. Sam l'a entendu aussi et lève les yeux vers elle.

– C'est qui ?

Elle serre la petite main dans la sienne. Son cœur tape en roulant comme un tambour.

– Je regarderai après. Une pub, si ça se trouve.

Sam hoche la tête. Il manipule machinalement son jouet, les yeux dans le vague.

Louise tend l'oreille. La tête lui tourne un peu alors elle se laisse aller contre le dossier de sa chaise sous le regard de Sam qui lui sourit et esquisse une grimace. Elle lui rend son sourire. Mon petit sorcier. Nadia et moi on a de la chance.

Dans le salon, pendant qu'ils se taisent tous deux, la voix juvénile du Président feint le sérieux et s'efforce de prendre des accents solennels, trahie par son souffle court. Louise écoute les paroles creuses du blanc-bec, le commentaire inepte et suffisant d'une journaliste politique. Puis le monde recommence à s'écrouler au travers de l'écran comme une coulée de boue et de sang jamais tarie qui viendrait s'engouffrer par cette fenêtre aussitôt qu'on l'entrebâille.

Un canot a chaviré au large de la Sicile. On ne sait pas combien de personnes se sont noyées. Vingt-cinq ou vingt-six. Les trois survivants ne sont pas sûrs.

« Tout autre chose », dit la présentatrice. Grève dans une compagnie aérienne. Des gens râlent parce que leur vol a été annulé. Ils en ont assez d'être pris en otages.

Sans même le vouloir, Louise a été happée par le flux des sons et des voix. Il faudrait qu'elle aille éteindre. Il faudrait les faire taire. Le gosse semble ne rien écouter. Elle se demande ce qui parvient jusqu'à lui de cette rumeur effrayante. Peut-être ce bruit de fond le rendra-t-il sourd. Elle le regarde jouer avec ce guerrier fait de lames, de crocs et de pointes. Il le fait sautiller sur la toile cirée de façon burlesque, inoffensive. C'est peut-être ça qu'il perçoit : des bonds, des cris, les couleurs aveuglantes d'un écran.

Sam se frotte les yeux du dos de la main. Elle regarde sa montre.

– Tu as vu l'heure ?

Il souffle, ses joues gonflées, sourcils froncés.

– Je peux pas rester ? Un peu ?

Petite voix implorante. Presque un murmure, comme si quelqu'un pouvait les entendre.

– Non, Sam. Il faut dormir.

Alors il se lève lentement, l'air fâché, ou triste. Il plie sa serviette et la range dans un tiroir. Il passe près de Louise, tête basse, puis saute sur elle et lui colle un baiser sonore dans l'oreille puis s'enfuit en riant. Elle entend la douche couler et elle crie Tu passes bien partout ! M'oblige pas à venir vérifier ! Elle va tout de même jeter un coup d'œil par la porte entrouverte et aperçoit derrière la paroi couverte de buée son garçon en train de se savonner dans des effluves de lavande.

Comme il ne veut pas dormir tout de suite, elle lui relit des passages de Jacominus et sa gorge se serre toujours aux mêmes moments de la vie de ce lapin mélancolique. Sam cherche Douce cachée dans les grandes pages, puis écoute sa mère les yeux fermés avec un sourire tranquille, récitant en silence le texte qu'il connaît par cœur, et c'est ainsi qu'il s'endort. Elle reste encore quelques instants à regarder sa poitrine soulever les draps, elle n'est plus que ce souffle et elle s'aperçoit au bout d'un moment qu'elle respire au même rythme que lui. Pour seul horizon ce profil rond et doux découpé par la lumière de la lampe. Elle touche en se levant une main posée sur la couverture puis sort en frissonnant.

Elle fouille dans son sac à la recherche de son téléphone, le sent vibrer dans sa main. L'écran s'allume. Lumière blanche dans l'obscurité du petit couloir, spectrale.

Lucas.

Salope t'aurais pu me répondre ce matin.
Je voulais faire la paix mais si c'est la guerre
que tu veux, tu l'auras.

Les larmes viennent, qu'elle ne peut empêcher. Elle s'adosse au mur, elle cherche de l'air, des sanglots la font hoqueter. Elle vérifie les deux verrous, elle tâte le battant de la porte comme si elle allait déceler une fissure dans le bois puis entre dans la cuisine et prend dans un tiroir un grand couteau, celui qu'elle prend toujours dans ces cas-là et dont elle ne se sert jamais, et le pose près d'elle sur le plan de travail. Elle vérifie la charge de la batterie du téléphone, le repose à côté du couteau.

Ne lui ouvre pas, c'est tout. Elle s'est dit ça à voix basse en surveillant l'écran éteint du téléphone. Ne lui ouvre pas, c'est tout.

Elle se calme un peu. Elle va jeter un coup d'œil dans la chambre de Sam, elle l'écoute dormir, elle sent son parfum de savonnette.

Tout est tranquille. Sa fatigue lui dit qu'il est tard. Elle fait un peu de vaisselle, elle range, elle fume une cigarette sur le balcon, laissant errer son regard sur les fenêtres éclairées du bâtiment d'en face. Des ombres s'y matérialisent parfois, fantômes fuyants. Sur le parking, rien ne bouge. Elle essaie de ne plus penser à rien, ou bien à l'été prochain, aux huit ou dix jours de mer et de soleil qu'elle offrira à Sam et elle convoque des images de plage à marée basse, déserte le matin, une longue balade au bord de l'eau, les pieds dans cette fraîcheur transparente, le gosse soulevant devant lui des éventails cristallins, se baissant parfois pour ramasser un coquillage puis se retournant vers elle. T'as vu ? Il est beau non ? Elle force son imagination, elle l'essore en vain puis sa journée revient se planter dans son esprit : les regards absents, les airs égarés, la peau sèche des mains qu'elle serre, petits fagots de bois dans du papier froissé, les joues flasques qu'elle embrasse parfois et ces bras qui s'agrippent pour la tenir contre une poitrine où peut-être bat plus fort le cœur solitaire. Elle referme la porte-fenêtre et va s'asseoir devant la télé, fait défiler les programmes puis éteint le poste. Les yeux clos, elle se met à épier le silence à travers le bourdonnement de son sang et entend dans le couloir s'ouvrir la porte de l'ascenseur. Son corps se crispe et se recroqueville, elle se tasse sur le canapé. Il va entrer, jeter un coup d'œil depuis le seuil de la pièce, marmonnera des injures puis repartira sans l'avoir vue. Elle sait que ça ne se passera pas comme ça. Il se penchera au-dessus du dossier et l'attrapera par les cheveux et la soulèvera puis la jettera par terre. Elle se retiendra de crier pour ne pas réveiller Sam. Elle sait que Sam sera réveillé. Elle le trouvera, après, endormi ou pleurant en silence derrière la porte de la chambre, affolé par les cris. Parce qu'elle finit toujours par crier, par gémir, par supplier. Elle se roulera en boule. Elle priera pour que l'autre ne lui brise pas la colonne vertébrale d'un coup de pied. Elle priera mais sa prière, elle le sait, ne sera entendue par rien ni personne, nulle part. Aucun dieu. Aucun paradis. L'enfer est ici, sans horizon ni au-delà.

Son cauchemar l'écrase, l'étouffe, percluse à nouveau de douleurs que tout le jour elle avait oubliées, et l'assourdit de son vacarme d'injures et de cris, et quand elle émerge de ce chaos il n'y a autour d'elle que le morne silence et la pénombre éclairée à peine par le néon de l'évier. Alors elle étend les bras, elle se déplie, se redresse puis se lève, se secoue du vertige qui fait tout danser autour d'elle et court vers la porte et colle son oreille au battant mais rien, seulement la rumeur d'une émission au loin, des applaudissements, des rires, l'écho de la solitude.

8

Le patron était au téléphone quand il est entré dans le bureau. Il a fait signe à Jourdan de s'asseoir sans le regarder, à demi tourné vers la fenêtre où rien n'était visible que l'anthracite du ciel et la pluie s'écoulant sur les vitres. Desclaux écoutait surtout, acquiesçait en marmonnant à ce qu'on lui disait, s'étonnait parfois, soupirait souvent. Il jouait avec un élastique qu'il emmêlait puis démêlait de ses doigts avec une dextérité de prestidigitateur. Quand il a eu raccroché, Desclaux a jeté le téléphone sur le bureau en murmurant « fait chier » puis il a pivoté sur son fauteuil pour faire face à Jourdan.

Il a commencé *mezza voce*. Il a évoqué le merdier, *piano*. Il a utilisé ce mot. Le merdier. Quatre flics dans le bureau et pas un pour avoir le bon réflexe, les gestes adéquats, techniques. Et puis ce type, là, cette espèce de géant mutique qui s'est balancé par la fenêtre, toujours pas identifié à cette heure. D'où ça sort un mec pareil ? Et tout ce sang sur lui ? Même pas le sien, apparemment. C'est parti au labo, on aura les résultats demain. Ils étaient quatre dans le bureau, nom de Dieu, quand j'y repense. Après coup, ils ont tous dit qu'ils le trouvaient bizarre, le client. Une chance qu'il en ait pas flingué un ou deux. On serait bien, à l'heure qu'il est. En tout cas, on a un suspect mort et quatre incapables que je renverrais bien à gratter du papier dans un souterrain.

Il parlait bas, comme à lui-même, calé dans son fauteuil, la tête rentrée un peu dans les épaules. Il s'est mis à parler des deux connards de l'IGPN qui débarquaient demain par le premier train et allaient tourner et retourner leurs longs couteaux dans les plaies béantes.

– Je croyais qu'ils venaient pour les conneries du samedi après-midi, mais non, ils m'ont dit qu'ils s'en foutaient, qu'il valait mieux laisser le proc s'enliser avec ça et les autres brailler avec leurs gilets à la con. De toute façon, ça entraîne les troupes, tout ce merdier. Ça aguerrit les plus jeunes, ça permet d'affermir la chaîne de commandement. Ce sera très utile le jour venu.

Il s'est tu, dessinant des triangles sur une feuille posée devant lui, bougeant lentement la tête, la bouche tordue, jetant à Jourdan par-dessus ses lunettes quelques coups d'œil furtifs. On entendait la rumeur sourde de la circulation, on entendait grincer des portes, on entendait des voix s'interpeller, une femme exprimer son étonnement puis éclater de rire. Mais entre eux le silence était tombé, bloc impalpable dans quoi les bruits s'enfonçaient comme des pierres dans de la vase.

Jourdan attendait. Il s'accrochait aux bruits qui lui parvenaient, essayait de leur donner un sens, de reconnaître ceux qui parlaient. Il a regardé un moment la pluie ruisseler sur la vitre derrière Desclaux, où venaient s'allumer parfois des larmes rouges ou dorées, éclats précieux jetés dans le soir s'obscurcissant.

Jourdan attendait. Il savait la façon de procéder du taulier : celle d'un chien qui vous tourne autour en vous reniflant les mollets avant de vous attaquer. Puis Desclaux a ouvert un tiroir de son bureau en le claquant violemment. Putain, il a dit. Le capitaine de gendarmerie m'a raconté quoi, vers midi, comme si on n'était pas assez emmerdés comme ça ? C'est quoi ce numéro que t'as joué avec ce con de comment il s'appelle déjà ? Caminade, c'est ça ? Tu entres arme au poing en dépit de toutes les consignes, tu mets la sécurité des otages en péril parce que ce connard aurait pu mettre sa menace à exécution. Imagine un instant qu'il ait eu son fusil à la main. Il a cru que t'allais le flinguer sur place, nom de Dieu. Il prétend que tu l'as encouragé à prendre son arme puis que tu l'as frappé. D'accord, c'est ta parole contre celle de ce pauvre type, on s'arrangera toujours, on a l'habitude. Mais avec ce qui s'est passé ce matin, avec l'IGPN qui nous envoie ses fouille-merde dès demain, je trouve que ça fait beaucoup. Il voulait porter plainte contre toi, ce con. T'imagines ? Cet enfant de putain massacre sa famille et grâce à ton numéro de cowboy solitaire ça va nous retomber sur la gueule ? T'es quoi ? Le vengeur masqué ? l'ange exterminateur ? Et au lieu de suivre la procédure en tant d'officier de police judiciaire en charge de l'affaire, tu t'en vas, tranquille ? Ou alors tu voulais faire un tour sur le Bassin pour prendre l'air ?

Il ne criait pas. C'est à peine s'il avait haussé le ton. Mais il parlait en découpant chaque syllabe avec les couteaux qu'il devait avoir dans la gueule à ce moment-là, et chaque syllabe partait comme une gifle. Il avait croisé les bras, appuyé sur le bureau penché en avant. Un sourire méprisant s'étirait sur sa figure en un masque sur le point de se déchirer pour révéler quelque monstre écorché.

Jourdan ne le quittait pas des yeux, soutenait son regard gris-bleu qui l'avait fait surnommer Bel-Œil, le regardait se raidir dans son costume coûteux à fines rayures, sa chemise violette, le col serré par une cravate bouton-d'or, repoussant en arrière ses cheveux argentés, il attendait que ce clown à dégaine de barbeau, qui avait grenouillé aux Mœurs à Lille pendant près de dix ans, conclue sa diatribe d'imprécations menaçantes, sanctions, mutation, rapport, conseil de discipline, puis se taise et le congédie pour qu'enfin il puisse sortir sous la pluie et fumer une putain de cigarette en les envoyant tous se faire mettre.

Desclaux s'est tu brusquement puis s'est mis à regarder avec attention l'écran de son ordinateur comme si on y diffusait une quelconque finale de foot. On oublie tout, a-t-il dit au bout d'un moment, sans lever les yeux vers Jourdan. Je parlerai demain aux pandores, ils vont pas nous emmerder longtemps. Desclaux a tendu sa main par-dessus le bureau et Jourdan l'a serrée en hâte, mollement, sans un mot, puis est sorti.

Il a fumé sa cigarette sous un préau où la pluie secouée par le vent venait lui vaporiser quelques embruns au visage. Il s'est aperçu qu'il n'avait pas repensé à la scène de crime du matin depuis près d'une heure et il s'en est senti coupable et soulagé à la fois. Il en avait vu d'autres, pourtant. Il avait pénétré dans des antres où la mort avait semé son chaos, sang, tripes, mutilations, puanteur... Il y avait même eu, deux fois, des enfants témoins, ce gamin de trois ans, prostré dans un coin, caché derrière un gros coussin, cette petite fille sous une table, toute nue, sa poupée de chiffon à la main qu'on n'avait pu lui faire lâcher qu'à l'hôpital après qu'on l'avait endormie pour calmer ses convulsions et ses hurlements.

Il revoyait tout, il se rappelait tout. Chaque pas qu'il faisait dès la porte franchie. Chaque nœud dans la gorge ou le ventre, chaque nausée. Et ce silence qui s'imposait à tous pendant quelques minutes et le souffle qu'on pouvait à nouveau aller chercher aux premiers mots que l'un ou l'autre osait prononcer. Ils commençaient alors leur travail. Jourdan avait parfois l'impression que la mort les regardait faire et glissait entre eux sa présence glacée pour empêcher leurs gestes, contrariée de les voir essayer d'éclairer les ténèbres qu'elle avait répandues. Jourdan ressentait ainsi des présences auxquelles il n'a jamais cru. Ça durait quelques secondes pendant lesquelles il s'immobilisait et regardait autour de lui et tendait l'oreille comme s'il pouvait percevoir un frémissement, une ondulation de l'air, peut-être un murmure, puis il haussait les épaules et se remettait au travail.

Il n'éprouve plus désormais, depuis des mois, qu'une colère triste. Une rage qu'il ne sait pas dire. Je suis fatigué. Il répète ça deux fois derrière son pare-brise plein d'eau et de lumières diffractées, dans le bourdonnement des essuie-glaces et du ventilateur de chauffage. Il franchit le fleuve obscur comme un gouffre. Il croise une voiture de police fonçant vers le centre-ville dans un vacarme d'éclairs bleus. Il imagine à bord les flics silencieux et tendus, grisés par la vitesse et l'adrénaline. Il arrive devant chez lui sans s'être aperçu du trajet, sans avoir rien vu, rien pensé. Comme naguère ces poivrots ramenés cuits à point devant leur porte par leur mule ou leur cheval. C'est une maison ordinaire dans un quartier banal. Les rues ont des noms d'oiseaux, il y a des arbres parce qu'avant ici c'était la campagne, avant que le village devienne une banlieue et s'étende et digère le paysage. D'ailleurs, un reste de forêt s'étiole jusqu'au pied de la colline. Il fait nuit et l'on ne voit pas les arbres. On ne voit rien au-dessus de la lueur des lampadaires. Il fait nuit mais on ne voit même pas la nuit.

Jourdan rentre la tête dans les épaules, aspergé de pluie froide par le vent. Il jure entre ses dents et pousse le portail et le referme d'un coup de pied. Dès qu'il ouvre la porte, l'air doux et tiède vient à sa rencontre, mêlé d'un effluve parfumé, et Jourdan reste trois secondes immobile dans ce bien-être qui l'étonne presque. Une sorte de soulagement. Il a longtemps éprouvé ça, une fois la porte refermée dont il bouclait le verrou comme si le merdier qu'il avait brassé pendant la journée risquait d'entrer de force, comme si le bruit de fond du monde extérieur, ce murmure vicieux, ce râle d'agonisant, allait venir résonner autour de la table ou empêcher la gosse de s'endormir en lui susurrant des obscénités à l'oreille.

Il ne saurait dire quand ce charme a été rompu.

Des lampes sont allumées qui n'éclairent personne. Il tend l'oreille et perçoit les bruits assourdis de présences. Dans le salon, le poste de télévision en sourdine chuchote devant un canapé et des fauteuils vides. Une journaliste aux allures de top model anime une sorte de débat sur les émeutes de la semaine dernière. On aperçoit en incrustation des voitures en flammes, des charges de police, des manifestants qui résistent. Des façades de banques ravagées. Dans la nuit tombée, à la lueur des feux, les beaux quartiers envahis par les cris et les coups d'une sombre colère. Sur le plateau, des mimes bourdonnants affichent des airs compassés car l'heure est grave, bien droits sur leurs sièges, inébranlés au cœur de la tourmente. Au bout d'un moment Jourdan ne distingue plus que des taches de couleur mouvantes, d'étranges choses colorées flottant dans un aquarium cependant que de la journée lui reviennent des images, et que l'accablement et la fureur l'étourdissent à nouveau. Il fait quelques pas dans la pièce, tourne sur lui-même dans la douceur chaude dispensée par les lampes, il sait qu'il est chez lui mais il ne se sent plus d'ici, comme un arbre arraché qu'emporterait au loin un fleuve nonchalant. Il éteint le poste et jette la télécommande au milieu des coussins sur le canapé. Il y laisse tomber sa parka puis entre dans la cuisine. Un post-it est collé sur la porte du réfrigérateur.

Soupe à réchauffer, salade, fromage.

Il mange au coin de la table, assis de travers sur sa chaise. Il avale. Il a faim. Il finit en bouffant du pain seul, l'esprit vide, uniquement préoccupé par le besoin qui le prend de se rassasier. Il boit un plein verre de soda, le sucre le comble d'un plaisir immédiat, primaire. Ça le remplit et il se laisse alors aller contre le dossier de sa chaise, vautré presque, et c'est ainsi que le trouve Marlène qu'il n'a pas entendue approcher et qui marque un temps d'arrêt, une main sur l'encadrement de la porte, vêtue d'un legging noir et d'un vieux pull à l'encolure large qui montre la chaîne en or qu'il lui a offerte il y a longtemps, quinze, vingt ans peut-être, où pend une petite pierre rouge comme une goutte de sang.

– Salut, lui dit Marlène en marchant vers un placard où elle prend un grand verre qu'elle va remplir de lait devant le réfrigérateur ouvert.

Elle commence à boire debout, tournant le dos à Jourdan avant de repousser la porte du pied pour s'appuyer au plan de travail, affectant de regarder le grand calendrier où défilent, mois après mois, les grands espaces américains, en mars le Grand Canyon, le mois dernier c'était Monument Valley sous la neige.

– Ça va ? il demande.

Il ne sait pas pourquoi il a posé cette question. Il voulait sans doute lui dire quelque chose pour qu'elle le regarde, pour voir ses yeux noirs se poser sur lui, et ne lui est venue que cette phrase automatique qu'il a soudain l'impression d'avoir prononcée dans le vide intersidéral sans y produire aucune vibration, muette aussitôt que formée.

Marlène le regarde. Il aurait préféré qu'elle l'ignore. Elle le regarde et l'on croirait qu'elle cherche sur son visage quelque chose qui aurait changé. Elle se penche un peu, tend le cou puis sourit en secouant la tête. Elle pose son verre vide à côté d'elle avec une application forcée comme si elle redoutait qu'il se renverse.

– Bien sûr que ça va. Quelle question. Aucune raison pour que ça n'aille pas. Tu n'as rien d'autre à me dire ?

Elle ne le quitte pas des yeux. Il aimait tant qu'elle le regarde. Il se sentait alors comme sous un soleil de printemps, cette douceur saupoudrée d'or. Il s'étonnait qu'une telle femme ait un jour posé les yeux sur lui et continue de le faire. Il aimait tant la regarder, lui aussi.

Elle le regarde. Elle le met au défi de trouver quelque chose à dire.

– Non. Rien.

Il se lève. L'air lui manque. Il va reprendre son souffle dans l'entrée. À l'étage, il entend craquer le parquet, une porte s'ouvrir. Il aimerait que des pas descendent l'escalier.

Il enfile sa parka, sort, ferme à clé derrière lui. Le vent, la pluie. L'envie de hurler, de casser quelque chose. Il ravale tout ça comme un crachat. À quoi bon au milieu des décombres. Il s'engouffre dans sa voiture, laisse la bruine ruisseler sur les vitres et noyer sa vision. Il démarre et roule lentement dans la rue étroite, frôlant les voitures des voisins garées à la diable. Au moment de tourner, il aperçoit la silhouette de Barbara encapuchonnée, son grand carton à dessins sous le bras, un gros sac en bandoulière. Il se gare, sort, attend qu'elle vienne vers lui.

– Oh c'est toi ! Tu m'as fait peur.

Il la prend dans ses bras. Il la serre. Il embrasse ses joues, ses cheveux.

– Salut ma puce.

Elle est encombrée par son fourniment, elle ne sait quoi faire de son bras libre qui tenait la courroie du sac alors elle pose sa main sur l'épaule de son père et répond à sa tendresse par un baiser rapide puis se dégage doucement.

– Il fait froid. Je suis crevée.

Elle lève les yeux vers lui, s'efforce de sourire, le contourne et s'éloigne.

Jourdan reste planté dans cette nuit brouillée d'eau et de lumière sale. Il lui semble que Barbara marche moins vite, elle remonte le sac à son épaule et il pense qu'elle va revenir vers lui mais elle disparaît dans le virage et soudain c'est comme s'il avait rêvé cette scène et il se dit qu'il devient peut-être fou, en proie à des hallucinations.

Il s'étonne encore de se trouver sur la rocade sans avoir

vraiment voulu y venir puis de franchir le fleuve dont il aperçoit, depuis le pont haut perché, la courbe obscure balisée de lumières, la ville tout autour comme un firmament effondré troué d'astres lugubres. Des bolides le doublent. Les bretelles de sorties et leurs panneaux défilent. Il sait qu'elles mènent d'abord aux banlieues désertes à cette heure puis aux forêts verticales et enfin aux plages. LACANAU. Il pense à la mer la nuit, par ce temps, aux ténèbres de ce gouffre béant en débâcle, à sa clameur phosphorescente. Un abîme semblable à ceux qui bordaient le monde plat dans les vieilles croyances. Il se dit que s'en approchant il pourrait y sombrer. Il a un mouvement de recul comme s'il avait manqué basculer. Il se reprend, secoue la tête, allume l'autoradio, laisse jouer quelques mesures d'une chanson inepte, éteint. Une station-service est annoncée, où les routiers ont l'habitude de passer la nuit, garés souvent juste avant en longue file sur la bande d'arrêt d'urgence de l'autoroute. Une dizaine de camions sont déjà là. Sur le parking, il doit manœuvrer entre les semi-remorques qui ont trouvé des places. Quand il descend de voiture, le vent le cueille dans une écharpe froide et il remonte son col et il fait le gros dos en passant entre les pompes sous l'éclairage *a giorno* du portique.

Dans la boutique, odeur de café et de détergent. Il y a une femme assise au comptoir en train de discuter avec le serveur, un jeune type au visage long, osseux, et dans un coin trois hommes installés à une table qui mangent en parlant avec de grands gestes et rient et s'exclament. Non loin d'eux, attablés près des machines à café, deux autres regardent leurs portables et se montrent parfois ce qu'ils ont trouvé et s'esclaffent en silence. Quand il s'assoit au comptoir, la femme et le serveur s'interrompent, jettent un coup d'œil à Jourdan puis reprennent leur conversation à mi-voix. De temps en temps, la femme se retourne vers les trois routiers qui parlent fort. Ses cheveux sont noirs, ramassés sur sa tête en mèches enroulées tenues par des barrettes. Des yeux bleus, pâles, de longs cils chargés de fard. Fatigués. Quand elle cligne des yeux, ses paupières restent closes juste un peu plus qu'il ne faudrait, comme si elles allaient se fermer sur un sommeil soudain. Jourdan s'attend à la voir s'affaler sur le comptoir pour commencer une sale nuit ou finir une journée dégueulasse.

Il surprend un échange de regards entre un des types et le serveur qui transmet à la femme. Elle se retourne, fouille dans son sac et en sort un petit miroir rond. Ça va, dit le serveur tout bas. Le gars se lève, les autres le chambrent et rient. Espagnols. Il sort et s'arrête devant la porte vitrée pour allumer une cigarette. La femme descend de son tabouret. Elle est grande. Ses longues jambes moulées dans un pantalon rouge. Talons aiguilles. Elle marche vers la porte et le silence se fait. Les hommes la regardent tous, l'air ébahi. Elle marche avec une désinvolture élégante, son sac porté par-dessus l'épaule, qui les désarme peut-être. Dès que la porte s'est refermée derrière elle, ils se remettent à parler entre eux à voix basse.

Jourdan la regarde s'éloigner avec le routier espagnol. Elle a allumé elle aussi une cigarette dont elle rejette très haut la fumée en secouant la masse de ses cheveux dont quelques mèches tombent sur ses épaules. Dès que le couple a disparu dans l'ombre, Jourdan fait signe au serveur. L'autre s'approche en s'excusant. Qu'est-ce que ce sera ? Jourdan l'attrape par le col et lui met sa carte de flic sous le nez. Non mais, dit l'autre. C'est juste que…

– Ferme ta gueule et sers-moi un café gratuit, pauvre con. Et un verre d'eau.

Jourdan lui dit ça presque à l'oreille puis le repousse.

La porte de l'office s'ouvre et un homme apparaît, la cinquantaine massive, la chemise tendue sur le ventre, les avant-bras tatoués d'oiseaux de proie.

– Qu'est-ce qui se passe ? Y a un problème ? Qu'est-ce que vous voulez ?

Il s'est approché de Jourdan. Souffle court, visage luisant. Plus grand que Jourdan d'une tête. Il sent la friture, le tabac. Il tient à la main une petite matraque.

– Rien qui vous concerne, j'espère.

Jourdan montre à nouveau sa carte de police.

– Et alors ? dit l'homme. Quel droit ça vous donne ?

Jourdan prend son téléphone et commence à composer le numéro du central.

– Le droit d'appeler du renfort, si tu poses pas ton sex-toy. Le droit de te pourrir la vie si t'insistes un peu. C'est clair ?

Jourdan se tourne vers le serveur. Son cœur tape fort. Il lui semble que tout son corps va se mettre à trembler.

– Tu me dois un café gratuit. J'attends toujours.

Le gros regarde son collègue en train de s'affairer devant le percolateur, puis considère à nouveau Jourdan. Il range son casse-tête dans un tiroir puis s'éponge la figure avec un torchon qu'il jette dans un évier.

– C'est pas la peine, il dit. Vos renforts. C'est bon, on va causer.

Alors on cause. Jourdan range son téléphone. Les deux employés modèles sont là pour la nuit, de 9 à 7. À partir de minuit ça se calme et ils peuvent dormir à tour de rôle jusqu'à cinq heures du matin où les routiers prennent leur petit déjeuner avant de redémarrer. C'est mal payé mais c'est plutôt tranquille comme boulot. Ils ne se plaignent pas, ça laisse du temps libre pour la journée. Des embrouilles ? Non. C'est rare. Parfois de la baston entre deux chauffeurs qui se sont fait des misères sur l'autoroute et qui se retrouvent ici. Des fois il y en a un qui prend une matraque ou un pied-de-biche alors on sort la lacrymo ou on appelle la police et ça se calme.

C'est surtout le plus costaud des deux qui parle. Thierry, il s'appelle. Six ans qu'il travaille ici. Il pourrait en raconter, il en a tant vu. Une fois, ce routier autrichien. Il s'est pointé au comptoir en titubant, il a dit bonjour puis il s'est laissé tomber comme une chiffe. Il dormait au pied de la caisse. Il a fallu le porter jusqu'à une banquette. La fatigue, rien d'autre. Il n'avait rien bu, mais il carburait aux amphètes depuis deux jours... Et le Hollandais complètement ivre qui s'est cassé la gueule en descendant de sa cabine. Lui aussi il s'est endormi quasiment sur place, les jambes sous les roues du Scania d'à côté.

Jourdan le coupe dans l'évocation de ses souvenirs :

– Et les putes ?

L'autre se récrie. Jourdan lui parle de la grande brune partie avec l'Espagnol, suite aux signaux de connivence émis par son jeune collègue. Elle n'est pas allée faire le ménage dans la cabine. Damien, il s'appelle le jeune collègue. Il est en train d'encaisser un plein d'essence. Le client demande une facture alors le dénommé Damien soupire en tamponnant le ticket de caisse. Surgi de la manche de sa chemise, un serpent tatoué, jaune et rouge, que Jourdan n'avait pas remarqué, pose sa tête sur le dos de sa main. Jourdan fait signe à Damien de s'approcher. Jourdan parle de proxénétisme et lui demande s'il sait en quoi ça consiste. Il lui demande aussi combien de femmes viennent profiter de ses talents d'entremetteur. L'autre nie, secoue la tête. Non, non, c'est pas vrai, c'est juste que... Que quoi ? Combien tu te fais payer ? demande Jourdan. Derrière eux, les conversations ont repris, plus calmes. On entend rouler un rire de temps en temps. Les deux hommes qui consultaient leurs téléphones se sont endormis. L'un sur la table, l'autre renversé contre le dossier de sa chaise, la tête en arrière.

La grande femme brune revient, tenant à la main ses chaussures à talons hauts. Jourdan ne voit rien de son visage perdu dans le désordre de ses cheveux noirs. Elle traverse la salle, affectant de regarder droit devant elle. Elle marche à grands pas, un peu raide. Ses longues jambes cisaillent l'air chaud alourdi d'odeurs de friture. Dès qu'elle est entrée aux toilettes, les deux Espagnols pouffent de rire et se couchent sur la table.

– Qui c'est cette femme ? D'où elle sort ?

– J'en sais rien, moi. Elle dit qu'elle s'appelle Sandra. Elle vient là de temps en temps et elle va en sucer quelques-uns là-bas sur le parking. Des fois ils la baisent mais c'est rare.

– Et c'est pas le même tarif.

– Non, bien sûr.

Le jeune Damien sourit, secoue la tête comme si tant de naïveté l'amusait.

Jourdan sent son cœur ruer dans sa poitrine. Il serre dans sa main au fond de sa poche son trousseau de clés avec l'envie de lui labourer la gueule. Il trouve à peine assez d'air pour parler :

– Ça te fait marrer, c'est ça ? T'es content parce que tu vas toucher ta commission ?

La femme reparaît. Elle s'arrête à quelques mètres et les observe. Elle s'est vaguement recoiffée, elle a remonté le col de son ciré noir. Elle pose sur Jourdan un regard incertain, passe une main dans ses cheveux, inquiète peut-être, puis marche vers la sortie, balançant son sac à main au bout de son bras.

Jourdan la suit. Elle s'est arrêtée face aux camions garés, les optiques de leurs phares éteints jetant des éclats froids dans l'obscurité. Elle allume une cigarette puis se retourne brusquement vers lui.

– Quoi !

Elle dit ça en tordant la bouche pour rejeter la fumée. Jourdan fait un pas vers elle puis ne bouge plus, puis enfonce les mains dans les poches de sa parka.

– Combien tu prends ?

Il aperçoit deux hommes entre les cabines des camions. Silhouettes sombres, immobiles.

– C'est pas pour toi. Dégage. Va retrouver ta grosse, c'est l'heure.

– Et à lui, derrière le comptoir combien tu lui donnes ?

– Casse-toi, je t'ai dit. J'ai pas que ça à foutre.

– J'aimerais comprendre. Pourquoi tu fais ça. Depuis quand ça dure.

– Ah bon ? T'es qui ? T'es un putain d'éducateur ? Un curé ?

Un autre homme est apparu un peu plus loin au coin d'un énorme semi-remorque dont les feux de stationnement sont allumés, la cabine ornée d'une sorte de guirlande lumineuse. Il crie quelque chose que Jourdan ne comprend pas.

– *It's ok*, répond la femme.

Le type tient un manche de pioche. Il frappe le sol doucement, trois fois. Il tousse, se racle la gorge, crache par terre. Jourdan voit trembler la flamme d'un briquet, brasiller le bout d'une cigarette.

– C'est Andrej, un Polak. Je te préviens, il est pas commode. Tu ferais mieux de rentrer chez toi.

Jourdan sort sa carte de flic et la montre à la femme au bout de son bras tendu.

– Police.

La femme écrase sa cigarette de la pointe de sa chaussure, puis tend ses poignets vers lui.

– Allez. Passe-moi les bracelets, j'aime bien les bijoux.

Elle éclate d'un rire aigre. Sa gorge grince.

Le Polonais s'est avancé de deux pas, son manche de pioche appuyé à l'épaule.

– Ça va Sandra ?

C'est l'un des deux autres qui a parlé. Lui aussi s'avance. Grand et massif. Seulement vêtu d'un tee-shirt. Poitrail de cheval. Cou épais. Il tient écartés de son corps ses bras énormes.

– C'est un flic, dit la femme.

– Et alors ?

L'homme s'approche encore. Le Polonais l'encourage en tapant le sol de son bâton. La femme s'écarte, dit ça va, laisse-le partir, mais le type est déjà sur Jourdan et le saisit par l'épaule. De son bras libre, Jourdan le frappe à la gorge du tranchant de la main. Il ne sait pas d'où lui vient ce geste. Il a dû le simuler une dizaine de fois lors d'entraînements, il ne se rappelle pas. Il sent la pomme d'Adam s'enfoncer et l'homme recule et se casse en deux et cherche son souffle avec un bruit de machine enrayée comme si dans sa gorge des pièces de métal arrachées frottaient les unes contre les autres. Jourdan lui expédie un coup de pied dans le visage et l'homme part en arrière et tombe sur le dos, se débattant, ses mains inutiles courant sur sa gorge et sa gueule. Jourdan marche sur lui en hurlant et se demande aussitôt si c'est bien lui qui a hurlé puis il tape deux fois dans les côtes qu'il aimerait entendre claquer, il essaie d'écraser la figure de l'homme sous son talon mais l'autre a encore assez de force dans les bras pour détourner le coup et lui attraper la cheville et à ce moment Jourdan, en équilibre sur une jambe, est tiré en arrière par le col de sa parka et une main froide lui griffe le visage, lui arrache des cheveux comme si une énorme chauve-souris lui tombait dessus. Il se débarrasse de la femme en l'envoyant d'une gifle s'entraver contre le colosse au sol et il court vers sa voiture sous les insultes des chauffeurs. Une barre de fer rebondit avec fracas juste derrière lui et il se jette dans l'habitacle et aperçoit les hommes refluer puis s'attrouper autour du routier qui essaie de s'asseoir, le visage entre les mains. Il démarre et passe en trombe près d'eux, soulevant une bordée d'injures.

Rentré chez lui, il s'endort sur le canapé aussitôt allongé, écrasé. Bientôt, il se réveille parce qu'il a entendu bouger et chuchoter dans la pièce et qu'il a vu les deux petites filles mortes étendues au pied de la bibliothèque mais quand il s'assoit et ouvre les yeux sur l'obscurité, il ne distingue que les voyants et les diodes veillant dans le noir, égrenant des minutes qu'il regarde défiler, cinq, six, en attendant que les visions de son rêve se dissipent.

Plus tard, il ouvre le feu contre une ombre qui le poursuit mais la trajectoire de la balle retombe avant d'avoir atteint sa cible et quand il presse à nouveau la détente ce sont des billes de plastique rouges qui sautent du canon et s'éparpillent en rebondissant par terre follement. Il s'éveille encore, la main serrée autour de la crosse de l'arme. Il cherche le sommeil, voyou en fuite qui lui échappe toujours au moment où il va le prendre, puis il tourne et se retourne dans la nuit qui n'en finit pas.

9

Il passe un dernier coup de chiffon sur le chrome du robinet. Il déteste trouver ces petites auréoles laissées en séchant par le calcaire ou le savon. Il inspecte dans le bac de douche qu'aucun poil ou cheveu ne traîne, redresse le pommeau de douche sur son reposoir. Il élimine une trace sur le miroir. Il tourne sur lui-même, lentement, inspecte chaque recoin, étend sa serviette au-dessus du radiateur. Voilà. Comme ça.

Dans la cuisine, il lave son bol et les couverts à l'eau très chaude. Il frotte bien. Il aime l'odeur citronnée du liquide vaisselle. Il essuie puis range tout dans le placard. Il repousse la chaise sous la table. Il aperçoit une miette de pain par terre, la ramasse puis la jette dans l'évier puis la fait disparaître avec un peu d'eau. Il fait le tour du petit appartement, il passe sa main sur le blanc satiné des murs, lorgne au plafond cette fissure qui court jusqu'à la porte d'entrée et ça le met en colère contre les voisins du dessus et leurs enfants qui cavalent et sautent en tous sens et font trembler sol et plafond, claquant les portes, poussant des hurlements de gorets qu'on égorge. Il a croisé la semaine dernière dans l'escalier l'un de ces deux petits bâtards, la fille, une morveuse de sept ou huit ans qui le dévisage à chaque fois avec défi mais ne décrochera jamais le moindre bonjour, il se rappelle sa mère et la petite claque sèche qu'elle lui donnait derrière la tête s'il négligeait de saluer quelqu'un dans la rue ou de dire bonjour en entrant dans un magasin, qu'est-ce qu'on dit ? Et lui, le cou rentré dans les épaules obéissait en serrant les dents, et on lui répondait bien fort et clair, comme si on le récompensait pour de la sorte souligner l'importance de cette marque de politesse. Alors la semaine dernière, comme elle levait vers lui sa petite figure fermée, il a eu envie de la renverser d'une gifle et de la voir rouler dans l'escalier mais au dernier moment il a retenu son geste en enfonçant ses mains dans ses poches. La gosse a dû le sentir parce qu'elle a froncé les sourcils puis s'est mise à monter les marches au pas de course avant de claquer derrière elle la porte comme si le démon qu'elle venait de croiser s'était lancé à sa poursuite.

Il laisse la fissure suivre son chemin et entre dans la chambre pour vérifier que tout est en ordre. Il rectifie un faux pli sur le dessus-de-lit, il redresse un peu le tas de revues posées sous la table de nuit, des magazines sur les armes, les forces spéciales, les unités d'élite, il s'endort le plus souvent en lisant ça en se rappelant les douze mois passés au Tchad à poursuivre des bandes de rebelles nègres dans le désert et le jour où ils étaient tombés sur une colonne d'une vingtaine de jeeps et de vieux halftracks et l'accrochage sérieux qui s'était ensuivi, deux heures de combat avec une mitrailleuse enrayée sur les trois disponibles, les munitions qui commençaient à manquer, et l'ennemi là-bas, deux fois plus nombreux, les types s'enfouissant presque instantanément dans le sable, comme il avait vu une fois une saleté de vipère disparaître à ses pieds, et tirant des rafales courtes qui venaient bourdonner au-dessus des têtes comme des volées de frelons. Ces salopards savaient se battre, il se souvient des ordres qu'ils se donnaient par cris brefs, aigus, on aurait dit des chacals quand ils gueulent la nuit. Il avait fallu les deux roquettes d'un Mirage pour les mettre en fuite, la moitié de leurs véhicules en charpie et de leurs types hors de combat.

Il repense à tout ça, debout au pied de son lit comme s'il allait prier, et il sourit en se rappelant les virées à N'Djamena et ces filles qu'ils voyaient à peine à la lueur des ampoules pendues au plafond de ce bordel puant le foutre et l'eau de javel avant de se coucher sur elles collés à leur peau mouillée de sueur et de se ruer, de s'exaspérer, de les frapper ou de les mordre au moment de jouir en grognant et de s'arracher sans un regard pour ces visages parfois si jeunes qui s'étaient dérobés à leurs bouches, à leurs langues, à leurs dents... Ils se rajustaient sans un regard parce qu'ils étaient des putains de guerriers, sans un regard pour les larmes qu'elles essuyaient du revers de la main comme des enfants.

C'était il y a vingt ans et c'est si vif encore dans son esprit qu'une envie fantôme se plante en bas de son ventre malgré la fatigue de la nuit, les images se superposant, et faisant naître un désir confus et barbare. Il agite sa main devant son visage comme s'il chassait un insecte puis revient dans le couloir, étourdi, flageolant, et il va se passer la figure sous l'eau froide et il avale de l'eau à pleine gueule et s'essuie en s'ébrouant, sans oser se regarder dans la glace.

Avant de sortir, il se renifle sous les bras, il flaire l'encolure de son pull, le pelage acrylique du col de son blouson, et dès ce moment il se sent propre, purifié presque, soulagé à l'idée de s'être débarrassé de cette puanteur de cloaque dans laquelle il a passé la nuit. Descendant l'escalier, la tête lui tourne un peu. Voilà ce que c'est de n'avoir pas dormi, ou si peu. Maman lui dirait retourne donc te coucher, va pas marner pour ces cons mais lui ne l'écouterait pas. Il lui dirait c'est rien fous-moi la paix. Elle n'aime pas quand il lui résiste, quand il lui dit non, mais tant pis.

Il sourit en descendant l'escalier et la vieille du dessus, qui rentre à ce moment-là avec son chien, toute ruisselante d'eau, encombrée par son parapluie qu'elle essaie de fermer et par le clébard miniature qui tire au bout de sa laisse en couinant, roulant ses gros yeux protubérants en tous sens, la vieille emmêlée dans ses gestes malaisés le salue, quel sale temps, et lui il s'extirpe de sa vision africaine, il rentre de patrouille seul, les copains en allés avec sa songerie brutale dans ce courant d'air froid, et passe près de lui la mémé détrempée et branlante à la suite de la créature qui partage sa vie et cavale vers l'ascenseur avec des cris étranglés par son collier à grelot.

Dans le bus, il se faufile dans l'épaisseur sombre des corps entassés brinquebalant au gré des coups de freins et des tournants et il trouve un endroit où poser ses pieds, se tenant à une poignée fixée sur un siège. La tête d'une femme assoupie vient dodeliner contre son poing et ce contact le révulse mais il ne sait comment l'éviter alors il fait pointer durement ses phalanges en espérant qu'elle se fera mal et qu'elle sortira de sa somnolence et se redressera. À côté de lui, un jeune homme sourit, le visage collé à l'écran de son téléphone, les yeux écarquillés, le teint blafard sous le masque de cette lueur bleue.

Il y a ceux qui dorment, il y a ceux qui s'absorbent dans la consultation de leurs écrans, et ceux qui ne regardent rien et laissent vaguer leurs yeux vers le dehors malgré la buée sur les vitres, espérant peut-être la fin de la nuit qui baigne encore les rues d'une vapeur de plomb, ou sur les visages fermés qui se pressent autour d'eux. Il arrive que ces regards errants se posent sur lui, fixes et vides, puis se détournent, hésitants, perdus. Lui aussi, quand il ne regarde pas le sol mouillé, le piétinement des chaussures, ou quand il ne lit pas pour la énième fois l'affiche censée décourager la fraude, promène son regard sans but, le fait tourner en rond dans l'espace bondé où flotte parfois une puanteur qui fait s'échanger des coups d'œil suspicieux.

Une place se libère et il s'assoit sans regarder autour de lui, tête baissée, ignorant la femme qui convoitait le siège. Il se laisse aller contre le dossier, il ferme les yeux un moment et marmonne dans sa gorge une vieille chanson, un de ces airs que maman aime tant et qu'elle écoute souvent sur son lecteur de cassettes ou sur une radio qui ne passe que ça. Elle aime les chanteuses et les chanteurs à voix et les textes sentimentaux, longtemps elle a découpé leurs photos dans le magazine télé et les collait dans un grand cahier où elle recopiait les paroles de leurs succès. Il se demande ce qu'elle peut bien faire en ce moment, dans sa bicoque au milieu des vignes boueuses, inondées par endroits. Sûrement elle doit regarder à la télévision un feuilleton plein d'amour et de passion en vidant la cafetière et en fumant des cigarettes, comme chaque matin. Elle dit que ça commence bien sa journée, ces gravures de mode et leurs malheurs, ça lui met du baume au cœur.

Il faut qu'il marche cinq minutes pour rejoindre Gascogne Matériaux, où il travaille. Il se tasse et fait le dos rond sous le crachin et le vent, doublé par la circulation dans un vacarme mouillé. Il passe le portail de la boîte et il lui semble franchir un lourd rideau qu'il sent retomber derrière lui et se refermer. Il serre la main à Karim, qui descend de voiture. Pendant qu'ils marchent vers le magasin, Karim lui demande pourquoi il ne vient pas en voiture. T'as bien une voiture, non ?

Il répond qu'il a l'habitude, que sa voiture est vieille, qu'elle bouffe de l'huile.

Karim lui tape sur l'épaule. Tu fais comme tu veux, après tout je m'en fous.

Le patron est déjà là, dehors, devant une palette de dalles gravillonnées, encapuchonné dans un ciré rouge. Il lui fait signe de venir. Il tient une tablette numérique à la main, qu'il essuie avec son mouchoir. Putain de pluie, marmonne-t-il en passant son index sur l'écran. Il le regarde s'approcher, lui montre l'empilement des plaques de béton enveloppé dans un film de plastique.

– Tiens, Christian. Faut me livrer ça vite fait, il dit.

– Ce matin ?

Le patron regarde sa montre.

– Peut-être même tout de suite. À moins que t'aies mieux à faire ?

Christian fait non de la tête. Il hausse les épaules et lui tourne le dos et se dirige vers le magasin pendant que l'autre lui annonce qu'il faudra aussi livrer trois palettes de parpaings, celles qui sont là-bas à côté du chariot, et que Muriel lui donnera les papiers. Il répond d'un signe vague de la main puis entre dans le hall d'exposition et louvoie entre les présentoirs de carrelage, les décors de salles de bains, les huisseries et les portes entrouvertes et les fenêtres ornées parfois de petits rideaux jusqu'au local qui sert de salle de repos et de vestiaire. Cinq casiers, une table et six chaises, un lavabo et un petit frigo, une cafetière électrique.

Il enfile sa combinaison, prend ses lunettes de protection, des gants, son casque puis va jusqu'au bureau où Muriel est en train de recharger l'imprimante en papier et en toner. Elle semble surprise de le voir là et lève vers lui son visage dur, aux yeux noirs, cheveux teints en blond coupés court, et murmure un bonjour en le regardant à peine. Il lui explique pour quelle raison il vient la déranger alors elle ouvre une chemise bleue puis une rouge, feuillette des liasses de papier. Pendant qu'elle cherche, il la regarde de plus près, penché sur le bureau. Quand elle relève la tête pour lui tendre les bons de commande et les factures, elle a un léger mouvement de recul et elle lui demande ce qu'il a à la regarder comme ça, rien, dit-il, rien. T'es en face de moi alors je te regarde, c'est tout. Il ne peut pas lui dire qu'il essaie de retrouver la jolie brune qui souriait sur une photo de mariage avant qu'elle ne la fasse disparaître au moment de son divorce. Une belle fille rieuse, probablement sensuelle. Il n'arrive pas à admettre que le temps puisse à ce point défigurer quelqu'un et aussitôt il pense à maman, merde, c'est vrai, maman.

Il doit décharger les parpaings sur un chantier où deux ouvriers sont en train de boire du café et de fumer à l'arrière d'un fourgon. Ils lui montrent à grands gestes où poser ses palettes puis l'un d'eux sort pour signer sans un mot le bon de livraison et retourne se mettre à l'abri. Sous la capuche de son ciré, Christian n'a pas pu voir sa figure. Pendant qu'il manœuvre la grue, la bruine lui détrempe la gueule et s'insinue dans le col de son blouson. Le chantier est un champ de boue troué de grandes flaques. Des planches sont jetées au-dessus de ce chaos d'où émergent des pans de murs qu'on croirait en ruine.

– Tu veux un café ?

L'un des types lui fait signe de venir les rejoindre. Christian s'avance et prend le gobelet que l'autre lui tend et se pose sur une glacière. Le café est brûlant. Il sent sa chaleur se répandre dans tout son corps.

– C'est ma femme qui le fait, dit le gars en rangeant le thermos. Il est bon. Putain d'enculé de temps, on va rien pouvoir foutre aujourd'hui.

Il allume une cigarette. Christian fouille dans sa poche et sort le paquet et le briquet qu'il a pris dans le sac de la fille. C'est un briquet rose plein de paillettes.

– Joli briquet, dit l'autre type. Ils font les mêmes pour hommes ?

Christian allume sa cigarette, souffle la fumée au-dessus de lui. Il tourne la tête vers le dehors et observe à la cime d'un bouquet d'arbres les paquets de crachin qui passent. Il sait que l'autre le regarde d'un air narquois, les yeux rieurs sous son bonnet

– Ouais. C'est celui de ma femme. Comme ça, je pense à elle. C'est des flammes qui brûlent moins.

Il se tourne vers les deux hommes en train d'échanger des regards indécis. Celui qui porte un bonnet s'esclaffe.

– C'est parce qu'elle est pas assez chaude ou quoi ?

Christian pose sur lui un regard vide, creux, entre deux gorgées de café. On n'entend plus que la pluie sur le toit du fourgon. L'autre plisse les yeux, comme s'il cherchait à comprendre ou à deviner quelque chose, puis il adresse à son compagnon un coup d'œil interrogateur.

– Je crois même qu'elle est complètement froide, dit Christian.

– Ah bon…

Silence. Les deux ouvriers se regardent. On ne sait pas ce qu'ils cherchent à se dire avec les yeux. Peut-être ne le savent-ils pas eux-mêmes. Christian fixe le fond du camion, laissant son regard traîner sur les outils qui y sont rangés. Il jette sa cigarette dehors puis ne bouge plus, la tête baissée. Il regarde ses pieds. Il sent le malaise des deux autres emplir la cabine comme une odeur de transpiration. Il attend qu'ils disent quelque chose mais eux aussi se taisent et ne bougent pas. Il se décide :

– Elle est froide et elle remue plus beaucoup.

L'un des hommes, celui qui porte un ciré, déplie ses jambes et fait crisser ses semelles sur le plancher de métal. Il pose sur Christian un regard lourd, hostile. Son collègue émet un petit rire aigu et lui donne un coup de coude.

– Fallait pas la mettre au congélateur !

– Ça rentrait pas. J'ai dû faire plusieurs sacs.

Le type ôte son bonnet et se frictionne la tête en ricanant. Putain, il dit, putain toi t'es un comique.

L'autre se lève, manque se cogner au plafond, se faufile entre eux pour sortir.

– Bon, on n'a pas que ça à branler.

Il a remonté sa capuche, il zippe la fermeture éclair de son ciré. Comme son copain ne bouge pas, il l'encourage du geste, il lui dit bon, putain, tu vas rester là toute la journée à écouter ses conneries ?

Christian descend du fourgon à son tour et vient se planter devant lui et le fixe, indifférent à la pluie qui tombe sur lui. Il décide de se composer le masque d'un idiot profond ou d'un fou dangereux. Il garde la bouche ouverte, cligne des yeux sous l'eau qui ruisselle sur sa figure. Il ne parle pas tout de suite. Il attend de voir dans les yeux de l'autre pointer le trouble, peut-être la peur.

– Je disais ça pour vous faire marrer, moi.

L'homme secoue la tête. Il détourne le regard, balaie d'un coup d'œil le chantier inondé, puis bat l'air devant lui du revers de la main.

– C'est bon, dit-il. On s'est bien marrés, alors maintenant, casse-toi.

Christian regarde autour de lui. Il ne voit rien qu'il pourrait lui foutre dans la gueule alors il hausse les épaules, lui tourne le dos et s'éloigne vers son camion. Il se dit qu'il a bien fait de se maîtriser, de rester digne devant l'affront. Il se dit que maman serait fière de lui.

Une fois installé derrière le volant, il s'essuie la figure avec un vieux chiffon et observe dans le rétroviseur les deux maçons qui se parlent avec de grands gestes en rejetant au-dessus d'eux des paquets furieux de fumée de cigarette. Il démarre et les voit rapetisser dans la confusion du crachin où il aimerait les voir se dissoudre comme en un bain d'acide.

Il erre dans une banlieue lointaine, hérissée parfois de bosquets de pins noirs, labyrinthe de lotissements aux rues vides. Il trouve enfin l'adresse où il doit faire sa dernière livraison et gare le camion à cheval sur le trottoir puis sonne à un portail rouge. Une femme sort, un imperméable jeté sur les épaules. Le vent chargé d'eau fait voler ses longs cheveux roux. Flammes effarouchées dans la grisaille floue. Le cœur de Christian bat plus fort, c'est comme à chaque fois qu'il entrait dans la supérette de la mère Fatin qui se dressait derrière sa caisse et montrait sa gueule osseuse, sa tête de mort et le suivait des yeux pendant qu'il déambulait dans les rayons, ce regard planté dans le dos comme des épingles de sorcière. La femme tient serré autour d'elle son imper, elle s'approche et lui tend une petite main qu'il serre fort en épiant sur son visage un tressaillement de douleur qui ne vient pas. Il n'aime pas les rousses. Il aurait aimé lui faire mal, au moins un peu. Il suppose qu'elle sait dissimuler. Qu'elle est plus dure au mal qu'elle n'en donne l'impression, pas très grande, menue, presque bousculée par les rafales de vent. Elle a peut-être quarante ans, il ne sait pas donner d'âge aux femmes. Il sait seulement si à ses yeux elles sont vieilles ou pas. Celle-ci n'est pas vieille alors il la regarde mieux. Elle lève vers lui une petite figure fine, pâle, aux lèvres minces. Il ne voit pas bien ses yeux sous les sourcils froncés à cause de la pluie. Gris ou verts, il ne sait pas bien. Elle lui demande s'il peut déposer son chargement là-bas, entre les deux arbres, s'il lui est possible de passer par-dessus la haie. Il dit pas de problème et il fait reculer le camion, manœuvre la grue, pose la palette en douceur. Comme il lui montre le bon de livraison à signer, elle lui dit d'entrer, il fera meilleur à l'intérieur. Il dit non, c'est pas la peine, mais il cherche dans sa poche et ne trouve pas de stylo alors il la suit, il essuie avec soin ses chaussures au paillasson. Dans l'entrée, devant un miroir décoré qu'il n'ose pas regarder, il tend l'oreille, n'entend rien, hume l'air, perçoit un effluve d'agrume. La chaleur se colle à lui, et sa tête est enserrée par un casque bourdonnant.

Elle l'attend dans la cuisine, debout près de la table, son imper relâché, ouvert sur son peignoir en éponge. Elle est seule. Il aperçoit le haut de sa poitrine parsemé de taches de rousseur. Quand elle se penche pour signer, il glisse un regard par l'échancrure, ne voit rien, recule d'un pas quand elle se redresse et remonte le col du peignoir en lui tendant le papier. Elle lui demande si ça va, vous êtes tout pâle. Il touche son visage brûlant comme d'une fièvre et il dit non, ça va. Le froid, la fatigue. Toute cette pluie.

Elle pose sur lui ses yeux gris ou verts, il ne sait toujours pas, elle bat des paupières comme si elle ne comprenait pas quelque chose, puis elle le fixe et il a l'impression qu'elle fouille dans sa cervelle pour y débusquer quelque secret alors il dit qu'il doit partir, qu'il a encore du travail et il s'en va en bafouillant un au-revoir-bonne-journée avant de claquer la porte.

Il s'enfuit à bord de son camion. Il a peur de s'être trahi en permettant à cette femme de lire dans son esprit et de le feuilleter comme un livre. Il existe ainsi des sorcières douées de pouvoirs terribles. Maman le dit depuis toujours. Elles sont partout, discrètes et souriantes. Rien à voir avec les gorgones des livres pour enfants ou des films. Elle en connaît au moins deux mais elle ne veut jamais dire qui elles sont parce que le savoir est trop dangereux. Christian a sa petite idée mais il évite de convoquer leurs images de peur qu'elles s'emparent de son cerveau et de ce qu'il y a dedans.

Il secoue la tête en grognant pour chasser ces mauvaises pensées. Le ciel s'éclaircit vers le nord, et il guette l'apparition d'un peu de bleu dans un écartement de nuages. Bientôt, la chaussée mouillée luit d'une lumière insupportable, blanche comme un acier neuf, et il cligne des yeux et serre le volant dans ses poings pour tenir sa trajectoire sur la rocade puis d'un coup, l'ombre retombe et tout redevient gris.

Toute la journée, il conduit le chariot, il soulève des tonnes de briques, de parpaings et de tuiles, de la ferraille à béton, des sacs de ciment, d'enduit, des pots de peinture. Il trimbale des dizaines de mètres de canalisations de tous diamètres, il charge des camions, des fourgons, des remorques, il dit voilà, c'est bon, merci, pas de quoi, bonne journée à vous, s'adressant à des êtres qu'il confond tous dans l'incessant défilé de clients, des silhouettes, des ombres dans un coin de son champ visuel puisqu'il ne cherche pas à les regarder vraiment, et c'est toujours la même main qu'il serre, calleuse souvent, dure, large, où il distingue parfois une écorchure, un pansement, un ongle noir comme s'il était verni, un doigt coupé dont le moignon se pressant dans sa paume déclenche dans tout son corps un frisson presque douloureux. Il n'évite pas leurs regards, non, il lève les yeux vers eux pour leur dire ce qu'il y a à leur dire, mais une sorte de myopie transforme ces visages en volumes flous et dès qu'il peut il se détourne pour accomplir sa tâche, effectuer un geste technique auquel il consacre alors toute son attention, soulagé de n'avoir plus à faire face à ces gens. C'est à peine alors s'ils existent. Ils sont là, il les aperçoit de côté ou les devine et c'est comme s'ils n'étaient plus que des fantômes.

Il y a des jours comme celui-là. Où le monde existe en parallèle. Comme dans la pièce d'à côté derrière cette impalpable cloison dont il est seul à savoir l'existence. Des fois, le patron dit Oh Christian t'as entendu ce qu'on t'a dit ? Putain t'es avec nous ou quoi ? Et lui il s'excuse, Pardon, je pensais à autre chose, oui bien sûr, qu'est-ce que vous disiez ?

Dans le bus, il s'assoit en face d'un homme qui dort bouche ouverte, la tête appuyée à la vitre embuée, un bonnet enfoncé jusqu'aux yeux. Christian essuie la buée, scrute une obscurité confuse traversée de taches lumineuses aveuglantes, de traînées écarlates, de masses ténébreuses surgies brusquement et pendant un moment il ne sait y reconnaître le chaos du trafic à cette heure puis se dit qu'il s'est assoupi, peut-être, quand il aperçoit de l'autre côté de la vitre d'un autre bus arrêté le visage d'une jeune femme, barbouillé d'eau et d'éclats de lumière, qui regarde comme lui sans chercher à rien voir. La circulation redémarre, et défilent lentement des silhouettes brouillées par la buée, sombres, immobiles, comme un chargement de morts s'éloignant lentement. En face de lui, l'homme se réveille, jette autour de lui des regards apeurés, cherche à distinguer quelque chose à travers la vitre. Il se penche pour lire le panneau lumineux annonçant le prochain arrêt, se lève avec effort, se hisse ensuite, accroché à une poignée suspendue, se faufile parmi les voyageurs serrés, progressant de poignée en poignée comme on voit faire les grands singes dans les zoos qui promènent leur ennui au bout de leurs longs bras.

Christian referme la porte derrière lui et reste quelques secondes à savourer le silence de l'appartement avant de se défaire de sa parka. Il range ses chaussures bien alignées dans le placard, croise sur le dessus les lacets parce qu'il n'aime pas que ça traîne par terre, puis fait un tour dans toutes les pièces pour jouir du bon ordre qu'il a laissé, toutes choses bien rangées, pour humer l'odeur de propreté qui l'attend depuis ce matin et qui l'accueille et le suit comme une espèce de chien invisible et muet.

Il fait réchauffer une boîte de haricots et de saucisses puis mange à même la casserole, son ordinateur sur les cuisses, devant des vidéos pornos qu'il regarde attentivement, revenant parfois en arrière pour revoir un détail qui lui a plu particulièrement. Il repense à la femme seule de ce matin, il imagine ce qu'il aurait pu faire avec elle et une érection lui vient et il se satisfait en se frottant à travers son pantalon.

Il reste longtemps sous l'eau brûlante de la douche puis il lave ses affaires dans le lavabo et les flaire et les rince et les savonne encore puis les renifle une dernière fois avant de les étendre au-dessus du radiateur.

Il étale sur la table de la cuisine le briquet, les cigarettes, les clés pris dans le sac de la fille. Il joue avec le porte-clé lumineux, il éteint la lumière pour mieux voir le mince faisceau de lumière blanche, presque bleue, qui court sur sa main, les placards, les murs. Il met de côté le paquet de cigarettes puis range le reste dans un sac de plastique où il garde tous ses trophées et il met son nez au-dessus de ce bric-à-brac en espérant y retrouver une odeur intime, le souvenir d'un parfum, mais ne perçoit que la senteur musquée des rouges à lèvres ou des fonds de teint alors il referme le sac cliquetant d'objets insignifiants et le range dans le compartiment congélation de son frigo.

Fumant une cigarette, accoudé à la fenêtre ouverte, il repense à la nuit dernière, à cette fille dont il ne se rappelle même pas le visage, ne revoyant d'elle que ses bottes et son petit sac rouge, il l'a vue se redresser d'entre deux voitures où elle avait vomi et il l'a suivie puis abordée alors qu'elle titubait et commençait à s'affaisser sur un pas de porte. Il lui a tendu la main, l'a aidée à se remettre debout et elle s'est appuyée sur lui pour marcher en le remerciant, en lui disant que c'était gentil et lui il se contentait de répéter mais c'est normal, je vais pas vous laisser toute seule en pleine nuit dans cet état.

Il se sentait bien, cette fille abandonnée pendue à son cou. Il avait réussi à se débarrasser de l'autre débile qu'il avait trouvé en bas de chez lui en rentrant du travail, transi, claquant des dents, levant vers lui ses yeux de chien crevard, et il avait eu pitié de lui, douche, vêtements propres parce qu'il puait comme une charogne, depuis des semaines à la rue, se souvenant à peine de ce qu'il avait fait tout ce temps, d'où il avait dormi, parfois mutique, mâchonnant quelques phrases qu'il refusait toujours de répéter si Christian ne comprenait pas, lançant par-dessus son épaule une main découragée. Puis ils avaient bouffé des pâtes au fromage, des steaks hachés, bu deux ou trois bières et Christian avait décidé qu'ils iraient faire un tour, boire un coup, espérant se défaire de ce fardeau en cours de route, l'abandonner ivre-mort sous un porche, parce qu'il voyait le moment où l'autre lui demanderait de dormir là, seulement pour une nuit, tu parles, ce genre de type ça se colle comme la gale, ça s'incruste comme la crasse, il faut nettoyer au lance-flammes ou au gaz pour les virer et désinfecter derrière.

Ils étaient entrés dans deux ou trois bars où sa taille et sa corpulence ne passaient pas inaperçus, non plus que le regard stupéfait qu'il promenait autour de lui et la façon dont il descendait les pintes, et glou et glou, d'une traite, les types autour reluquaient le phénomène en se marrant, et lui regardait fixement derrière le bar où entre les bouteilles alignées un miroir lui renvoyait l'image de sa gueule ronde et lisse, un peu tordue par l'idiotie ou l'étonnement perpétuel qui écarquillait ses yeux. Finalement, Christian l'a perdu dans la confusion d'une bagarre, s'esquivant au moment où les lames sortaient, et pendant deux heures il a tourné dans le quartier à la recherche d'une femme, il avait envie de ça, d'en attraper une, il ne savait trop comment ni ce qu'il en ferait mais il avait besoin de ça, c'était violent, ça l'étranglait, ça le secouait comme si une main géante l'eût saisi par le col, le poing sur la nuque, et soulevé et poussé et traîné dans les rues à bout de souffle, pendant presque deux heures il a épié, suivi, approché, frôlé mais au dernier moment un regard hostile ou méfiant, un cri sur le point de jaillir, l'apparition d'une silhouette l'avaient obligé à renoncer.

Il était sur le point de laisser tomber. Trop de monde, trop de lumière, trop de bruit. Il n'avait jamais chassé par ici, en plein centre-ville, mais ça l'avait pris par surprise, comme une attaque, et il n'avait pu dominer la pulsion qui s'était emparée de lui. Quand il l'a vue, il a su.

Le vent lui souffle à la figure un paquet d'embruns glacés alors il jette sa cigarette et ferme la fenêtre. Il se dit à quoi bon ressasser tout ça puisque c'est fait. Mais il s'en veut de n'avoir pas repéré l'autre qui s'était mis à le suivre. Suivi par ce géant stupide pendant tout ce temps et n'avoir rien vu, rien entendu ? Il met cela sur le compte de son envie exaspérée, de l'état second où ça l'avait mis, comme fou, comme un animal fou.

Il s'endort au bout de quelques pages d'un dossier consacré à un fusil de précision, le M110, après avoir rêvassé, en examinant les photos des tireurs en action et les gros plans sur les particularités de l'arme, à l'usage qu'il en aurait fait lors de sa mission an Afrique et il repense au sniper qui les avait accompagnés deux ou trois fois en patrouille, son arme sur le dos toujours enveloppée dans une housse de toile d'où il n'avait jamais eu à la sortir. On disait qu'il dormait avec et tous les soirs il la démontait et la nettoyait à fond, les cartouches de 7,62 alignées devant lui sur une cantine, leurs ogives pointées vers le ciel comme de petits missiles.

Il dort sans rêve. Il ne rêve presque jamais. Le sommeil est pour lui un tombeau dont il se relève chaque matin.

10

Dès qu'il entre dans l'immeuble, il semble à Jourdan qu'un voile transparent et impalpable lui tombe dessus, l'enfermant dans cette sorte de silence bourdonnant qui succède à un terrible vacarme. Il salue d'un signe de tête les flicards qui gardent l'entrée et contiennent la petite foule des occupants du squat et s'accroche à la rampe pour se hisser jusqu'au deuxième étage. Il sait à peu près à quoi s'attendre. Il gravit les marches péniblement, essoufflé, les yeux baissés vers la pierre usée, arrondie par endroits. Il ne veut pas regarder vers le haut, vers le puits de jour qui dispense une lueur livide. Il n'y a rien là-haut vers quoi s'élever.

Dans le couloir où il prend pied, il y a cette fille aux cheveux rouges qui pleure, assise sur une chaise, qui se mouche et tousse et geint parfois. Il y a ce flic debout en face d'elle, adossé au mur, les pouces accrochés dans une attache de son gilet pare-balles et qui regarde au-dessus d'elle le plâtre écaillé puis en l'air, par-dessous la visière de sa casquette, le plafond fissuré parsemé de taches jaunâtres. Il y a cette grande clarté qui coule à flots aveuglants dans le couloir et ces ombres qui viennent parfois danser dans son intransigeante blancheur. Il y a l'odeur qui flottait déjà dans la cage d'escalier, sournoise, d'abord sucrée comme un relent de fruit gâté. Jourdan sait que la puanteur se collera bientôt à lui, même résiduelle, et tapissera ses muqueuses et s'immiscera dans toutes les fibres de ses vêtements.

Le substitut Gendron se tient sur le seuil, un mouchoir en papier sur la bouche et le nez. Jourdan devine un effluve parfumé. Agrumes. Ils se serrent la main. Jourdan s'excuse pour son retard : un appel du juge Villette. Gendron s'en fout. Il hausse les épaules. C'est vous qui prenez. J'en ai déjà parlé au capitaine Elissalde. Les causes de la mort semblent établies, vous verrez. Il transpire, s'essuie le front de son mouchoir parfumé. C'est difficile, il dit. Jourdan est sur le point de lui demander ce qu'il trouve difficile mais se ravise. Je vous envoie un mémo en fin d'après-midi, avec les premiers éléments qu'on aura trouvés. Jourdan aimerait à présent le voir déguerpir, puisqu'il semble avoir besoin de prendre l'air. Heureusement que j'avais prévu, dit Gendron en agitant son mouchoir devant lui. J'ai vraiment du mal avec ça.

Elissalde apparaît dans sa combinaison, adresse à Jourdan un clin d'œil derrière ses lunettes de protection. Tu viens ?

Je vous laisse, s'empresse Gendron. À plus tard.

C'est ça. À plus tard. Ils le regardent s'éloigner, se hâter de descendre les premières marches de l'escalier.

Jourdan enfile la combinaison qu'Elissalde lui tend, s'équipe de chaussons. Il se racle la gorge et respire par la bouche en entrant dans la pièce. Les fenêtres sont grandes ouvertes mais la lumière du projecteur assombrit le jour gris qui traîne dans la rue étroite.

Une femme à demi nue est allongée contre le mur, près d'un lavabo. Sa tête est penchée vers son épaule gauche, sa bouche entrouverte aux lèvres bleuies. Jeune. Sans doute moins de trente ans. Peut-être moins encore. Jourdan ne sait pas donner d'âge au visage qui déjà a commencé à gonfler. Il expulse de ses poumons l'air vicié qui stagne dans la pièce, il toussote dans sa main gantée pour nettoyer sa gorge de ce qui semble vouloir s'y loger. La main droite de la morte a été attaquée par les rats. La pulpe des doigts noirâtre, entamée, sous les ongles écarlates. Par les échancrures de son chemisier déchiré, on aperçoit des plaies profondes, des coupures, des écorchures. Du sang sous elle, en flaques figées. Du sang sur le mur, des traînées, jusque dans le lavabo dont l'étagère de plastique est arrachée et pend à une vis chevillée de rouge à moitié sortie de son trou. Amandine, une des filles de la PTS, en train de faire un prélèvement sur le plancher, lève les yeux vers Jourdan, le salue d'un battement de paupières par-dessus son masque. Il demande où est la légiste. Elle ne saurait tarder. Elle avait une autre urgence. Regarde. Elle soulève un pan du chemisier pour montrer la tache verdâtre répandue sur le ventre. Trois, quatre jours. Jourdan détourne les yeux, arrête son regard sur un cavalier jaune, numéroté 2 posé à côté d'un sac à main rouge. Jourdan le fouille, ne trouve pas de portefeuille ni aucun papier. Une carte de tram, deux tickets de caisse d'une supérette. Bernie s'approche de lui, un sac à scellés à la main : collection de préservatifs trouvés dans le tiroir de la table de nuit.

Alors ? La fille dans le couloir : c'est elle qui l'a trouvée. Elle n'avait plus de nouvelles depuis quatre ou cinq jours, ça correspond. Quand elle s'est approchée de la porte, elle a senti l'odeur. Ça sentait pas comme la merde qu'on sent partout ici, elle a dit. Alors un voisin a enfoncé la porte, et voilà. Donc oui, vite vu ça fait à peu près quatre jours que le corps est là. Six coups de couteau, enfin pour l'instant, puisqu'on l'a pas retournée. Les traces montrent qu'elle a dû être attaquée d'abord là-bas, entre le lit et la fenêtre, puis elle est allée vers le lavabo et c'est là qu'elle a été rattrapée et qu'elle s'est battue. Elle a des plaies de défense plein les bras et les mains.

Jourdan suit des yeux le trajet que lui montre Bernie. La femme effondrée ne se relève pas. Il a pourtant cru voir bouger son pied nu au talon bleui et il s'approche du corps. Rien d'autre ? Non. Des poils, des taches plein les draps. Des empreintes partout et des endroits qui ont été nettoyés. Si ça se trouve le type est dans le fichier et il le sait.

Si ça se trouve.

Jourdan fait le tour de la chambre. Papier peint orange et brun se décollant en longues pelures. Plafond lépreux auréolé d'humidité, parcouru dans toute la largeur de la pièce d'une fissure où l'on pourrait passer les doigts. Il songe que tout cela pourrait leur tomber sur la gueule, peut leur tomber sur la gueule d'un moment à l'autre. Dans un coin, à côté de la fenêtre, un petit réchaud de camping est posé sur une table pliante. Une boîte de café en poudre, une tasse ornée d'un personnage de cartoon, du sucre dans un bocal en verre. Dessous, rangées dans un cageot, quelques conserves, une bouteille de gin. Elissalde est en train de vérifier le contenu des pots et des boîtes puis d'en faire l'inventaire.

La légiste entre. Combinaison, bonnette et masque. Quand elle aperçoit Jourdan, elle singe un salut militaire : bonjour commandant, et s'approche du corps qu'elle se contente d'abord d'observer debout, les mains sur les hanches, échangeant à mi-voix quelques mots rapides avec la technicienne. Jourdan demande à Elissalde de prendre la suite. Je suis pas loin.

Il sort dans le couloir où cette fille aux cheveux rouges est toujours là, tassée sur sa chaise, face au flic impassible. Il se débarrasse de son équipement puis s'approche et lui touche l'épaule et lui demande de le suivre. Quelques questions. Elle se lève avec effort. Debout, elle est grande, plutôt athlétique. Il l'entraîne vers le fond du couloir. Il avise une porte ouverte sur des matelas posés par terre sous une ampoule nue. Il pousse la fille à l'intérieur, lui tend une chaise.

Ça va, elle dit, mais elle s'assoit quand même. Elle fouille dans son sac de toile et en sort un paquet de cigarettes, en allume une, savoure les deux premières bouffées, les yeux fermés.

Jourdan la laisse se détendre, les jambes allongées devant elle, serrées dans un jean entaillé aux cuisses et aux genoux. Elle regarde fixement devant elle, collé au mur, un poster où exulte un footballeur grandeur nature. Ses cheveux rouges sont coupés à la Louise Brooks et son nez droit lui fait un profil grec.

À la question de Jourdan, elle dit s'appeler Iliana Todorova, de nationalité bulgare. Des papiers ? Elle sort de son sac une feuille photocopiée qui acte son entrée sur le territoire de l'Union européenne par l'Allemagne. Iliana Todorova, née le 2 novembre 1998 à Breznik, Bulgarie. Elle dit qu'elle n'a pas d'autre preuve de son identité, qu'on lui a tout pris. Elle parle avec un fort accent slave, sans chercher ses mots, d'une voix de gorge, secouée parfois par un court sanglot. Jourdan essaie de distinguer des traits ressemblants sur la photocopie de photocopie qu'il a sous les yeux mais ne discerne que la forme d'un visage féminin dévoré par les ombres noircies. Elle résiste à peine quand Jourdan lui prend son sac pour le fouiller. Il n'y trouve rien qui lui soit utile, le lui rend. Elle le tient serré contre elle.

Jourdan va chercher au fond de la pièce une chaise de jardin couverte d'un tas de vêtements qu'il jette par terre. Il s'assoit près d'Iliana Todorova. Il se répète ce nom mentalement. Il trouve que ça sonne comme dans ces histoires russes de crimes et de châtiments, de tsars et de princes. La princesse a les cheveux rouges, elle fait sans doute la pute dans un squat et elle a découvert un cadavre de quatre jours.

– Vous allez m'expulser ?

– Ça dépend. Si vous m'aidez, je peux faire quelque chose.

Elle hoche la tête.

– Oui, oui, dit-elle. Demandez-moi.

Elle se tourne vers lui. C'est la première fois qu'il voit ses yeux, très clairs, gris ou verts, sous des paupières lourdes de fatigue, fardées de noir.

– Qui est la fille à côté ? Vous la connaissiez depuis longtemps ?

– Elle s'appelle Coralie. Je sais pas son nom.

– Depuis quand vous la connaissez ?
– Ça fait trois mois. Quand elle est arrivée.
– Elle est arrivée d'où ?
– De Paris. Enfin pas de Paris, à côté. Comment on dit ?
– De banlieue ? Elle est française ?
– Oui, française. Je sais plus comment c'est la ville. Aurvillé, quelque chose comme ça.
– Aubervilliers ?
– Oui, peut-être. C'est près de Paris.

La fille essuie son nez qui coule du revers de sa main. Et ses yeux. Son fard s'étale en traînées noires sur ses joues. Elle regarde le bout de ses chaussures, des rangers de cuir bordeaux, énormes au bout de ses jambes fines.

– Pourquoi elle est venue à Bordeaux ?
– Elle avait peur. Les hommes là-bas qui l'obligeaient. Ils voulaient pas qu'elle s'en aille.
– Et ici c'est quoi ? Cette chambre ?
– C'est un copain à elle. Il lui prête.
– Un copain ? Elle ramène ses clients dans cette chambre c'est ça ?
– Oui.
– Et vous ?

Elle s'arrête de renifler, se redresse un peu. Visage dévasté par le maquillage défait.

– Oui, des fois.
– Qui c'est le copain qui prête la chambre ? Son nom ?
– Milan.
– Milan qui ?
– Je sais pas.
– Il est d'où ? Français ?
– Non. Bulgare, comme moi.
– Tu sais où il habite ? Ici ? Dans le squat ?

Elle fait non de la tête. Elle se voûte à nouveau. Sa jambe droite, sur la pointe du pied, s'agite ou tremble, peut-être.

– Tu le connais ? Tu l'as déjà vu ?

Elle hoche la tête. Oui.

Le tutoiement lui est revenu sans qu'il y prenne garde. Il veut aller vite.

– Donne-moi ton téléphone.

Elle serre son sac contre sa poitrine, elle dit non, alors il tend la main, il répète, et comme elle est sur le point de se lever il tire à lui une anse si fort que la fille manque tomber, en gémissant.

– Ne bouge pas.

Il fait défiler les images : des selfies, le plus souvent. Il lui semble reconnaître la morte. Il montre la photo à la fille, oui c'est bien elle. Une jolie brune qui sourit, éclate de rire, tire la langue aux côtés de sa copine. Pas plus de vingt ans. Il continue d'explorer les fichiers. Quelques vidéos de baise. Elle, la Bulgare, et la morte. Jourdan se refuse à les nommer. On verra plus tard pour les identités réelles. On ne distingue jamais la gueule des clients, seulement des corps emmêlés, des queues qui s'enfoncent là où c'est possible. Les filles qui s'efforcent de sourire ou qui écarquillent les yeux, au bord de la suffocation, la bouche pleine. Et ça ? Qui les a faites ? C'est Milan.

Il faut retrouver cet enfoiré.

– Où est-ce que je peux le trouver ce Milan ?

Elle donne l'adresse d'un kebab, cours de la Marne. Il va souvent y manger, tard le soir.

– Tu l'appelles des fois, ou c'est lui qui t'appelle ?

– Une fois, le mois dernier.

– Il te fait travailler ?

– Non. Juste pour la chambre. Pour le loyer.

– À quoi il ressemble ?

Elle ne répond pas tout de suite, les yeux rivés sur son téléphone.

– Il est en photo là-dedans ?

– Non. Pas de photo. Jamais. Il veut pas.

– Milan ? c'est comme ça que tout le monde l'appelle ?

– Oui.

– Son numéro c'est quoi ?

Elle cherche dans la liste de ses contacts. C'est lui.

Jourdan laisse tomber le téléphone dans sa poche, se lève, sort dans le couloir. Il fait signe au flic en faction de surveiller la fille. Elle reste avec nous. Le flic s'avance, se plante près de la porte. Jourdan passe devant la chambre et sa clarté funèbre et ses ombres. Il croise le regard d'Elissalde qui lui adresse un clin d'œil.

En bas, dans ce qui a pu être la loge d'une concierge, un gourbi obscur qui pue l'eau croupie, il trouve Greg et Corine en train d'interroger les occupants du squat. Une trentaine de personnes attendent dans le couloir. Des femmes en fichu, des types mal rasés qui fument ou dorment presque, debout appuyés contre le mur. Des bébés pleurent, inconsolables. Des gamins courent et chahutent entre les jambes des adultes. L'un d'eux, qui criait fort, ramasse une gifle et se met à hurler. Deux flics en tenue bloquent la sortie. Personne ne sait rien, n'a rien vu. Quelques-uns ont bien senti depuis hier une odeur suspecte et ont cru à un rat crevé. Les mauvaises odeurs, la merde qui déborde, les pataugeoires immondes, ils connaissent, ils font avec. Ils ont été évacués il y a deux mois d'un cloaque en banlieue. Une association leur a trouvé ce taudis. Corine explique qu'il faudrait un interprète. Pas un n'est en règle. Ils sont tous expulsables.

– Demande-leur s'ils connaissent un certain Milan.

– Comme Kundera ?

Jourdan hésite. De quoi elle parle ? Aucune importance.

– Oui, c'est ça. Comme Kundera.

Jourdan rentre au bureau avec la fille aux cheveux rouges. Elle prétend toujours s'appeler Iliana Todorova. C'est peut-être vrai. Elle explique qu'elle travaille d'habitude dans un hôtel pas cher au bord de la rocade. Pas pour Milan, non, lui c'est juste pour payer le loyer de la chambre qu'elle partage avec Coralie. Pour Stan. Un Bulgare, aussi. C'est lui qui a tous ses papiers. Son passeport, sa carte d'identité. Il dit qu'il les lui rendra quand elle aura remboursé son voyage en France, mais elle ne sait pas combien ça fait. Coralie aussi elle travaille pour lui. Avec Milan, ils se partagent des filles, ils sont cousins ils s'entendent bien.

– Tu crois qu'il l'a tuée ?

Elle regarde Jourdan, éberluée. Elle n'avait pas envisagé la chose.

– Qui ? Milan ?

– Oui, Milan.

– Non. Il l'aime trop. Il est gentil.

Connasse. Il est gentil. Et même trop. Ces deux ordures les obligent à se faire défoncer et à sucer des bites mais ils sont trop gentils. Je vais l'appeler Milan pour qu'il vienne te chercher, puisqu'il est si gentil. Il va bien s'occuper de toi, tu crois pas ?

Iliana prend son visage dans ses mains et se met à pleurer.

Jourdan lui fait venir de quoi manger et boire. Elle se jette là-dessus en reniflant, la tête dans les épaules, recroquevillée presque. Elle dit merci dix fois, elle dit : pas d'expulsion s'il vous plaît ils vont tuer ma famille. Jourdan essaie de la rassurer. Il promet de voir ce qui est possible avec les collègues qui s'occupent des étrangers.

Il la regarde bouffer. Il n'a pas faim.

Laissez-moi partir. Quand ils vont savoir que je suis venue ici ils vont croire que je les ai trahis et ils vont me tuer. Elle affale son visage entre ses mains et se remet à pleurer.

Personne ne te tuera. Dis-moi où je peux le trouver ce Stan. Elle secoue la tête, elle ne sait rien. Elle se mouche et geint et psalmodie dans sa langue des mots amers et pleins de regrets, sans doute. Jourdan la regarde un moment se convulser et gémir, et quand son visage disparaît dans ses grandes mains blanches et que déborde cette perruque écarlate, il a l'impression d'être en face d'une grande poupée secouée par des décharges électriques ou d'assister au dérèglement létal d'un robot humanoïde. Il n'arrive pas à croire à ces larmes ni à ce chagrin. Il ne comprend pas ce désarroi. Ça vient de s'éteindre en lui. Comme une ampoule déjà vacillante qui finit par lâcher. Il se lève, va jeter machinalement par la fenêtre un coup d'œil qui ne lui montre rien puis reste debout devant cette fille tassée sur sa chaise et il la trouve exaspérante cette jeune pute pleurnichant sur son sort et refusant de donner ses tortionnaires comme une noyée qui se débattrait dans une mare de boue sans en vouloir sortir, ignorant les perches tendues vers elle. Il revoit le corps de la morte effondré dans son sang noir, il garde au fond de la gorge l'odeur abominable de ce qu'elle était en train de devenir, cet anéantissement monstrueux, et il a soudain envie de la remettre debout, cette fille aux cheveux rouges, et de l'emmener à la morgue pour lui coller le nez sur les plaies béantes et la putréfaction à l'œuvre. Regarde, sens, touche. C'est mort, ça pue, c'est froid. Si ça se trouve c'est un de ces deux enculés si gentils, tellement attachés à vous qui a fait ça ou l'aura rendu possible, inéluctable alors parle, dis-moi où crèchent tes protecteurs, figure-toi que c'est ainsi qu'on dit en français, tes protecteurs qui te protègent de la même façon que la corde soutient le pendu.

Il faut me parler, insiste-t-il. Il faut stopper ces types. Il faut les empêcher de continuer. Elle lève les yeux vers lui, pleins de larmes et de terreur, et tend vers lui un visage tordu par une grimace hideuse et elle lui demande alors entre deux hoquets s'il a des cachets parce qu'elle ne se sent pas bien. Comme il ne comprend d'abord pas il pense à une migraine, il se demande si par hasard dans un tiroir de son bureau ne traînerait pas... Puis il se rend compte que la fille est en manque et que le paracétamol n'y fera rien. Peut-être une gifle ou deux, histoire de lui remettre un peu de rose aux joues. Il lui promet que c'est bientôt terminé, qu'elle pourra sortir bientôt.

Il s'installe devant l'ordinateur pour prendre sa déposition. Elle se tord les mains, elle frissonne. Elle ne pleure plus, elle s'efforce de dominer sa peur, de ravaler ses sanglots, de sécher ses larmes, d'essuyer son nez en piochant dans la boite de mouchoirs en papier posée devant elle et parfois ses yeux se ferment et Jourdan redoute que ses paupières lourdes ne se relèvent pas et qu'elle s'endorme là, devant lui. Il lui dit que mieux elle répondra plus vite ce sera fini, il réitère sa question au sujet de Stan et Milan et à chaque fois elle secoue la tête, non, non, je sais pas, claquant presque des dents.

Vers 14 heures, le groupe rentre au moment où Jourdan en termine. Corine, Bernie, Greg, Elissalde. Silencieux, l'air fourbu. Ils s'assoient à leurs bureaux respectifs et consultent leur téléphone, allument leur ordinateur. Jourdan les laisse décanter. Au bout d'un moment pendant lequel rien ne se dit, Elissalde renifle ses vêtements. Je pue la mort, putain. Il ôte son pull, le jette derrière lui.

Jourdan ouvre un placard et en sort une bouteille de whisky et un verre. Tu l'as au fond de la gueule. Rince-toi avec ça. Les autres se lèvent, s'approchant de Jourdan, en tendant qui un verre, qui une tasse. Moi c'est pareil, ils disent. Ils osent sourire un peu.

Ils font le point à voix basse. Rien au squat. Tout le monde connaissait les activités de Coralie, c'était une protégée du fameux Milan dont ils semblent avoir tous peur. Ils ont surtout peur des flics, de l'expulsion. La moitié était sans-papiers, les autres nous ont refilé des dossiers Dublin le plus souvent dépourvus de photo.

– Qu'est-ce qu'on fait ? demande Corine. Si on suit la procédure…

– On a une scène de crime sous scellés et une trentaine de témoins dans ce squat, dit Jourdan. On a deux connards à retrouver dare-dare, alors la procédure, tu t'assois dessus et tu lui tiens chaud. Pour le moment, on n'a que ça à quoi s'accrocher. Elle dit quoi le bon docteur Bensoussan ?

Elissalde ramasse son pull et le renifle. Il le pose sur le dossier de son fauteuil de bureau. Tout en sentant ses mains, il résume. Au moins deux blessures mortelles. Quinze coups de couteau. Elle estime que le type s'est acharné. Les coups ont été portés dans tous les sens : de bas en haut, de haut en bas, de droite à gauche. Elle en saura plus après ouverture, comme elle dit.

Jourdan se tourne vers les autres. C'est tout ?

Bernie ouvre un petit carnet qu'il a sorti de sa poche.

Bensoussan a parlé d'une autre affaire, il y a deux ans. Une fille retrouvée à Bacalan, presque sous le pont d'Aquitaine. Elle trouve qu'il y a pas mal de points communs. La fille avait à peu près le même âge. Dix-huit ans. Lycéenne. Même type de blessures. Une quinzaine de coups portés, à peu près n'importe comment. Bensoussan trouve que le type frappe en fureur comme s'il voulait détruire avant de tuer. Peut-être qu'il ne s'arrête que lorsque la victime ne bouge plus. Pas d'ADN. Ni viol ni aucune autre violence que celle des coups de couteau. Faudrait demander à Steiner, c'est lui qui a pris l'enquête à l'époque.

Un silence. Jourdan se rappelle cette affaire, non résolue. Des mois d'auditions. Steiner et son équipe étaient persuadés qu'il fallait chercher dans l'entourage de la victime. Un petit connard éconduit, une rivalité amoureuse. La gamine avait la réputation de collectionner les conquêtes, c'était forcément un de ces crétins qui avait fait le coup. Et puis rien. Des alibis évidents, aucun élément concret, pas même un sms douteux, rien. Deux lieutenants travaillent encore un peu là-dessus sous la pression des parents et de leur avocat, c'est-à-dire qu'ils relisent toutes les dépositions, reprennent tout le dossier, dès qu'ils ont un peu de temps.

Les autres sèchent leur whisky puis s'installent derrière leur bureau et se mettent à se raconter leur journée. Ils parlent fort. Jourdan les observe un instant, chacun tour à tour et il a l'impression qu'ils font semblant de se parler, chacun retranché dans sa solitude ou sa fatigue. Ils se forcent à rire parfois, ils se moquent des occupants du squat, de leur terreur à l'idée d'être arrêtés et expulsés, pas un n'a envisagé qu'on pouvait le suspecter du meurtre. Ils s'aperçoivent qu'ils n'ont rien mangé mais qu'ils n'ont pas faim, à part Bernie qui évoque le bien que lui feraient une choucroute et une pinte de bière. Puis ils parlent des Bulgares, tous expulsables, de ce qu'il conviendrait de faire : évacuer le squat, approfondir les contrôles et virer tous ces gens qui n'ont rien à foutre dans notre beau pays. Qu'est-ce que ça changera, demande Bernie, d'aller les faire chier ? T'auras les gauchistes et les avocats sur le dos, dans huit jours tout le monde sort et se disperse dans la nature. S'il y a un témoin intéressant parmi eux, c'est mort.

Jourdan les laisse à leurs querelles et revient vers Iliana, qui tremble sur sa chaise, les mains sur les cuisses. Elle garde les yeux fermés, balançant imperceptiblement sa tête d'avant en arrière, les lèvres serrées. Elle dort peut-être alors Jourdan s'assoit à côté d'elle, essaie de réfléchir à ce qu'il convient de faire, ne sait pas, ne parvient à produire aucune pensée cohérente. Les discussions résonnent dans le bureau comme un conciliabule dans une cathédrale, rumeur ample et lointaine. Jourdan a l'impression d'avoir un casque intégral sur la tête et il entend pulser ses artères au fond de son cerveau. Il sursaute quand il voit soudain Elissalde debout près de lui.

Qu'est-ce qu'elle a ? Jourdan se lève pour dissiper l'espèce de torpeur qui l'étreint. Devine. Elissalde observe la fille. Je vois. Je vais demander à Simon, il a toujours quelque chose sous le coude pour ses clients.

Jourdan tend à la fille un gobelet d'eau. Elle boit avidement puis écrase le gobelet dans son poing puis demeure immobile, la main fermée sur le plastique froissé. On va vous donner quelque chose. La fille acquiesce d'un signe de tête.

Pas d'expulsion, elle murmure.

Jourdan soupire. Il jette un coup d'œil aux collègues qui semblent attendre que quelque chose se passe ou se dise. Il faut nous dire où on peut trouver ces deux types tu comprends ? Je t'aiderai si tu nous aides, c'est promis. Il parle bas, presque à son oreille. Il refrène son envie de la secouer et de la balancer à bas de sa chaise.

Elle fouille dans son sac, en sort un paquet de cigarettes. Je peux ? Non, tu peux pas. Range ça. Jourdan est saisi par l'envie d'en griller une. Il en salive. Sa gorge se serre. Il aimerait enfiler son veston, sortir et se rencogner sous un porche pour fumer en grelottant dans le temps pourri qu'il fait dehors, pluie, rafales sifflantes, la nuit déjà en embuscade au milieu des nuages.

Elissalde revient et donne à la fille une plaquette de cachets. Elle les dépiaute avec des gestes nerveux, elle manque tout faire tomber, elle en gobe deux en buvant goulûment à la bouteille d'eau que lui tend Jourdan. Pendant quelques secondes, elle garde les yeux fermés, droite et raide, puis elle demande du papier et de quoi écrire. Bernie arrache une page sur un bloc-notes, prend un stylo, un magazine comme écritoire. Voilà, elle dit en grattant sur la feuille, essoufflée, des larmes plein les yeux. L'adresse de Stan.

Merci, dit Jourdan. Il lui pose une main sur l'épaule mais elle se dérobe et se met debout, chancelante, et les regarde et dit, à bout de souffle : Maintenant, je suis morte.

11

Louise se sent flotter au sein d'un univers instable. Il lui semble que les immeubles de la rue s'écartent devant elle comme pour lui céder le passage puis reprennent sur ses talons leur alignement sombre. La cigarette qu'elle a fumée avec Naïma en sortant du restaurant lui a tourné la tête et l'a obligée à s'appuyer un instant contre une voiture. Naïma a regardé le bout incandescent coincé entre ses doigts et a dit en riant Oh putain qu'est-ce qu'ils ont mis dans leurs clopes ? Elles se sont soufflé la fumée dans la figure en pouffant comme deux gamines. Ce blanc était bon. Elles n'ont pas tout à fait terminé la deuxième bouteille. Elles se sont surtout enivrées de leur soirée libre, de leurs retrouvailles, étourdies par le tourbillon de paroles dans lequel elles ont tournoyé à voix basse, penchées souvent l'une vers l'autre, comme si elles ne s'étaient pas parlé pendant ces six mois passés sans se voir. Entre deux plats, Louise a appelé Christelle, chez qui elle avait laissé Sam pour la nuit, pour savoir si tout se passait bien, oui, Sam et Arthur étaient enfermés dans la chambre et elle les entendait rire et pousser des cris bizarres d'animaux. Ils s'étaient jetés sur les pizzas, ils avaient goinfré les éclairs au chocolat, et vers onze heures ils seraient au lit, extinction des feux. Louise avait posé son téléphone près de son assiette et redoutait de voir l'écran s'allumer d'une alarme quelconque.

Ça va, disait Naïma. Il risque rien. Et toi non plus.

Louise alors secouait la tête. Lucas avait envoyé deux sms dans la journée. Elle les lui a montrés. Il est fou, a dit Naïma. Préviens les flics.

Louise a senti les larmes venir. On parle d'autre chose.

Alors elles ont parlé du reste.

Des voyageurs dont Naïma enregistre les bagages à l'aéroport, en partance pour des destinations auxquelles elle n'a pas toujours le temps de rêver, leurs gueules bizarres sur les passeports, leurs valises énormes, les convois de chariots qu'elle voit se pointer, comme s'ils emportaient avec eux la moitié de leurs biens dans des ballots saucissonnés de ruban adhésif, de courroies, de ficelle... Elle les imagine à leur arrivée en train de négocier avec un taxi qui refuse de charger leur barda, ou courbés devant la soute déjà bourrée d'un bus dont le chauffeur menace de les laisser en plan parce qu'il est déjà en retard... Ça la distrait un moment de l'infernale routine, des centaines d'étiquettes qu'elle accroche autour des poignées, des quelques tonnes de chargement qu'elle envoie sur le tapis roulant. Elle a raconté sa première fois en avion, pour aller voir la famille près de Fès, quand elle avait treize ans... Son père avait touché une prime, ils avaient pu s'éviter la traversée de l'Espagne en voiture, à six là-dedans, le toit surchargé de colis, le mauvais sommeil, serrées sur la banquette avec ses sœurs, car ils roulaient la nuit à cause de la chaleur dans la journée, pas de clim dans cette vieille caisse, elle se souvient des petits matins éblouissants quand ils descendaient se dégourdir les jambes sur la piste d'accès au ferry, maman qui leur distribuait des gâteaux et un peu d'eau... À ce moment Naïma a fait une pause et ses yeux ont brillé un peu plus et Louise a approché sa main sur la table et elles ont emmêlé et serré leurs doigts le temps de reprendre leur souffle un instant suspendu. Alors cet avion ? Tu m'en avais jamais parlé, a relancé Louise.

Elle avait eu peur à l'aller mais s'était installée près du hublot au retour pour n'en rien perdre, ses petites sœurs se bousculant pour venir sur ses genoux et voir comment c'était par terre, déçues de ne pas distinguer grand-chose, demandant sans cesse où on était, l'Espagne, mais où ? On voit pas que c'est l'Espagne.

– Je sais pas... Elles s'attendaient peut-être à voir des taureaux et des arènes, je sais pas, ou des danseuses de flamenco comme y en a sur ces buffets à la con. Moi, j'avais l'impression de voler au-dessus d'une carte de géographie. J'essayais de me rappeler à quoi ça ressemblait ce pays, c'était affiché en grand dans la salle d'espagnol. J'espérais qu'on passerait au-dessus de Madrid, juste pour voir ça d'en haut, mais à un moment on est entrés dans des nuages et ça a commencé à tanguer... Les filles se sont calmées, accrochées à leurs ceintures. Je crois que mon père n'en menait pas large non plus. Il a posé sa main sur celle de ma mère qui m'a fait un clin d'œil et on a ri en silence, chacune en soi-même, comme on le faisait souvent. Je regrette ça. Ces fous rires qu'on avait toutes les deux sans que personne s'en aperçoive. Des fois, je la voyais regarder ailleurs et des larmes lui venaient et je savais bien que ça n'était pas de chagrin et qu'il aurait suffi d'un rien pour qu'elle explose de rire et moi avec.

Louise écoutait. Elle revoyait le long visage de Fousia, la mère de Naïma, son regard triste et pensif aux paupières lourdes, fatiguées, qui s'éclairait soudain quand une des filles montait sur ses genoux alors qu'elle se reposait sur le canapé au retour du travail, elle était femme de ménage à l'hôpital et elle disait parfois qu'elle n'en pouvait plus de toute cette misère, c'est ainsi qu'elle désignait les maladies et toutes les souffrances, toute cette misère, je n'en peux plus, soupirait-elle, mais elle trouvait toujours de la force pour serrer contre elle les deux plus jeunes, Naïma s'asseyant tout près, Fousia lui demandant Comment ça va ma fille ? en lui tendant la main. Louise se rappelle qu'alors semblait passer entre elles une force qu'elle voyait briller dans leurs yeux comme un feu secret et qu'elle s'était sentie de trop chaque fois qu'elle avait assisté à ces retrouvailles de fin de journée et qu'elle enviait ce mystère et reprenait son sac à dos pour les laisser, Mais non disait Fousia, reste un peu, je vous apporte des gâteaux. Elle se levait et les filles filaient dans la chambre de Naïma pour y faire leurs devoirs ou pour y ricaner et se lire des réflexions qu'elles écrivaient dans un carnet qu'elles gardaient au fond de leur sac, le même carnet, acheté ensemble en se faisant le serment d'y noter au fil des jours ou des heures les idées qui leur venaient.

– Et toi ? a dit Naïma. Raconte. Y a que moi qui parle.

Louise a haussé les épaules.

– Y a pas grand-chose à dire.

Elle leur a resservi un peu de vin. La bouteille était vide. Elles en ont commandé une autre.

– Et Samir ? Comment il va ?

– Sam ?

Alors Louise a parlé de Sam. Du magicien qu'il était. De ses doigts d'enchanteur sur son visage les soirs où ça ne va pas. De ses regards curieux posés sur elle quand viennent les idées noires. Eh, je suis là, semble-t-il dire. Je sais bien à quoi tu penses. De ses émerveillements. Elle n'est pas sûre que tous les enfants soient autant que lui capables de s'arrêter dans la rue pour s'étonner de ce qu'ils voient ou d'admirer l'étrange regard d'un mannequin dans une vitrine, cherchant à deviner ce qu'il observe. C'est lui le plus souvent qui l'invite à tourner la tête pour regarder ailleurs qu'au-dedans d'elle.

– Quand je suis avec lui, j'ai moins peur. Enfin, comment dire… C'est comme si c'était loin, tu comprends ? Et lui il doit le savoir, ou le sentir quand certains soirs je suis plus inquiète que d'autres. Il ne veut plus aller se coucher. Il traîne, il fait le pitre. Un soir, je me demandais ce qu'il faisait dans sa chambre et le voilà qui arrive déguisé en pirate, un bandeau sur l'œil, une sorte de sabre qu'il avait découpé dans du carton et il me dit comme ça « Je reste monter la garde ! ». Tu l'aurais vu, les mains sur les hanches, son sabre glissé dans sa ceinture…

La serveuse est venue leur apporter le dessert et leur a demandé si tout se passait bien. Oui, tout allait bien. Elles se sont resservi du vin en riant. On va être bourrées. On EST bourrées. Elles ont ri encore puis ont mangé un moment en silence. Naïma a terminé son assiette, s'est essuyé la bouche puis a regardé Louise, le menton dans les mains.

– Quoi ? a dit Louise.

– Tu sais bien quoi. Ce fils de pute qui te tape dessus. Tu crèves de peur. Pourquoi tu m'as pas appelée ?

– Je t'ai appelée.

– Mais tu ne m'as pas parlé de ça.

– Ça va passer. Il va se calmer. C'est vrai que des fois je le reçois mal, je pars en live et ça tourne mal.

– C'est s'engueuler, ça. Plein de gens s'engueulent. Mais lui il te cogne. Tu m'as dit que la dernière fois t'as eu peur qu'il te tue.

Louise revoyait tout. La masse de l'homme au-dessus d'elle. Le souffle qui lui manque, les cris qui ne viennent plus. Sur l'instant, la terreur, plus que la douleur, lui ôtait toute force. Elle a bougé les épaules pour se défaire de ces insectes brûlants qui couraient sous sa peau.

– Il va finir par comprendre. Je vais lui expliquer. Il est avec une autre femme. Il est parti pour vivre avec elle, il va m'oublier.

– Va porter plainte. Va voir les flics.

– Des fois, il est gentil. Il redevient tendre comme avant.

– Avant il ne te frappait pas, non ?

– Si. Une fois. Il avait bu, il avait perdu de l'argent au jeu. Une gifle. Il a regretté le lendemain, il chialait et ça m'a fait de la peine de le voir comme ça.

Naïma secouait la tête. Elle a murmuré : C'est pas vrai…

– Et Sam ?

– Non. Pas Sam.

Louise s'est levée brusquement. La tête lui tournait un peu.

– Je vais aux toilettes. On s'en va, après ?

En marchant entre les tables, elle a été presque surprise de découvrir d'autres dîneurs. Il lui semblait sortir d'un lieu coupé du monde et le murmure des conversations lui est monté à la tête comme une bouffée de chaleur. Devant le lavabo, elle a laissé échapper trois sanglots et déborder quelques larmes. Elle s'est tamponné le visage avec une feuille d'essuie-main. Son maquillage tenait le coup. Elle a grimacé pour redonner de la souplesse à sa peau figée comme un masque.

Elles ont payé. Dehors, comme il ne pleuvait plus, elles ont levé d'un même mouvement la tête vers le ciel comme pour vérifier que c'était bien vrai.

Elles doivent se faufiler parmi des fumeurs qui semblent tenir sur le trottoir des conciliabules ponctués d'éclats de rire puis elles entrent dans la pénombre compacte du Habana, heurtées d'abord par la chaleur et le brouhaha des conversations et de la musique. Louise rentre la tête dans les épaules et Naïma la prend par la main pour l'entraîner au cœur de cette densité mouvante. Lambeaux de conversations, voix indistinctes, vibrations sourdes.

Le comptoir s'étire sur une quinzaine de mètres, auquel les gens s'accrochent par grappes, quand d'autres se tordent et se glissent et tendent leurs mains rougies soudain par des spots pour récupérer leurs verres. Elles s'incrustent dans un intervalle laissé libre. Deux filles et deux garçons s'affairent derrière. L'un des barmen secoue son shaker en cadence avec la musique. Corps mince et musclé sous un tee-shirt moulant. Louise observe un moment le roulement de ses biceps puis se détourne. Naïma consulte ses messages sur son téléphone. Elle sourit, hoche la tête, soupire. Quel con, elle dit.

Elles commandent des mojitos puis les sirotent sans se parler vraiment. Louise trouve qu'il fait chaud. Ambiance tropicale, répond Naïma. Elles observent les gens autour d'elles, échangent des clins d'œil et des grimaces. Au fond de la salle, il y a des gens qui dansent sous une boule à facettes. Des filles, surtout. Cinq ou six, et deux hommes qui essaient d'attirer leur attention par leurs gesticulations chaloupées de mauvais danseurs. Visages cireux sous les éclairages intermittents aux couleurs crues.

– Louise ?

Une main sur son épaule, qui se retire dès qu'elle tourne la tête. John. Elle le reconnaît aussitôt et son estomac se froisse et sa gorge s'assèche. Il s'appelle Jonathan mais tout le monde l'appelait John. Ça fait dix, douze ans ? Il sourit, gardant sa main en l'air comme s'il ne savait qu'en faire. Il a changé. Joues creuses, yeux cernés aux prunelles noires, brillantes, fixes. Cheveux très courts poivre et sel, barbe d'une semaine. On croirait qu'il a la fièvre. Sur sa figure fatiguée remuent des lueurs moirées.

– John, tu te rappelles ?

Bien sûr qu'elle se rappelle. Tout son corps se rappelle. Ce nœud à l'estomac, ce souffle court, ce cœur qui bat trop vite. Quelque chose de douloureux qui court en elle. La mémoire comme un venin. Elle ne sait pas quoi faire alors elle tend la joue et ils s'embrassent.

– T'as pas changé, il dit, en la regardant mieux.

Elle essaie de sourire.

– Qu'est-ce que tu fais là ?

– Je suis avec une copine. Une amie.

Elle se tourne vers Naïma, fait les présentations. Naïma tend une main molle à John puis remet le nez dans son verre en regardant ailleurs.

– Qu'est-ce que tu deviens ?

– Rien.

Louise boit une gorgée. Elle laisse fondre un bout de glaçon dans sa bouche.

– Comment ça rien ?

– Rien, je te dis. Je fais le ménage chez des vieux. Et puis leurs courses aussi.

John hoche la tête.

– Et ça te plaît comme boulot ?

– J'ai toujours rêvé de faire ça.

Louise le voit hésiter, battant des paupières, prenant son verre presque vide dont il assèche le fond avec sa paille.

Naïma accroche Louise par le coude.

– Tiens moi ça un moment. Je vais danser.

Elle lui tend son sac à main. Louise l'accroche à son épaule.

John regarde Naïma s'éloigner. Il lorgne son cul.

– Elle est belle ma copine, pas vrai ?

John secoue la tête. Il sourit d'un air gêné.

– Toi non plus t'es pas mal.

Louise regarde l'heure sur son téléphone. Bientôt minuit. Sam. Qu'est-ce que je fais là ? Des larmes lui viennent. Autour d'elle, un chaos de vacarme et de lueurs brouillées. Elle jette un coup d'œil vers la piste de danse. Naïma parle avec un type qui se balance les mains dans les poches. Naïma aime les rencontres d'un soir, les hommes d'une nuit. Chez lui, dit-elle. Jamais chez moi. Pas envie d'être emmerdée. Une semaine ou deux si ça devient sentimental. Et si monsieur est marié, c'est parfait : je le tiens serré par là où il faut, je le jette, il ferme sa gueule. John dit à Louise quelque chose qu'elle ne comprend pas alors il se penche vers elle et lui parle à l'oreille.

Il lui dit qu'il est content de la retrouver. Il a souvent repensé à elle, il se demandait ce qu'elle devenait. Sauf qu'à l'époque c'était tellement la zone, on était tous tellement dans la déglingue qu'on ne se rendait compte de rien, on faisait même pas attention aux autres. Y a des gens, je me rappelle même pas leur gueule. Tu te souviens de ce mec, ses parents avaient une villa au cap Ferret, putain il était blindé de thunes, comment il s'appelait déjà ? Et cette grosse fête et l'espèce de partouze sur la terrasse au milieu des arbres ? Tu te rappelles ?

Louise se souvient de s'être réveillée dans un lit avec deux types qu'elle connaissait à peine et une migraine à s'éclater la tête contre les murs. Elle se souvient d'avoir trouvé une salle de bains et d'avoir pris une douche et de s'être longuement lavée de ce qui coulait d'elle, incapable de se rappeler ce qui s'était passé. Elle se souvient d'avoir vomi par-dessus le garde-corps de la terrasse dans la rumeur de l'océan qui pulsait plus loin derrière les arbres. Elle se souvient du dégoût qu'elle avait eu d'elle-même, comme à chaque fois que des choses de ce genre arrivaient à cette époque où elle marchait défoncée ou ivre, les yeux révulsés, sur un câble tendu au-dessus d'un précipice.

John hoche du bonnet, l'air content de se rappeler tout ça, enchaînant sur un autre épisode qu'il qualifie d'épique.

– Arrête, dit Louise en lui posant une main sur l'épaule. Arrête.

– T'as raison. C'est loin, et on était complètement cons. Dix ans, tu te rends compte ?

Oui, elle se rend compte que le passé lui revient dans le ventre comme une créature pondue là qui se mettrait à grouiller toutes griffes dehors. Sam. Elle l'invoque comme une divinité domestique, un ange mineur capable de l'entendre et de la sauver.

– Qu'est-ce que t'as dit ? Qui c'est Sam ?

– Non, c'est... C'est mon fils... Je pense à lui et comme je suis crevée et que j'ai un peu bu, voilà... Je pense tout haut...

Il a ce geste qui la surprend et lui fait du bien sur l'instant : il caresse sa joue en disant c'est pas grave. Elle se tourne vers la piste de danse où Naïma improvise avec un homme une sorte de polka bouffonne. Ils rient, ils s'enlacent. L'homme embrasse ses cheveux. Naïma aperçoit Louise et parle à l'oreille de son cavalier puis vient vers elle.

– Seb me ramène, t'inquiète. Ça ira ?

Elle parle fort, essoufflée, le visage luisant de sueur.

Oui, ça ira. Louise lui rend son sac. Elles s'embrassent fort. Naïma a le temps de lui glisser qu'elle connaît ce type, le bon coup idéal.

Louise s'efforce de lui sourire et sent son estomac se creuser en la voyant s'éloigner, suivie de sa prise. Soudain, la musique lui semble assourdissante et la promiscuité dans ce chaos de corps et de voix la fait suffoquer. John la dévisage d'un air indécis. Il lui demande si ça va, elle dit non, elle dit qu'elle en a marre, qu'elle veut partir d'ici. Elle entend à peine sa propre voix dans le vacarme qui la submerge. John se lève en même temps qu'elle et marche devant et lui ouvre le chemin à travers la cohue. Il se retourne pour s'assurer qu'elle le suit. Elle sort sur ses talons, trébuche et se rattrape à son bras.

La main de l'homme au creux de ses reins. Il la tient contre lui et elle se dégage doucement. Elle ne bouge pas, elle regarde dans le halo des lampadaires la bruine voleter au gré du petit vent qui rôde dans la rue. Pendant quelques secondes elle est seule au monde. Et le monde n'existe plus. La voix de l'homme la sort de son vertige.

– Qu'est-ce qu'on fait ?

Il remonte le col de son blouson.

– On va se coucher.

Il sourit. Il dit « D'accord ».

Ils se mettent en marche. Ils sont garés dans le même parking souterrain. Louise ne trouve plus rien à lui dire et lui garde le silence, glissant sous son bras sa main qu'il retire quand ils longent une série de containers à ordures encombrant le trottoir.

Ils arrivent auprès de la voiture de John. Une grosse berline allemande.

– C'est à toi ? elle demande.

– Non. Je l'ai volée tout à l'heure.

Claquement des serrures. Les clignotants jettent des flashs dorés.

– T'as l'air fatiguée. Tu veux t'asseoir un peu ?

Elle dit oui. Elle ne sait pas pourquoi elle dit oui. Peut-être parce qu'elle a seulement envie de s'asseoir.

Elle se laisse aller contre le dossier qui la prend avec douceur. Odeur de cuir, de matériaux neufs. John met le contact et le tableau de bord s'éclaire de turquoise. Elle étend ses jambes, soupire « Merci ».

L'homme la regarde. Il ne bouge pas, elle entend sa respiration, elle sent l'odeur de l'alcool.

– Tu me plais. J'ai envie de toi.

Il tend la main vers elle, la pose sur sa cuisse, l'y laisse immobile.

Louise n'a pas la force de l'ôter de là. Quand l'homme se penche vers elle, quand il l'embrasse sur tout le visage elle sent sous sa peau un agacement chatouilleux. Quand il fait remonter sa main sous sa jupe, elle dit non, elle se tord, elle se dérobe à ses baisers alors qu'il force ses cuisses serrées. Il prend sa main et l'attire contre lui et elle le sent dur et il ouvre son pantalon en disant oui, oui, comme ça. Elle le frotte, il vient vite en s'abattant, la figure dans son cou, ses lèvres mouillées soufflant sur sa peau.

Elle s'essuie au blouson de l'homme et ouvre la portière.

– Tiens, il dit. Une autre fois. J'ai été nul.

Elle prend une carte de visite qu'elle glisse dans sa poche.

Arrivée à sa voiture, écœurée par l'odeur de foutre sur sa main, une nausée la plie en deux. Une remontée de fiel lui brûle la gorge.

12

La porte éclate et une femme, dans le fond de la maison, pousse de longs cris stridents que leurs aboiements, Police, ne bougez pas, ne parviennent pas à couvrir. Elle surgit d'une pièce, un drap de lit sur elle cachant mal sa nudité, et se met à les insulter dans une langue qu'ils ne connaissent pas, véhémente, le poing tendu vers eux, un sein découvert, dans un drapé à l'antique s'affalant à ses pieds. Un brigadier du groupe d'intervention, casqué, fonce sur elle et la refoule dans la chambre avec son bouclier. Ferme ta gueule. Un autre s'engouffre à sa suite. Les lampes de leurs armes tracent dans l'obscurité de la pièce avant que la lumière s'allume.

Jourdan attend dans le couloir avec l'officier en tenue d'assaut. Il repense aux trois heures pendant lesquelles il a dormi par intermittence, et il n'ose pas s'appuyer au mur à côté du chef de commando campé au milieu du couloir, harnaché, équipé comme pour la guerre. Ils sont sous une ampoule nue pendant au bout de son fil et ça leur fait des visages creux, des gueules de petit matin pénible. Jourdan écoute les habituelles protestations, les ordres hurlés pour sidérer les dormeurs arrachés au sommeil, virés de leur matelas qu'on soulève aussitôt pour y prendre avant eux l'arme qui s'y trouverait. Jourdan écoute ce chaos bruyant comme on écoute monter dans les tours un moteur dont on teste l'allumage ou la carburation. De la mécanique qui laisse toujours un peu les mains sales malgré les gants.

– On l'a, dit Elissalde.

Jourdan entre dans une chambre encombrée d'un grand lit et d'une énorme armoire sombre. Odeur épaisse de sueur, de sexe, de tabac froid. Jourdan ouvre la fenêtre, repousse les volets dans la nuit froide. Bernie et Greg soulèvent tout, foutent par terre les vêtements, les couvertures, les chaussures, des boîtes pleines de montres, de téléphones. Ils bousculent un écran de télévision qui se fracasse au sol. Un flic tout en noir, cagoulé, tient en respect un homme et une femme nus dans le lit. L'homme est couché, les mains derrière la tête, jambes légèrement écartées, défiant du regard les flics qui s'affairent dans la pièce. Autour du cou et sur la poitrine sont grossièrement tatouées une chaîne et une croix.

Stan. Corps d'athlète, belle gueule de brute. Tête rasée, tatouage bizarre sur le haut su crâne. Il sourit à Jourdan. Il ondule du bassin, sa queue ballotte entre ses cuisses.

– Hein, que t'en as pas une comme ça ? Tu veux en goûter ? Désolé, t'es pas mon genre. Demande-lui, à elle. Elle te dira comme c'est bon.

Par l'ouverture de la cagoule, Jourdan croise le regard du flic casqué. Sourire fugitif. Léger haussement d'épaules. Son doigt ganté tapote trois fois le pontet du fusil. Pareil, pense Jourdan.

La femme est recroquevillée, les bras croisés sur ses seins. Elle lève la tête vers lui. Elle est jeune. Seize ans peut-être.

– Habille-toi, dit Jourdan.

Elle parle mais on ne comprend rien. Jourdan croit reconnaître une langue slave.

– Tes fringues, magne-toi, dit-il encore.

Bernie ramasse un tee-shirt et un slip et les lui fout sur la gueule.

– Wake up ! il crie.

La fille commence à s'habiller. Elle pleure, geint, tremble. Elle prend autour d'elle ses vêtements dispersés par terre et dès qu'elle a fini de boutonner son pantalon, Bernie lui passe les menottes et l'entraîne hors de la pièce.

– Tiens, s'exclame Greg. Voyez ce qu'on trouve.

Il tient entre ses doigts deux sachets de poudre.

– Ça c'est pour te fariner l'andouillette, sans doute, il dit à Stan.

L'homme ne réagit pas. Il garde les yeux fermés, ses narines se dilatent sous l'effet d'une colère contenue.

Jourdan pose la main sur la crosse de son arme. Il aimerait que ce bourrin leur fonce dessus. Il pense à une balle dans le ventre parce que ça fait très mal. Le voir se tordre. Lui marcher sur la gueule comme par inadvertance.

– Debout, dit-il.

L'homme s'assied au bord du lit, tête baissée. Il fait rouler ses épaules musculeuses comme un boxeur dans son coin qui attendrait le gong. Le policier casqué fait un pas en arrière, fusil épaulé.

Elissalde rassemble des vêtements, les pose sur le lit.

– Habille-toi.

L'homme se lève. Il est grand, large, lourd de force. Il défroisse ses fringues, les renifle, les enfile et les ajuste puis boucle sa ceinture et fonce. Il renverse Elissalde, percute Jourdan d'un coup d'épaule, bondit par la fenêtre. Le flic du groupe d'intervention gueule « Halte ! » et tire un coup de sommation au-dessus de lui puis saute dehors à son tour. Jourdan le suit. Il s'empêtre dans un rosier, s'écorche, s'arrache. Ils se retrouvent à quatre ou cinq dans la rue. L'officier donne des ordres.

– Là-bas ! crie quelqu'un.

Jourdan aperçoit Stan se jeter entre deux voitures en stationnement. Ils courent tous vers lui en lui ordonnant de se rendre. Un container à ordures balancé depuis le trottoir leur tombe dessus, se répand sur eux, s'éparpille sur la chaussée. Stan file au milieu de la rue en leur criant d'aller se faire enculer. Le type du GIPN s'arrête, épaule, tire. Stan saute en l'air puis roule au sol puis se met à ramper.

Jourdan et les autres le rejoignent, le braquent. Il a pris une balle dans la cuisse. Ça saigne pas mal. « Samu demandé. » L'officier commando a parlé d'une voix sourde. « Bien vu », il dit à son type. Un canon contre la nuque, un autre dans l'oreille. « Ne bouge pas, sale con. » Stan ne bouge pas, face contre terre, puis se met à se cogner le front contre le macadam. Menottes. Ils s'y mettent à trois pour le soulever. « Cet enfoiré va raconter que c'est nous, dit Elissalde. Putain, on est pas des baqueux. » Tous se marrent.

Ils le ramènent vers les véhicules. Quelques curieux commencent à se montrer aux fenêtres. Un flic sort du fourgon avec une trousse de secours. « Il lui faut un garrot, il va se vider, sinon. » Il découpe le pantalon détrempé de sang. Stan ne dit rien, il se laisse faire, lèvres serrées, le visage impassible, regardant ailleurs comme si la vue de sa blessure allait le faire tourner de l'œil.

Jourdan peine à reprendre son souffle et revient dans la maison pour faire le point. Ils sont cinq menottés, alignés face au mur dans le couloir. Trois femmes, deux hommes. L'un d'eux, un jeune blond à l'air buté, répète qu'ils n'ont pas le droit, qu'il n'a rien fait, qu'il avait juste passé la nuit chez des copains. On lui a laissé enfiler seulement un slip et un gilet de corps. Une sirène aux cheveux rouges, tatouée, s'enroule autour de son bras droit, de l'épaule jusqu'au poignet. Il crache par terre. « J'ai rien fait, dit-il encore. Vous êtes des enculés. » Un flic en train d'ôter son casque lui demande d'un ton las de fermer sa gueule. L'autre type interpellé se tait, examinant la plinthe, d'un bout à l'autre du couloir, comme s'il envisageait de faire des travaux. Il est grand, maigre, ses longs cheveux noirs lui tombent dans les yeux et lui font un regard brillant, charbonneux, un peu fou.

– Et toi Raspoutine ? demande Jourdan en lui parlant dans le visage. T'as rien à voir avec tout ça, toi non plus ? T'as vu de la lumière alors t'es entré et t'es resté parce que tu trouvais plus la sortie ?

L'homme ne répond pas. Il fixe devant lui d'un air mauvais le mur comme s'il allait le fracasser à coups de tête. Il marmonne quelque chose dans sa langue.

Les femmes sont plutôt des filles. Moins de vingt ans. Des gamines, se dit Jourdan. Elles pleurent, reniflent. Menottées dans le dos, elles laissent couler ce qu'elles ne peuvent essuyer. Traînées de sang sur les jambes de l'une d'elles, en jupe de skaï et col roulé noir.

– Qu'est-ce qui vous est arrivé ? lui demande Jourdan.

Elle le regarde avec terreur, les yeux rougis, le nez morveux. Elle secoue la tête, elle dit « Rien » dans un gémissement qui se termine en sanglots. Dans la cuisine, Bernie finit de fermer les sacs à scellés. Dix sachets de poudre, trois poignards, un calibre, pistolet Beretta, chargeur plein, et une cinquantaine de cartouches. À côté de lui, posés sur la table, une vingtaine de passeports et de cartes d'identité. Jourdan y jette un coup d'œil : Roumanie, Bulgarie, Pologne, Ghana. Une dizaine de femmes. Son cœur s'arrête quand il tombe sur ce nom : Coralie Nicol, née à Sevran le 14 août 2002. Il la revoit, morte depuis quatre jours sous ce lavabo, puant déjà. Il se demande si quelqu'un s'inquiète pour elle. Elle a forcément eu des parents. Il pense soudain qu'elle a pu errer de foyers en familles d'accueil, ballottée, balancée, oubliée. Conçue, pondue, foutue. Ils vont pouvoir lancer un avis de recherche, publier la photo. Peut-être quelqu'un voudra-t-il s'occuper de l'enterrer ou de l'accompagner jusqu'au four. Quelqu'un qui aura connu la petite fille qu'elle a été et l'aura aimée ? Jourdan veut croire qu'on ne traverse pas sa vie seul, quoi qu'on en pense. On laisse derrière soi des souvenirs, des traces. Des regrets, des rancœurs, des jalousies. Il aimerait qu'en la reconnaissant quelqu'un s'étonne et s'attriste, même l'espace d'un instant, et la fasse exister autrement que sous forme d'un cadavre éviscéré par un légiste et recousu en hâte, gardé dans un casier de la morgue.

– Quel âge elle peut avoir sur cette photo ?

La voix de Bernie le fait sursauter presque.

– J'en sais rien. La carte a été faite il y a deux ans. Seize, peut-être.

Jourdan examine le cliché. Coralie Nicol ne sourit pas mais elle est jolie quand même, malgré l'effort exigé désormais pour avoir sur les photos d'identité une sale gueule maussade. Il essaie de se rappeler le visage de la morte et d'y trouver une ressemblance puis renonce, doutant soudain qu'il puisse s'agir de la même personne. Il repose la carte retournée pour ne plus voir celle qui n'est plus. Celle qui n'était rien pour lui avant qu'il ne la voie morte. Rien avant, rien après. Ni passé ni futur. Cette fille n'existe que parce qu'elle a été tuée et il n'arrive pas à raisonner cela.

– Ça va ?

Elissalde se tient sur le seuil de la pièce, son petit sac à dos à l'épaule. Derrière lui, des allées et venues. Un remue-ménage à bas bruit.

Jourdan s'aperçoit qu'il s'est assis, bras croisés devant les papiers d'identité étalés sur la table. Il a l'impression d'avoir dormi et rêvé, peut-être. Il trouvait parmi les autres le passeport de Barbara et l'ouvrait et ne comprenait pas ce qu'il faisait là, il ne voulait pas comprendre et quelqu'un lui disait alors c'est bien elle ? Vous la reconnaissez ? Et lui ne parvenait pas à distinguer sur la photo le visage se dérobant toujours, mais il avait peur de voir ce qu'il savait déjà.

Bernie et Elissalde l'observent, étonnés, peut-être vaguement inquiets.

Dans le couloir, des cris, des bousculades. L'un des types résiste, se débat. Ils sont deux flics qui luttent avec lui. Sa tête heurte le chambranle d'une porte et il se calme, groggy, le visage en sang.

Jourdan se lève en s'efforçant de ne pas voir la pièce tourner autour de lui. Il s'appuie à la table pendant que Bernie range les documents d'identité. En rejoignant la sortie, il aperçoit dans deux pièces le chaos provoqué par la perquisition. Mise à sac. Scène de guerre. Il y foutrait bien le feu.

De retour dans le service, ils se répartissent les auditions. Stan avec Elissalde et Coco, qui tient à en être. Une femme, un proxo, elle dit. C'est lui qui va avoir peur, pour une fois. Jourdan ne dit rien. Il n'est pas sûr que ce genre de type ait peur de grand-chose et qu'il voie en une femme autre chose qu'une machine à sous : deux bras et une chatte pour le cash. Elissalde plaisante : le travaille pas au rasoir, ça va en foutre partout. Coco évoque *Reservoir Dogs* et affirme qu'elle pourrait bien danser comme Mr Blonde, un coupe-chou à la main. Elissalde commence à fredonner *Stuck in the Middle with You* en se dandinant lourdement comme un ours. Jourdan se rappelle la scène et sourit : le type en chemise blanche, harnaché d'un holster, esquissant quelques pas de danse un rasoir à la main devant ce flic qu'ils ont capturé, attaché sur une chaise, torturé. Il cherche le nom du comédien, ne le trouve pas.

Jourdan quitte la pièce au moment où Coco évoque le charme brutal de Michael Madsen, avec ou sans rasoir. Il les entend rire, et l'espace de quelques secondes il se sent libéré du poids dont il ne sait plus désormais se débarrasser, léger soudain dans une bulle spatio-temporelle qui crève aussitôt. C'était comme avant. Comme avant quoi ?

Devant son bureau, il trouve Gauthier, des Mœurs, qui vient protester : son groupe surveillait Stan depuis six mois, une opération était envisagée pour faire tomber son réseau. Une vingtaine de tapins sur toute la métropole. De l'abattage dans un hôtel au bord de la rocade. Jourdan lui dit que cet enfoiré est impliqué dans une ou plusieurs affaires d'homicide. Dans tous les cas, les faits de proxénétisme aggravé seront faciles à établir. On te mâche le travail, pourquoi tu pleures ? Gauthier pâlit, s'approche de Jourdan, un index menaçant pointé vers lui. Il prévient qu'il va en référer au taulier.

– C'est lui qui a lancé l'opération, dit Jourdan. Viens plutôt assister aux auditions au lieu de m'emmerder avec la tenue de tes plates-bandes.

Jourdan entre dans son bureau et laisse Gauthier figé au milieu du couloir. Il s'assied derrière sa table de travail, ranime l'ordinateur et se laisse aller, s'avachit presque. Il pourrait s'endormir ainsi, tout de suite. Il allume sa lampe dont la lumière lui écrase les yeux. Le reste de la pièce sombre dans une pénombre grise et la fenêtre n'est plus qu'un écran livide où glisse un plafond de nuages. Il pense à un café, à des croissants, à de la confiture de fraises. Il pense à la volupté de se tourner dans un lit en remontant draps et couvertures sous le menton et de fermer les yeux et de laisser tomber son propre poids dans l'épaisseur du matelas. Tout ça lui semble hors de portée, écho d'un temps révolu. Il convoque les visages de Marlène et de Barbara et la tristesse lui emplit la gorge, comme un torchon sale.

Les morts de ces derniers jours. Il ne sait pas pourquoi ils l'obsèdent ainsi, lui qui croyait s'être fait une raison, forgé une armure, livrant combat sans trop de blessures, étourdi quelquefois par le boucan de ferraille que ça faisait mais qui restait sans résonance et le rendait peut-être un peu plus sourd à chaque fois.

Ces enfants. Cette femme effondrée dans sa salle de bains, ce trou immonde à la place de son œil. Les enfants, eux, auraient pu dormir, juste un peu pâles. Leurs visages doux et graves.

Cette fille poignardée, pourrissant déjà.

« Je peux plus », murmure-t-il.

Téléphone. Il laisse sonner mais ça insiste. C'est Bérard, du labo.

– J'étais pas sûr que vous étiez rentrés. Ça s'est bien passé votre opé ?

– Oui. Comme on n'avait pas les croissants, ils ont apprécié moyen qu'on les sorte du lit.

– Et vous n'avez ni sonné ni toqué à la porte, je parie.

Jourdan l'entend glousser, remuer des papiers. En fond sonore, le bourdonnement saccadé d'un robot d'analyses.

– Bon, j'appelle pas pour le plaisir de la conversation. J'ai les résultats concernant le tee-shirt du géant : comme tu t'en doutes le sang n'est pas le sien. Jusque-là, rien de surprenant. Sauf que c'est le sang d'une femme dont on n'a retrouvé aucune trace sur le fichier. Inconnue de nos services, comme on dit. Je m'ennuyais, alors j'ai fait quelques recoupements, quelques comparaisons…

Jourdan soupire.

– Bon, vas-y, accouche.

– Eh bien le sang sur le gros, c'est celui de la fille que vous avez trouvée mardi dans le squat.

Jourdan se lève brusquement et envoie rouler son fauteuil contre le meuble derrière lui. Il se campe devant la fenêtre, suit des yeux un coin de ciel bleu en train de s'élargir.

– Tu es sûr ?

– À 100 %. L'ADN est le même, aucune confusion possible. On a refait le test deux fois. Tu l'as ton tueur.

Sur l'instant, Jourdan ne sait pas s'il doit être heureux de voir l'affaire résolue ou déçu qu'elle l'ait été par un biologiste et ses machines. Il promet à Bérard de passer le voir dans la journée puis le remercie et raccroche.

Ça sonne à nouveau. Desclaux, le taulier. Il dit bravo, beau travail, une affaire aussi compliquée pliée en quatre jours, chapeau. Jourdan l'entend sourire à l'autre bout de la ligne. Ça s'arrose. Prévenez-moi, que je vienne boire un coup avec vous. Jourdan promet. Il voudrait parler du réseau de prostitution qu'ils ont soulevé, du différend avec les Mœurs, mais laisse Desclaux dévier soudain sur la rencontre entre le ministre et les syndicats de la maison, pour l'instant ils nous soutiennent, là-haut. Ils savent bien qu'ils ne peuvent tenir que par la force, et qu'ils pourront compter sur nous tant qu'on pourra compter sur eux. Et puis les ordres sont clairs : tenir la rue, voilà ce qui a été dit, et tant pis s'il y a un peu de casse, tant pis pour les borgnes, après tout ils seront rois au royaume des aveugles où ils retourneront bientôt, au fond de leur tanière, et les manchots sauront avec quelle paluche il faut se branler. Bon, ça n'a pas été dit tout à fait en ces termes, c'est moi qui interprète. S'il y a un mort, on pourra toujours compter sur les Bœufs pour démontrer que le mec faisait une allergie au caoutchouc des semelles qu'il aura prises dans la gueule !

Jourdan l'écoute rire, s'étrangler, tousser, conclure en expliquant, la voix enrouée, qu'il a du boulot par-dessus la tête. Jourdan a vu les collègues de la BAC s'équiper avant de partir sur les manifestations, plaisantant et chahutant comme des petites frappes allant se battre contre une bande rivale. Il les a entendus espérer qu'il y aurait de la bagarre, qu'ils allaient en défoncer quelques-uns de ces bâtards jaunes. Pas de prisonniers ! a gueulé un brigadier avant de monter en voiture, approuvé par une clameur. Jourdan les a méprisés. Ils étaient à l'image de l'État qui les employait : dangereux et stupides, lâchés dans les rues comme des chiens de combat.

Jourdan fait le tour des salles d'interrogatoire. Les filles sont terrifiées, parlent à peine le français, le comprennent quand elles le veulent ou le peuvent. L'interprète est injoignable, on apprend qu'elle a été requise au tribunal pour une audience en correctionnelle, alors on se débrouille, on baragouine en anglais, en allemand, pour avancer, ne pas laisser refroidir, même si l'on sait que la procédure est en dehors des clous. On parvient tout de même à établir leur identité, leur situation au regard du droit de séjour, irrégulière. On leur parle d'expulsion, elles fondent en larmes. On leur fait ce chantage, on leur explique que si elles aident l'enquête on leur fera faire des papiers, tu comprends ? Des papiers pour pouvoir rester en France et travailler mais elles baissent la tête, elles disent qu'elles ne peuvent pas, non, impossible, et elles pleurent encore, et elles tremblent et les flics tournent autour de ces corps affaissés comme des vautours indécis.

Stan ? C'est un ami, ou un cousin, on est du même village. Prostitution, proxénétisme ? Il faut leur expliquer en quoi ça consiste parce qu'elles ne connaissent pas ces mots. Elles se récrient. Mais non. Stan les aide à chercher du travail parce que c'est dur en France.

Milan ? Non, connais pas.

Jourdan ne dit rien du résultat des analyses. Il veut voir où mènent les auditions. Il montre aux filles des photos de Coralie Nicol vivante puis morte. Elles secouent la tête, détournent le regard. C'est ça que vous voulez ? Mourir comme ça ?

Elle disent que non, bien sûr. Moi je veux une belle vie et des enfants. Là-bas au pays c'est pas possible. Ici, c'est bien.

Ici c'est bien se répète Jourdan. L'important est de le croire.

Ils y passent tout l'après-midi. Stan refuse de répondre aux questions, demande à parler à son avocat. On lui dit plus tard. On lui montre sa photo sur le téléphone de la morte, il ne sait pas qui c'est et il s'en fout. On lui redit que cette fille est morte et qu'il est soupçonné du meurtre. Il répond que les filles il les baise mais qu'il ne les tue pas. Parce qu'elles rapportent davantage vivantes ? demande Coco. Il hausse les épaules. Connasse, il dit. Toi tu rapporterais rien, je t'emmerde. Si ça se trouve, celle-ci il l'a baisée aussi et comme elle a aimé ça elle a demandé à une copine de lui refiler une photo. Elles sont comme ça les filles.

Dans la soirée, le commissaire Desclaux ordonne que l'on conduise tout ce beau monde en geôle puis il réunit le groupe auquel il apprend que le tueur qui a poignardé Coralie Nicol et le gros type qui s'est balancé par la fenêtre sont une seule et même personne. Les analyses ADN sont formelles. Stupeur, incrédulité puis soulagement. Les autres se tournent vers Jourdan, s'étonnent qu'il ne leur ait rien dit. Pour laisser faire le hasard et laisser parler, il répond. Deux affaires qui se croisent, ça produit parfois des coïncidences troublantes, des échos. Un fil qui traîne et qu'on peut tirer. Il n'est pas sûr de croire tout à fait à ce qu'il leur raconte parce qu'il n'est plus sûr de grand-chose. Ils discutent un moment. Émettent des doutes qu'ils balaient deux minutes plus tard. On s'en fout, dit Coco. Ce mec est crevé la tête éclatée par terre et c'est très bien. Justice est faite pour cette fille.

Jourdan ignore ce que ça signifie mais ne dit rien. Il revoit le géant étalé dans l'eau et le sang sur le macadam, sa tête difforme, le cou brisé et l'angle impossible qu'il formait avec le haut du corps. Et cette partie de sa gueule à peu près intacte, aux joues rondes, aux lèvres épaisses. Cet air de bébé boudeur.

Jourdan a essayé tout l'après-midi, en passant d'une audition à l'autre, d'imaginer ce gigantesque demeuré s'acharnant à coups de couteau sur Coralie, sans y parvenir. Il a mis ça sur le compte des idées préconçues qu'on se fait d'un tueur dans ce genre d'homicide : des images viennent, des visages s'esquissent, des silhouettes se dressent, tremblantes comme sur un horizon luisant de chaleur, fugaces. Sauf que. Pas de gueule de l'emploi, contrairement à ce que laissent croire les clichés anthropométriques ou même ceux de banales cartes d'identité. N'importe qui. Pas d'être diabolique ni de monstre. Homicides, violeurs, abuseurs d'enfants, tabasseurs de femmes, tortionnaires : tous humains, ordinaires, terribles. N'importe qui : ce vieil homme au sourire bienveillant, ce type avec son air taciturne, et celui-ci et ses coups d'œil en biais, ses mains nerveuses. Ce trentenaire souriant, cadre commercial, père d'une gamine de quatre mois. Cette fille de 20 ans, l'année dernière, qui avait poignardé père et mère, muette, l'air navré, se mordant les lèvres, croisant et décroisant ses jambes sur sa chaise, puis demandant soudain à quel moment on allait la conduire en prison. Rien dans leur regard, de l'autre côté du bureau, effondrés sur leur siège ou adossés bien droits comme des garnements attendant un sermon du dirlo, rien d'autre que l'indifférence ou la peur, l'hébétude ou l'étonnement.

Il en a tant vu qui comprenaient à peine ce qu'ils faisaient là ou n'admettaient pas qu'on leur pose toutes ces questions, niant en bloc, entêtés et obtus, ou bien avouant tout à trac, impatients d'en finir avec ces procédures, tiens, tout ce que je mérite c'est qu'on me coupe le cou, ou bien claquemurés dans un silence épais comme un brouillard où ils voulaient peut-être se dissoudre. Quelques-uns se sentaient à peine coupables. Et alors ? Où est le mal ? Leur crime comme une parenthèse refermée dont les flics ne trouvaient pas toujours la clé.

Il repense à Caminade, ses yeux clairs, sa belle gueule qui a dû plaire aux femmes. Ouvrier consciencieux, régulier, collègue loyal, médiocre ailier gauche dans la petite équipe de foot du quartier, jamais un entraînement raté. Une épouse plutôt jolie, trois enfants sans problèmes. Un matin, pendant le petit déjeuner, il les tue tous, persuadé que sa femme avait quelqu'un, comme il a dit. Avoir quelqu'un. Peut-être parce qu'avant ça elle n'avait personne ? Quand on lui a demandé depuis quand durait cette liaison, il a répondu qu'il n'en savait rien, mais qu'elle avait quelqu'un, ça c'était sûr, il en avait la conviction depuis un mois et il n'en dormait plus la nuit, non, plus du tout, et il se sentait épuisé, vide, comme mort. Il répétait que sa vie était foutue. Tout ce qu'il avait voulu construire. Alors, comme un gamin furieux, il achève de détruire son château en Espagne.

Pourquoi les enfants ?

Il a levé d'un air stupéfait les yeux vers Elissalde, qui avait posé la question, comme si l'autre lui posait une question sans fondement. « Non », il a seulement dit.

Jourdan le revoit, recroquevillé sur sa chaise, la tête rentrée dans les épaules. Caminade n'a plus rien dit d'autre. Il est resté comme ça, replié sur lui-même. On aurait dit qu'il redoutait que quelque chose, le plafond, l'immeuble, le ciel lui tombe dessus. Il a peut-être voulu entraîner sa famille au fond de son gouffre pour se sentir moins seul et il s'est aperçu que personne ne l'avait suivi dans son enfer. On le retrouvera un jour pendu dans sa cellule parce que ses morts refuseront de répondre à ses suppliques. Jourdan se dit qu'alors la justice aura passé, la seule justice qui convienne : la pire des peines endurées suivie d'une libération sans condition.

Jourdan hoche la tête, acquiesce, sourit, même, aux paroles qui lui parviennent, lointaines, parcellaires, au travers de ce qui bourdonne et s'agite sous son crâne.

Desclaux se lève du coin de table où il était assis et réclame le silence. Il doit partir bientôt pour une réunion à la préfecture. Ils se taisent tous. Jourdan est adossé à la fenêtre. La pluie crépite derrière lui. Le commissaire parle d'une voix sourde, précipitée. Il faudra identifier cet individu. Il faut savoir d'où il sort. De quelle putain de mère. Dans quel taudis il a grandi. Il me faudra un point demain soir sur les retours qui vous seront parvenus après la diffusion, hier, de sa photo dans la presse. Il se tourne vers Jourdan, lui sourit, lui adresse un clin d'œil. Je sais que je peux compter sur vous. Pour le reste, il confie l'affaire au groupe de Gauthier, aux Mœurs. Il les félicite, embrassant la pièce d'un regard circulaire, hochant la tête avec gravité et respect, puis regarde l'heure à sa montre et s'en va en leur lançant, la porte déjà franchie, un bonsoir hâtif. Jourdan lui trouve des manières de politicard en campagne. Comme si on allait élire le nouveau shérif.

Dès que le taulier est parti, ils boivent un coup, se jettent sur une poche de cacahuètes et un paquet de biscuits salés parce qu'ils n'ont rien mangé à midi.

Ils s'en vont les uns après les autres en disant à demain, refermant doucement la porte derrière eux. Elissalde et Jourdan se retrouvent seuls et s'en envoient un petit dernier.

– Tu vas bien ? demande Elissalde.

Jourdan hausse les épaules.

– J'en sais rien. Des fois, j'ai l'impression de tomber. Tu sais, comme ce con de lapin dans le dessin animé.

– C'est pas Alice, qui tombe, avec sa robe en parachute ? Le lapin, il regarde tout le temps l'heure, tu te rappelles ?

Jourdan se rappelle. Cette scène avait effrayé sa petite sœur, un jour. Maman n'avait pas su comment la consoler. Petite Sœur s'appelait Morgane, comme la fée, et avait eu peur du pays des merveilles. Jourdan vide son verre pour s'arracher à ces contes d'enfant qui finissent mal. Il se referait bien le niveau mais il n'aime pas l'abrutissement qui succède à l'ivresse.

– Il y a toujours quelque chose à quoi je me raccroche puis ça craque comme les branches pourries d'un putain d'arbre.

– Je suis là, camarade. Et moi je suis pas une branche pourrie.

Jourdan dévisage l'homme qui vient de dire ça et qui pose sur lui ses yeux très noirs, brillants de fatigue, et il lui dit qu'il sait ça et que ça lui fait du bien de le savoir.

– Merci, amigo, il ajoute.

Dans l'ascenseur, ils ne se disent plus rien, chacun vaguant dans ses pensées, le regard absent. Sous les néons blêmes du parking, ils se séparent sans un mot.

13

Tout en faisant le repassage, Louise a bavardé avec la Petite Dame solitaire. Elle s'appelle Rosine, Rosine Le Goff, mais quand Louise pense à elle ou parle d'elle avec les filles de L'Embellie, celles qui font et défont les plannings, parfois au dernier moment, elle dit la Petite Dame solitaire parce qu'elle est petite et très seule. Quand Louise est là, la Petite Dame a enfin quelqu'un avec qui parler alors elle installe son fauteuil roulant près de la table de repassage, ou dans le petit couloir et elle parle. Et Louise s'étonne de sa vivacité, de sa curiosité et Louise lui répond par-dessus le bruit de l'aspirateur ou debout sur un escabeau à laver les vitres. La Petite Dame commente l'actualité, s'indigne, s'exaspère parce que si elle avait ses deux jambes elle irait bien manifester, c'est pas les motifs qui manquent, et puis ça lui ferait voir du monde, des gens moins cons que la moyenne, histoire de se rassurer un peu sur le genre humain. Elles parlent de tout. Du gouvernement, des grèves, des Chinois, du président américain, du réchauffement climatique (au moins, je ne serai plus là pour voir cette catastrophe). De ce chaos qui l'effraie. De la solitude, des enfants qui ne viennent pas souvent, de cette vie qui n'a plus de sens. Vie d'infirme, enfermée là. Entre livres et mots fléchés, avec la télé le soir, pour éclairer un peu la nuit tombée. Certains jours, la Petite Dame ne sait plus pourquoi elle continue à s'accrocher. À quoi bon. Alors, elle ne dit plus grand-chose et laisse son regard se perdre dans le vide.

Et Louise ne sait plus quoi lui dire et laisse le silence ruminer la triste amertume et s'affaire, et fredonne une chanson qui passe en sourdine à la radio allumée dans la cuisine.

Certains jours, Louise s'en va soulagée de s'éloigner du bord du gouffre où la Petite Dame attend.

Puis elle a fait le ménage chez monsieur Castanet, allongé dans son lit médicalisé en face d'une immense télé qui vocifère en permanence. En arrivant elle a croisé l'infirmière, Clara. Elles ont échangé trois mots sur le mauvais temps, se sont souhaité bon courage pour la suite. L'épouse de monsieur Castanet est une grande vieille cassée en deux par l'arthrose, ses cheveux frisés teints en rouge, appuyée continuellement sur sa canne, tremblante, comme si à chaque pas elle allait tomber, mais elle suit Louise partout, sans rien dire, relevant la tête pour mieux voir, tendant comme une tortue son long cou décharné, grommelant parfois. Louise lui demande si ça va, si ça lui convient, alors la femme acquiesce, hoche sa tignasse écarlate et s'en retourne lentement de sa démarche chancelante auprès de son mari assoupi devant le poste qui jette dans le clair-obscur de la pièce des nappes colorées. En général, quand Louise arrive, la femme crie à son bonhomme de baisser le son et il brandit d'un geste violent la télécommande vers l'écran comme s'il allait le crever et il râle et parfois sa gorge s'irrite et il tousse sans fin. Un AVC l'a laissé dans cet état il y a trois ans, le bas du corps paralysé, privé de la parole, lui l'ancien chef de chantier qui a passé sa vie à gueuler après ses hommes pour dominer le vacarme des machines et des outils dans la pluie et le vent ou sous des soleils de plomb. Il a bien essayé de se tuer, deux fois, mais à chaque fois quelqu'un a réussi à lui sauver la vie. Sa femme, Yvette, dit ça : Par deux fois, on lui a sauvé la vie. On a eu beaucoup de chance.

Louise surprend souvent les regards accablés qu'il jette autour de lui et elle s'approche alors pour lui demander s'il a besoin de quelque chose et lui se détourne, regarde par la fenêtre et ferme les yeux, soulevant sa poitrine de gros soupirs silencieux.

Louise se change, elle cherche à briser l'étau qui lui coupe le souffle, à ravaler ce qui s'est noué dans sa gorge. Elle dit au revoir, à mardi, mais il est possible que dans le fracas de la télé on ne l'entende pas. Yvette tourne vers elle son visage froissé sous ses cheveux de clown, lui adresse un geste tremblant de la main. Derrière elle, le vieil homme s'est redressé contre ses coussins et presse la télécommande en grimaçant.

Louise s'enfuit, encore. Il y a des jours comme ça.

Elle s'arrête sur le parking d'un supermarché et mange son sandwich dans la voiture en écoutant les informations de 13 heures. Elle a baissé les vitres, le vent lui souffle au visage des bouffées fraîches qui lui font du bien. Elle sent sur ses doigts des relents d'eau de javel. Son téléphone joue l'intro de *The River*, la chanson de Springsteen. Elle fait taire l'harmonica, répond : Oui ?

– C'est John. Ça va ? Depuis l'autre soir…

– Ah oui, l'autre soir…

Elle l'entend respirer, se racler la gorge. Elle suit des yeux une femme poussant un chariot débordant de marchandises. Un paquet de céréales glisse puis tombe dans une flaque d'eau. La femme le ramasse puis le jette sur sa cargaison.

– Justement, je…

– T'inquiète pas. Ça va. Ça va toujours.

– Je voulais m'excuser. J'ai été minable. Je me demandais…

Il n'achève pas. Louise chasse de ses cuisses les miettes de pain, prend la bouteille d'eau posée sur le siège à côté d'elle et boit une longue gorgée.

– T'es en train de manger ? je te dérange peut-être…

– Non, j'ai fini.

– Je t'offre le café ?

– Faut que j'aille bosser. J'ai une cliente.

– Dommage…

Une averse explose dans la lumière brusque du soleil comme des millions d'éclats de verre puis l'ombre revient. Louise laisse la pluie éclabousser l'intérieur de la voiture par les vitres qu'elle ne veut pas remonter. Elle entend John dire « T'es toujours là ? ». Elle répond oui, oui. Une bourrasque bouscule la voiture. Qu'est-ce que je fous là. Soudain, elle veut voir, comme au poker, alors elle dit :

– Je suis libre à 15 heures. T'es où ?

– Chez moi.

– Tu bouges pas ?

Non, il ne bouge pas. Il lui donne son adresse. Une petite maison en banlieue sud.

Pendant deux heures le cœur gros qui lui coupe le souffle. Dix fois l'envie de rappeler cet abruti pour l'envoyer au diable.

Elle trouve à se garer à une trentaine de mètres de la maison et attend. La maison est une échoppe. Pierre blonde, porte et volets bleu marine. Au bout de cinq minutes, un homme en sort, un petit sac à dos accroché à une épaule. Il monte à bord d'une grosse voiture allemande qui démarre aussitôt. Une femme est au volant, cheveux blonds ramassés sur la tête en chignon hâtif, lunettes de soleil. John ravitaillait déjà tout le monde en dope, à l'époque. Il a dû s'installer dans le bizness.

John vient ouvrir presque aussitôt. Chemise et regard bleus. Pantalon noir. Au poignet, une montre tape-à-l'œil. Il hésite, ouvre les bras, l'air gêné. Louise se laisse embrasser sur les deux joues, les mains de l'homme, légères, discrètes, sur ses épaules. Il est content qu'elle soit venue. Qu'elle ne lui en veuille pas trop pour l'autre soir. « J'aurais pu me débattre, elle dit. Je me suis laissé faire. »

Café ? Bière ? Autre chose ? Ce qu'il veut. Louise observe la pièce où John l'a fait entrer. Murs blancs, où sont accrochés des tableaux abstraits, colorés, tourmentés. Meubles noirs. De beaux objets sont posés dessus : de la céramique, du cristal, du bois. Portes rouges. Elle s'assied sur un canapé de cuir, devant une table basse laquée. John pose deux bières, demande à Louise si elle veut un verre. Elle hausse les épaules. Pour qui tu me prends. Ils trinquent, boivent, s'adossent.

– C'est classe, chez toi. La déco, les tableaux...

John embrasse tout ça d'un coup d'œil plein de fierté.

– C'est une copine architecte d'intérieur qui m'a conseillé. Moi, j'ai des goûts de chiotte. Ici, c'était la maison de ma mère.

– N'empêche... faut de la thune pour tout ça.

– De la thune j'en ai un peu. Je bricole un peu dans l'événementiel, comme on dit. Des concerts, des tournées, de gros barnums institutionnels. On a monté ça il y a six ans avec un copain. Ça marche pas mal...

Il s'est enfoncé dans son fauteuil, il a croisé ses jambes, l'air content de lui.

Louise se rappelle le taudis dans lequel il créchait, à l'époque. Goûts de chiotte, et l'odeur, aussi. Et quelques soirées, vautrés là-dedans à une dizaine, les bouteilles de bière et de gin qui tournaient, les joints, la poudre, les cachets... Un match de foot à la télé ou un film gore (Louise se souvient de piranhas dévorant des baigneurs), parfois un porno. Ils bouffaient des pizzas dans les cartons, des plats chinois à même la barquette et ils s'en mettaient partout et ça sentait vers minuit l'arrière-cuisine et l'eau croupie. Et tard dans la nuit, les types qui n'avaient pas sombré dans un sommeil comateux voulaient se faire sucer par les deux ou trois filles encore éveillées et ça se terminait parfois en actes pénibles ou en bagarres qui avaient obligé une fois les voisins à appeler les flics.

– Je sais à quoi tu penses, dit John.

Il dit ça avec gravité, comme s'il évoquait un souvenir douloureux, un événement tragique. Louise essaie de deviner sur son visage un signe de fausseté. *Comediante*, *tragediante*, disait toujours son père quand il parlait d'un faux-cul.

– Depuis quand on s'est pas vus ? Neuf, dix ans ?

Louise remonte dans le temps. Elle a eu 21 ans à l'hôpital. Une infirmière lui avait apporté un chou à la crème planté d'un 21 doré. Louise avait pleuré tant c'était bon.

– Neuf. Deux ans avant Sam.

– Ah oui, Sam.

– Oui, Sam.

Son nom prononcé agit à la manière d'une formule d'exorcisme. Les démons anciens se dissipent comme un gaz toxique.

John sourit. Nulle ombre dans ce sourire.

– T'as changé de vie. C'est bien…

– C'est lui qui a changé la mienne. Et puis deux overdoses en deux mois, ça aide, aussi. Faut croire que j'avais pas assez envie de crever.

– On a presque tous changé de vie. Enfin… Presque tous.

– J'ai revu personne. À l'hosto, à part mon amie Naïma, j'ai pas vu grand monde. Y a pas un bâtard qui ait fait le déplacement.

– Tu sais où j'étais, à ce moment-là. Et j'ai pas été appelé souvent au parloir.

Il vide sa canette puis se lève pour aller chercher des cigarettes sur un buffet. Il en prend une, l'allume, fait glisser le paquet vers Louise. Ils fument en silence pendant un moment On n'entend que la pulsation sourde d'une horloge électronique, le passage dans la rue d'enfants qui chahutent.

– Et tu serais venu, sinon ?

– Pourquoi tu me demandes ça ? c'est important ?

Il se penche vers elle, de l'autre côté de la table basse, et la dévisage. Louise regrette d'avoir posé cette question, se débat pour lui répondre.

– Rien n'était important, et puis tout l'était. Je sais pas…

Je voulais crever et j'étais heureuse d'être en vie, et j'étais seule au monde.

Elle se sent aspirée vers le passé, les années abolies. Engloutie à nouveau. Elle va chercher son souffle mais sa poitrine se serre. Des larmes lui viennent, qu'elle empêche des pouces au coin de ses yeux. Elle se lève.

– J'aurais pas dû venir.

John ne bouge pas.

– Bien sûr que si.

Elle reste plantée là, hésitante, les pieds rivés au sol, regardant autour d'elle ce décor qui lui paraît soudain factice, sur le point peut-être de s'escamoter pour révéler la lèpre des murs.

– Laisse le passé où il est, dit John.

Il sort d'un tiroir sous la table de quoi rouler un joint.

– Tu veux fumer quelque chose avant de partir ?

Louise ne répond pas. Elle regarde ses doigts s'affairer, mélanger, rouler, coller le papier et viennent s'y mêler tous les doigts qu'elle a vus faire les mêmes gestes avec la même dextérité, des centaines de fois, et certains soirs, quand on annonçait un produit exceptionnel, une origine lointaine et rare, quand la promesse d'être envoyé en l'air dès la première bouffée établissait dans la pièce une tension faite de curiosité et d'envie impatiente, c'est un rituel qui se déroulait alors, l'officiant manipulant la came comme de la poudre d'or et ses accessoires comme des outils de précision.

John allume son joint et aspire bruyamment, lèvres retroussées, yeux mi-clos, et garde la fumée dans ses poumons avant de la souffler en secouant la tête comme si déjà son cerveau était électrisé par la substance puis il tend la cigarette à Louise qui ne réagit pas et regarde cette main tendue et ce filet de fumée bleue qui monte vers elle avec son odeur âcre et elle dit non, je vais partir.

Elle prend son sac et s'éloigne vers la porte. John la rattrape, la prend par le bras, l'oblige à lui faire face. Il est essoufflé. Haleine lourde. Bière, tabac.

– Qu'est-ce que t'as ?

– Rien. Je... J'ai pas envie.

– Pas envie de quoi ?

– De tout ça.

– Je t'oblige à rien.

Louise regarde John. Cherche sur sa gueule le masque qu'elle pourrait arracher. Il rive dans les siens ses yeux gris, brillants, sans ciller.

– Je suis seulement content de t'avoir revue, après tout ce temps.

Elle se retourne lentement et marche vers la porte. Il la suit. Je te raccompagne.

Dehors, soleil et vent. Louise cligne des yeux à cause du reflet aveuglant de la chaussée détrempée. John parle derrière elle mais elle entend mal ce qu'il dit. Tu m'appelles ? Oui, oui, promis. Appuyé contre sa voiture, elle aperçoit Lucas. Et Lucas fonce sur elle dès qu'il la voit. Et Louise pense qu'à cet instant elle va s'effondrer au milieu de la rue parce qu'elle sent ses jambes se dérober, mais elle parvient à avancer d'un pas, puis de deux, pour faire face.

C'est la première gifle qui la jette au sol. Alors tu l'as bien sucé ce bâtard sale pute t'es vraiment bonne qu'à ça à te faire défoncer par le premier pédé venu, hein, c'est ça, t'as fait ta chienne et moi les chiennes voilà ce que je leur fais, putain tu sens la jute, tu pues comme une truie qui vient de se faire remplir. Je vais te crever moi salope.

Elle protège son ventre en repliant ses jambes, sa tête de ses bras serrés. Elle a laissé tomber son sac et elle l'entend se vider, des objets sauter et rouler sur l'asphalte. Gifles et coups de poing. Elle s'est mise en boule, elle essaie de se replier au plus profond d'elle-même et abandonne son corps à la fureur de l'homme. Il continue de vomir sur elle toute l'ordure qui lui vient. Un coup de pied la frappe à la cuisse, un autre dans le bas du dos qui l'oblige à rouler sur elle-même. John se précipite en gueulant arrête, fils de pute, arrête.

Puis elle entend leurs voix d'hommes. Entre ses mains elle les distingue qui s'accrochent mutuellement par le col et se repoussent en émettant des sortes d'aboiements, et vocifèrent des injures. Ils ne se battent pas vraiment. Louise en a vu souvent de ces parades d'intimidation, front contre front, torses bombés et poings dressés, dans un flot éructant de menaces et d'insultes. Elle attend le premier coup de tête, le premier genou dans l'entrejambe, mais rien ne se passe jusqu'au moment où une voix de femme résonne dans la rue, suraiguë, et cisaille les meuglements des deux hommes en criant qu'elle appelle la police.

Lucas s'éloigne, se retournant sans cesse pour menacer Louise de l'égorger, de la massacrer. Sale pute comme ta salope de mère. Il gueule encore en montant dans sa voiture et le claquement de la portière le fait taire. Les pneus crissent quand il démarre en trombe et l'on voit encore son bras s'agiter par la vitre baissée.

Louise se redresse, essaie de se relever et doit s'appuyer à une voiture pour tenir debout, renversée presque par un vertige, les reins brisés par la douleur. Elle crache par terre quelque chose qui l'étouffait, peut-être une boule de peur et elle reprend son souffle les yeux fermés sous le soleil qui réchauffe sa figure.

John s'approche.

– Ça va ?

Elle dit non, oui, ça va et se penche pour prendre son sac, vacillante, puis tombe à genoux pour récupérer ses affaires éparpillées alors John s'agenouille lui aussi pour l'aider puis la soutient quand elle se relève. Elle a du mal à gravir les deux marches à l'entrée de la maison. Elle ne trouve pas de forces dans ses jambes. Il lui semble que son corps n'est plus qu'un cœur fou remuant sans cadence, un estomac lourd de nausée, plein de fiel, un cerveau en train de se liquéfier.

John la laisse dans la salle de bains, refermant la porte doucement. Tu m'appelles, si t'as besoin.

Louise regarde dans le grand miroir sa figure blême tendue par la peur, ses yeux rougis, gonflés de larmes qui ne coulent pas. Elle s'asperge d'eau froide, se rince la bouche, se gifle pour faire revenir un peu de couleur à ses joues. Elle retrouve son souffle, la nausée reflue. Elle boit deux gorgées au robinet, se masse le bas du dos, sent la douleur du coup de pied saillir sous sa main. Elle met un peu d'ordre dans son sac, vérifie que son téléphone fonctionne, ouvre son portefeuille pour y retrouver la photo prise l'année dernière à la plage avec Sam. Elle a l'impression de retrouver quelques balises comme si elle s'était perdue dans une nuit sans lune. Elle sort et débouche presque aussitôt dans le salon. John est au téléphone. Je te rappelle. Il lui tend un verre où bouge un alcool doré.

Louise vide le verre. Elle tousse, elle halète. Les larmes retenues se mettent à déborder. Une nuée ardente lui arrache l'œsophage puis déferle dans son estomac. Elle s'ébroue. Ah putain. Elle a les intérieurs en feu mais ça lui fait du bien.

– Qui c'est ce mec ?

Louise essuie ses joues du revers de sa main. Les larmes ne cessent plus, son souffle est court.

– C'est Lucas. Un ex. Depuis deux ans c'est comme ça. C'est lui qui est parti et maintenant il veut revenir. Alors il me suit, il est toujours sur mon dos, au téléphone, des dizaines de sms… Je l'ai laissé revenir deux fois mais à chaque fois ça a mal fini. C'est un malade.

Elle a parlé vite, sur un ton monocorde en s'efforçant de contenir dans sa poitrine les tremblements de la peur. Elle s'assoit. John veut la resservir mais elle refuse.

– C'est le père de…

– De Sam ? Non. Ça, c'est une autre histoire.

Louise regarde sa montre. Sam. Elle se lève. Léger vertige. John lui demande si ça va. Elle hoche la tête. T'inquiète pas.

– Si, justement, je m'inquiète. Cet enculé aurait pu te tuer.

Louise préfère partir plutôt qu'entendre ça. Elle se dirige vers la porte. Elle remercie John, pour tout. À chaque pas, sa cuisse la fait souffrir. Et quand elle tend la main vers la poignée de la porte, la douleur se réveille dans son dos.

– T'en as parlé aux flics ?

– Aux flics ? Il a fallu que j'insiste pour qu'ils acceptent de prendre une main courante. J'avais la gueule comme ça et l'épaule démise. Ça va s'arranger, ils m'ont dit. Dites-lui qu'on va s'occuper de lui, s'il recommence. Comme s'ils me parlaient d'un gamin qui se serait amusé à chier sur mon paillasson. Connards. Alors les flics…

Elle sort. John la prend aux épaules.

– Te laisse pas faire. Appelle-moi. Je pourrai t'aider. Donne de tes nouvelles.

Ils s'embrassent fort, comme de bons amis. Louise se hâte vers sa voiture. L'homme est demeuré sur le seuil et la regarde s'éloigner. Elle sent son regard dans son dos. C'est comme un instinct de bête qui lui est venu, à la longue. Elle sait qu'on la regarde. Quelque chose entre chair et peau qui se mettrait à palpiter doucement.

Elle attend avec d'autres femmes que le portail de l'école s'ouvre. Elle est arrivée au moment où la sonnerie retentissait. Elle a dit deux ou trois bonjours puis s'est écartée un peu des conversations. Son téléphone a vibré.

Excuse-moi.
Je sais pas ce qui m'a pris.
J'ai honte.

Elle voudrait hurler. Elle serre l'appareil dans sa main, l'enfouit au fond de son sac pour ne pas le fracasser sur le sol. Elle lève les yeux et croise le regard d'une femme qui l'observe, qui lui adresse un sourire de connivence, comme si elle devinait ce qui se passe. Louise ne sait pas bien quelle expression elle parvient à donner à son visage ; elle essaie un sourire, la femme hoche la tête puis se détourne parce que les enfants sortent dans une rumeur de menus bavardages et de petits cris et de rires.

Quand il voit Louise, Sam s'immobilise au milieu de la foule des retrouvailles, seul dans son silence parmi tout ce bruit. Il la dévisage puis il baisse la tête et s'approche d'elle en regardant devant lui par terre et ne lève les yeux que pour lui tendre les bras en lui faisant une grimace bouffonne.

14

Il roule dans la pluie. Depuis qu'il est sorti de la ville, il fonce dans un nuage dense et gris qui l'accompagne en jetant sur lui des tonnes d'eau, par paquets, par nuées épaisses comme une fumée, bousculant la petite voiture dans un brouhaha où se mêlent le boucan du moteur et le gémissement détrempé des rafales de vent. Les essuie-glaces écopent le pare-brise – *stompf, stompf* – où vient se disloquer la lumière des phares en coulures aveuglantes. Il suit un énorme camion aux bennes remplies jusqu'au bord d'épaves de voitures qui finit de l'engloutir dans la nuit liquide rejetée par ses essieux.

Il est un peu plus de huit heures et le jour peine à se lever. Il est possible qu'il ne se lève pas vraiment de la journée comme un vieillard malade qui resterait alentour de son lit, traînant des pieds, s'y asseyant parfois avec un soupir, résistant à l'envie de se recoucher de peur de ne plus jamais pouvoir se remettre debout. Alors la blancheur crue des phares, la charpie rougeoyante des feux de position sous un ciel tellement bas qu'on ne le voit pas.

Christian étreint le volant de ses grosses mains. Il sent la direction flotter sur la chaussée submergée, la carrosserie secouée par le vent et les coups d'épaule des appels d'airs. Il se rappelle la progression de sa section sous cette tempête de sable, visibilité zéro, à vingt à l'heure, la gueule collée au pare-brise, essayant de distinguer les feux du véhicule qui les précédait, le sergent à côté de lui gueulant sans cesse t'approche pas trop putain tu vas lui rentrer dedans, ou bien le perds pas, merde, on va se retrouver comme des cons paumés au milieu de rien. Il gueulait ce sergent, Werber, il s'appelait, pour couvrir le vacarme des bourrasques et le crissement affolant du sable contre l'acier du blindage, ponceuse énorme qui finirait par l'entamer et le rendre poreux. Parfois, des pierres claquaient sur le métal comme des balles et ils n'étaient pas sûrs de pouvoir faire la différence avec des tirs des rebelles. À l'arrière, les autres gardaient la tête baissée, figés, leurs armes entre leurs jambes et ils oscillaient du même mouvement, comme un chargement de mannequins, à chaque ornière encaissée par le blindé. Christian se souvient qu'à leur retour à la base ils étaient descendus des véhicules couverts de la poussière rougeâtre qui s'était infiltrée partout sans qu'ils s'en fussent aperçus et leur faisait le masque terreux de statues de boue séchée.

Il s'essuie la figure parce qu'il lui semble que cette terre est encore collée sur lui mais c'est de la sueur qu'il essuie sur sa peau froide. Il se redresse et s'adosse parce qu'il était penché sur le volant pour apercevoir devant lui ce qui pouvait surgir des trombes d'eau et il respire à fond, et il se racle la gorge puis il allume la radio puis l'éteint presque aussitôt parce que la voix de la chanteuse en train de gueuler sa chanson le rend sourd aux dangers hurlants du dehors.

Plus loin, sous un crachin turbulent, la route serpente entre les vignes. Pendant un moment, il se sent tranquille. Les hivers par ici. La grisaille du matin jusqu'au soir, le brouillard qui vers midi soulevait à peine son édredon et pesait toute la journée et retombait avec la nuit. Certains matins, le chemin menant à la route où passait le bus scolaire qu'il découvrait pas à pas dans le faisceau brouillé de sa lampe de poche.

Le chemin, le même, où cahote à présent la voiture dans des trous vaguement comblés par des tuiles concassées. Il descend de voiture et pousse le portail, obligé d'enjamber cette flaque d'eau qu'il a toujours vue là, que rien n'a jamais pu empêcher de se reformer à chaque automne. C'est en avançant dans l'allée qu'il voit le bouquet de fleurs posé devant la niche du chien. Il se gare le long du rang de vigne, prend le sac de croissants, la baguette qu'il a achetés avant de partir et sort de la voiture. Il s'approche de la niche. La chaîne traîne par terre, encore accrochée au fil de fer. L'herbe a depuis longtemps repoussé sur la trace creusée par les incessantes allées et venues des chiens et devant leur antre mais plus courte, plus drue, comme un gazon. Il ne se rappelait pas que cette niche fut aussi grande. On croirait, délabrée, une de ces maisons d'enfants qu'on voit dans certains jardins. Christian se penche vers le bouquet de fleurs, enveloppé dans une feuille de cellophane agrémentée d'une fioriture de bolduc bleu.

Il se retourne vers la maison, grise, basse, plus basse, lui semble-t-il, que la dernière fois, comme si elle avait commencé à s'enfoncer dans la glaise et la boue pour disparaître bientôt. Il s'approche, louvoyant entre les flaques ou les enjambant. La lumière dorée dans l'encadrement de la fenêtre luit d'une absolue solitude dans cette aube de plomb et de vase.

La mère ouvre la porte, reste debout sur le seuil, serrant autour d'elle sa robe de chambre, appuyée de l'épaule contre le chambranle. Dès que Christian est à sa portée, elle le serre contre elle, l'embrasse, colle sa bouche à la sienne, passe dans ses cheveux ras sa main chaude. Il l'entend soupirer, presque gémir dans son cou. Il la repousse. Non, il dit. Elle s'écarte, il lui tend le pain et les croissants. Le café vient juste de passer.

– C'est quoi ces fleurs ?

– Entre. Assois-toi.

Elle attrape un bol dans le placard, le pose devant lui, verse du café, se sert à son tour puis déchire le sac de papier et prend un croissant. Elle trempe, déchire, mâche, boit, sans se soucier de son fils, le regard vide posé sur la nappe. Il fait comme elle. Il a faim alors il engloutit le croissant en deux bouchées puis avale le café brûlant, balayant du regard la petite cuisine, les portes disjointes des placards de formica bleu dont il doit toujours réparer les charnières. Dans un coin, posée sur le frigo, la télé en sourdine où remue une émission de télé-achat. Il repense à ces fleurs devant la niche mais n'ose pas reposer la question.

– T'as pas vu dans le journal ? elle demande au bout d'un moment.

La femme le regarde enfin. Sous la lumière de la lampe, ses yeux clairs, fixes, semblent soudain transparents, les pupilles plantées en leur centre comme des clous.

– Je lis pas le journal, moi.

Il baisse les yeux. Il boit une gorgée de café pour se donner une contenance.

Elle tend le bras vers le buffet et fait glisser le journal jusqu'à lui.

Christian voit la photo d'un homme au visage rond dont tout le côté droit est tuméfié, boursouflé, les paupières mal closes sur ses yeux morts, l'appel de la police à donner des renseignements sur cet homme non-identifié âgé d'environ quarante ans, pesant 102 kilos, mesurant 1,95 mètre, sans signe distinctif. Suit un numéro de téléphone. Christian comprend pour les fleurs. On dirait Romain. Il regarde mieux, cherche à retrouver la gueule de l'abruti sur celle du cadavre.

– C'est peut-être pas lui, il dit. Regarde : il a la gueule tout abîmée d'un côté. On peut pas être sûr.

– C'est lui. Il a son gros grain de café au bas du cou. C'est lui, qu'est mort.

– Les fleurs c'est pour ça ?

Elle hausse les épaules. Elle dépiaute un croissant qu'elle mange par petits bouts.

– Y a plus que tes affaires dans la chambre. J'allais pas poser ça sur ton lit.

Elle soupire, secoue la tête, récupère le journal.

– Je vais la découper. Tu reveux du café ?

Christian tend son bol. Autour de la poignée de la verseuse, le poing de sa mère serré. Il se rappelle comme elle cognait fort. Ça te tapait comme une masse de bois. Une fois, deux fois, jamais plus. Dans le ventre ou le dos. Ou les couilles, quand Romain a été plus grand. Il le revoit plié en deux par terre, dehors, une fois où il pleuvait, où il était rentré un soir raccompagné par les gendarmes qui l'avaient surpris en train de braconner avec les frères Martinez. Bien sûr, ces deux bâtards s'étaient carapatés et Romain, toujours lent et con, s'était fait prendre, sans arme mais avec en bandoulière la gibecière pleine. Il était grand déjà et plus fort qu'elle et brutal quand ça le prenait, à l'école, quand les autres se moquaient de lui et le suivaient dans la cour et imitaient sa démarche d'ours et son défaut de prononciation, c'est vrai qu'il parlait comme s'il avait eu tout le temps la bouche pleine. Il avait cassé quelques gueules, et la mère refusait toujours de se rendre aux convocations et se contentait de répondre au téléphone qu'elle n'allait pas se déplacer pour ce vaurien, elle utilisait ce mot, vaurien, et qu'ils n'avaient qu'à le punir, qu'elle autorisait les profs à le corriger parce que son père les avait abandonnés, elle et le gosse, qu'elle ne savait plus quoi faire de lui, déjà qu'il était pas très doué, sûr qu'il finirait mal, elle voyait ça gros comme une maison.

Et ces jours-là, quand la mère décidait qu'elle l'avait assez vu, elle l'obligeait à dormir dans la niche du chien pendant plusieurs nuits. Christian se rappelle qu'il s'amusait à venir l'agacer, le taquiner avec un bâton et qu'à la longue Romain avait pris l'habitude de sortir de son abri en aboyant, tirant sur la corde nouée à sa cheville par un vieux collier de cuir dont il n'avait jamais osé défaire la boucle.

Christian ne peut s'empêcher de sourire en repensant à tout ça. La mère sourit elle aussi.

– Je sais à quoi tu penses. Donc les fleurs tu comprends mieux… C'est pour marquer le coup. Il est mort, mais bon, il a quand même habité ici pendant dix-huit ans et puis c'est moi qui l'ai pondu.

Elle se lève en soupirant et dessert la table. Ses gestes sont vifs et précis. Christian l'observe. Son visage aux traits tirés vers le bas par l'aigreur. Son corps qu'il sait encore jeune. Se retournant, elle surprend son regard.

– Tu trouves que j'ai vieilli ?

– Non.

Il détourne les yeux, ramasse quelques miettes dans le creux de sa main. Il faudrait qu'il se lève, qu'il sorte. Mais la pluie. Et la peur qu'elle lui dise reste ici, tu vois bien qu'il pleut. Aide-moi, plutôt. La peur de ne pas oser lui désobéir pour ne pas lui déplaire. Il a dix ou douze ans et Romain est attaché dehors à la niche. Alors il reste assis, frottant sa main des miettes qu'il a recueillies et il prend le journal et le feuillette et ne lit rien, parcourant les titres sans les comprendre, regardant les photos dans rien y voir.

Sa mère termine son rangement puis elle vient vers lui et presse sa tête contre son ventre. Christian résiste, tourné encore vers le journal qu'il doit lâcher, mais elle force, elle l'oblige à écraser le visage, son nez, sa bouche contre son ventre et elle appuie sur sa nuque de ses doigts durs pour qu'il se penche et descende plus bas et il se laisse guider et ils restent comme ça tous les deux un moment, lui étouffant contre cette chair et elle dressée sous la lampe, les yeux fermés.

Elle se dégage, le repousse doucement. Il reprend son souffle.

– Je vais faire ma toilette. Va donc faire un tour, si tu veux.

Alors il va faire un tour. Il va chercher dans sa chambre ses bottes en caoutchouc, propres et bien rangées au fond de l'armoire, il s'équipe d'un ciré kaki et trouve au fond d'une poche un de ses couteaux. Il l'ouvre, renifle l'odeur âcre de l'acier, passe son doigt sur le tranchant, se dit qu'appuyant à peine plus il se couperait alors il replie la lame et soupèse l'objet, caressant la douceur du bois blond.

Dehors, Christian fait le dos rond sous le crachin et le vent et rentre la tête dans les épaules, au fond de sa capuche. La route descend vers l'estuaire caché par le talus de la digue. Christian lève le nez de temps en temps vers le décor familier : arbres noirs agitant leurs carcasses, prés inondés, envasés où se dressent de jeunes acacias décharnés. La maison des Faugère, au toit effondré, que ses enfants, à la mort du vieux, n'ont même pas cherché à vendre, persuadés qu'il était impossible qu'on pût encore venir vivre sur la terre battue de ce taudis perdu dans ce bout du monde. Derrière la ruine, une vigne bouffée par les ronces. Un pommier au tronc fendu où Christian venait chiper quelques fruits quand le père Faugère cuvait sa cuite perpétuelle dans une chaise longue sous son parasol Cacolac.

L'été, tout disparaît sous une végétation épaisse qui grimpe, rampe et s'étale et envahit, entité dévorante, et semble capable d'absorber tout dans une ingestion monstrueuse et de ne rendre, l'hiver venu, que des champs de vase et des arbres morts, effaçant toute trace de vie humaine.

Il s'arrête au milieu de la route et racle de sa semelle les traces boueuses laissées sur le macadam par un tracteur. Il se demande qui peut encore venir ici en tracteur. Pour y faire quoi ?

Il suit les empreintes de pneus et aperçoit la masse d'eau poussant vers l'amont, creusée de tourbillons pâteux où se débattent des morceaux d'arbres agitant leurs bras noirs comme de grands noyés. Il s'attend à voir passer un corps sur ce chaos bouillonnant et une angoisse le prend et il scrute les flots remués par la marée, prêt à fuir comme un gamin face à l'évidence de sa faute. Il reste devant le fleuve remontant, les pieds dans le limon détrempé, et l'écoulement du temps s'inverse peut-être, et il n'est plus ici, ni maintenant ; il est cette nuit-là contre le corps de la fille qu'il repousse, son couteau à la main, il entend Romain gémir en la prenant dans ses bras déjà pantelante, non, faut pas, faut pas, frangin, qu'est-ce que tu fais, puis la laissant tomber près du lavabo avant de s'enfuir en essuyant à son tee-shirt ses mains couvertes de sang.

Le passage d'un hélicoptère au-dessus de l'eau le fait tressaillir et il se cache derrière un arbre et s'imagine un instant traqué, tenant dans sa main une arme imaginaire, prêt à faire feu dès que l'appareil viendrait sur lui, mais le bruit s'éloigne, et il remonte la rive en baissant la tête sous la bruine brassée par le vent.

Il passe derrière la maison, contourne le potager, et marche jusqu'aux pruniers. Il sait exactement où c'est : il a posé au milieu, à la croisée des diagonales, une coquille d'huître. C'est vieux déjà : vingt ans, peut-être. Alors ? T'es toujours là ? Il ne peut s'empêcher de murmurer ça. Il épie sur le sol le moindre mouvement. Il se dit qu'un jour ça va bouger, que quelque chose va sortir de là. Il a vu ça dans des films. Des mains qui surgissent. La terre qui se soulève comme animée d'une respiration.

Mais non. La dernière fois, ils avaient attendu la nuit avec maman pour la porter jusqu'ici. Des heures il avait fallu pour creuser le trou. C'était jamais assez profond. Creuse, disait la mère. Pas envie que ça sente partout ou qu'un chien vienne en bouffer un morceau. Il était là-dedans jusqu'à la poitrine quand l'eau avait commencé à sourdre au fond. Il avait creusé encore un peu puis ils avaient balancé le corps de la fille dans cette mélasse où il s'enfonçait jusqu'à mi-hauteur des bottes. Il avait rebouché et, la chose faite, maman avait tâté les muscles puissants de ses bras, de ses épaules en disant il est costaud mon fils. Il est beau. Viens, je vais te doucher. Il l'avait suivie, les épaules nouées par l'effort, couvert de sueur et de terre.

Ç'avait été la dernière fois. Les mains savonneuses de maman sur lui, cette caresse et cette odeur, il ne pourrait plus supporter ça. Il pourrait la tuer, si elle insistait. Il l'a su ce jour-là. Toutes ces pensées lui font courir dans le dos un frisson douloureux.

Derrière lui, il entend grincer la porte de la remise.

– Reste pas là, tu vois bien qu'y pleut.

Elle a mis son pantalon rouge. Celui qui la serre de partout, et un pull chamarré parsemé de paillettes. Elle fume une cigarette.

– Allez, viens.

Il vient.

– T'en veux une ?

Il acquiesce. Elle lui glisse sa cigarette entre les lèvres, en allume une autre.

Pendant qu'il se débarrasse de ses bottes, il l'entend s'affairer dans la cuisine puis lui parler :

– À quoi ça rime ? Tu fais des prières toi maintenant ? Plus personne se soucie d'elles, maintenant, à part toi. Et à moi ça me fait de la peine de me rappeler le jour où tu m'as amenée jusqu'à la fourgonnette pour me montrer ce que t'avais fait. Maman j'ai encore fait une bêtise, tu répétais en pleurant. Tu te rappelles ?

Il rentre dans la cuisine en pieds de chaussettes, secoue la cendre de sa cigarette dans l'évier.

– Arrête, il dit. On en a déjà parlé.

– C'est toi qui devrais arrêter.

– Pourquoi tu dis ça ?

– Tu le sais très bien.

– Je sais rien du tout. Et toi non plus.

– Moi je sais ce que tu es devenu. Je croyais que l'armée ça te ferait du bien, et puis…

Il remet ses chaussures.

– Je vais y aller. C'est bon, j'en ai assez entendu.

Quand il se redresse, elle est déjà près de lui et déjà elle s'accroche à son cou et elle cherche sa bouche et elle colle son bassin au sien. Mon fils, elle dit. Mon homme. Il se dérobe à ses baisers mais il durcit contre elle et elle sent ça et elle murmure oui dans son cou, oui reste là, tant pis, c'est bien comme ça. Elle bouge lentement, il n'ose pas la repousser, il a l'impression d'être ivre et une envie de pleurer le prend, gorge serrée, boule âcre qu'il s'efforce d'avaler.

– Non, il dit en la prenant aux épaules.

Elle tend son visage vers lui et il n'en voit plus que les cernes, cette noirceur sous les yeux, les ridules sur sa lèvre supérieure qui serrent la bouche d'aigreur, et soudain les doigts encore dans son cou sont secs et durs comme des lanières de cuir alors il se défait de son étreinte, il éloigne doucement de lui les bras de sa mère cependant qu'elle le regarde toujours dans les yeux, le visage levé vers lui, implorante. Elle ne résiste pas mais garde les mains en l'air, au-dessus des épaules de Christian, prêtes à retomber sur lui mais il recule et s'éloigne et va se planter devant l'évier, apercevant à travers les barreaux rouillés de la fenêtre le jardin terreux, fané, et plus loin la campagne noirâtre, brouillée de crachin, plantée çà et là d'arbres spectraux.

Il remplit un verre d'eau au robinet, l'avale d'un trait. Il ne veut pas se retourner. Il sait qu'elle le regarde, bras ballants, boudinée dans son pantalon rouge comme une pute sur le retour, qui sucerait pour dix euros des Arabes ou des Nègres ou bien de vieux ivrognes puant comme des gorets. Il attend que son dégoût se transforme en pitié puis se sert dans un bol pris sur l'égouttoir un peu de café tiède.

Ils bouffent des plats cuisinés réchauffés au micro-ondes, boivent du vin, du déclassé qu'au château où elle travaille on lui donne au moment des fêtes : cinquante litres par an qu'elle met elle-même en bouteilles. Ils boivent sans trop rien se dire, maman a pourtant toujours quelque chose à raconter, la mort d'Untel, tu sais, celui qui couchait avec la fille Machin, celle qu'était dans ta classe au collège, tu sais bien, elle était caissière au supermarché à Pauillac, son mari était tonnelier à Margaux, eh bien il est mort, figure-toi, cancer, liquidé en deux mois. Ou bien ce poivrot, bourré du matin au soir, il se vantait de picoler jusqu'à dix litres par jour, qui s'est noyé dans un fossé, tombé de son Solex. Il avait peut-être jamais bu autant d'eau de sa vie, ce con.

Christian écoute, se rappelle ou feint d'avoir oublié, ne voit pas du tout de quoi elle parle et la laisse se perdre dans les détails, somnolant presque à cause du vin. Puis ils prennent le café et fument en regardant à la télé un programme inepte jusqu'au moment où Christian se lève en s'étirant, et part dans sa chambre dormir un peu.

Parfois, maman vient se coucher contre lui, le caressant dans son sommeil, mais aujourd'hui elle le laisse tranquille.

Au soir bâché d'anthracite, en partant, il pose sur le buffet, sous une lampe verte à l'abat-jour fatigué, le paquet de cigarettes qu'il a trouvé dans le sac de la fille. Il sait que ça lui plaira.

15

– Je suis sûr que c'est lui. Gilles Gérard, il s'appelle. Un grand, costaud, un peu gros. J'ai bossé deux ans avec lui pour les déménagements Castel, à Bazas. Ce mec il était capable de descendre tout seul une armoire sur trois étages, putain. Un bestiau. Il a joué un peu au rugby, mais trop lourd, pas assez rapide, il a pas continué. Et puis il défonçait tout le monde sur le terrain. Un jour, y a un type qu'a voulu…

– Depuis quand vous ne l'avez pas vu ?

L'homme parle vite, comme s'il était pressé par l'urgence. Sa voix aiguë sort du haut-parleur presque grinçante. Elissalde dessine sur un bloc-notes des formes géométriques et Jourdan le regarde faire, penché vers la table, puis écrit « pas lui » sur le bloc-notes entre deux cubes griffonnés.

L'homme hésite, soupire. On entend derrière lui une télévision en sourdine, le pépiement d'un oiseau.

– Je sais pas moi : quatre, cinq ans ? Un gars gentil, une pâte. Toujours prêt à rendre service.

– Vous savez où il habitait ? Son adresse ?

– Là-bas, dans la cambrousse. À l'époque, il vivait chez ses parents au Tuzan. Le Tuzan. Vous voyez où c'est ?

– Non. Mais on trouvera.

Elissalde fait une recherche sur l'ordinateur pendant que l'homme à l'autre bout du fil continue de vanter les qualités de bon camarade de Gilles Gérard, sa bonhomie, sa générosité, la force phénoménale. Vision satellite. Un bourg au milieu de l'océan forestier. Des kilomètres de routes en ligne droite. Elissalde tourne l'écran vers Jourdan.

– Je me suis dit qu'il fallait que je vous appelle, si ça peut vous aider. Je peux vous demander ce qui lui est arrivé ? Comment il est mort ?

– Non, vous ne pouvez pas. Je n'ai pas à vous donner ce genre d'information. L'enquête est en cours. On vous rappellera si besoin est.

L'homme affirme qu'il ne cherche qu'à être utile, à aider la police, qui a bien besoin du soutien des citoyens honnêtes en ce moment. Elissalde le remercie, coupe la communication.

Jourdan a trouvé le numéro d'un Henri Gérard, au Tuzan. Il compose, attend. Cinq, six sonneries. Un homme répond, d'une voix forte.

– Ouais. C'est qui ?

– Je suis bien chez Gilles Gérard ?

– Non. Vous êtes qui, d'abord ?

– C'est la police, monsieur.

– La police, hein ? Qu'est-ce qui me le prouve ?

On entend une femme dans le lointain, lui demander ce que c'est. Ils disent qu'ils sont de la police. C'est pas les gendarmes ? demande la femme.

– Non, c'est pas les gendarmes. Je suis commandant au SRPJ de Bordeaux et je voudrais savoir si Gilles Gérard, du Tuzan, a un lien avec vous.

Dis-leur, murmure la femme. Elle est près du téléphone. Donne-moi ça, elle dit. L'homme marmonne. Après tout, démerde-toi, si ça t'amuse.

– Oui, monsieur. Je suis madame Éliane Gérard. Gilles est mon fils. Mais...

Elle s'interrompt, reprend son souffle.

– Il n'habite plus ici, monsieur. Parce que...

Elle se racle la gorge, elle parle moins fort.

– Il est parti il y a trois ans. C'était plus possible. Ils ont fini par se battre, avec son père. Plusieurs fois. Et avec moi ça n'allait pas non plus.

– Il vous frappait ?

– Non, enfin...

Jourdan l'entend renifler, ravaler des larmes, sans doute.

– C'est dur, vous savez.

Jourdan dit qu'il comprend. Elissalde lève les yeux au ciel.

– Vous savez où on peut le trouver ?

– Qu'est-ce qu'il a fait pour que vous le recherchiez ?

– Rien, dit Jourdan. On voudrait l'entendre comme témoin dans une affaire. Vous savez où on peut le trouver ?

– Il habite Cenon, dans une cité, je me rappelle plus exactement. Quittez pas.

Ils attendent. On entend le souffle de la femme, secoué à chacun de ses pas. Elle ouvre un tiroir, remue des papiers. Marmonne. Ah voilà. Cité Jean-Jaurès, bâtiment E, appartement 58. Vous pourrez lui dire que je pense à lui ? Que sa mère pense à lui ?

Jourdan promet puis raccroche et coupe la femme dans ses remerciements.

Vérifications faites, Gilles Gérard ne sort sur aucun fichier. Il lui manque quatre points sur son permis de conduire. Rien d'autre. C'est pas lui, dit Jourdan. Elissalde veut y croire : il parie une bouteille de très bon whisky. Pari tenu.

Ils frappent à la porte et ils entendent un type s'approcher en demandant « Qui c'est ? » puis un verrou claque et dans l'embrasure un homme immense, en short et gilet de peau, les dévisage et quand Jourdan annonce qui ils sont et montre sa carte de police, l'homme ouvre plus largement et recule dans l'étroit vestibule pour les laisser entrer mais ils n'entrent pas. Ils se contentent de toiser le géant : pas loin de deux mètres, 120 ou 130 kilos. Des mains grandes comme des assiettes, qu'il laisse baller contre ses cuisses. Des poings sans doute plus gros qu'un ballon de handball. Large, haut, massif, il occupe tout l'espace exigu de l'entrée. Jourdan se demande comment il passe les portes.

– Vous êtes Gilles Gérard ?

– Oui, monsieur. C'est même marqué sur la porte.

– Vous pouvez le prouver ?

L'homme les regarde tour à tour, éberlué, bouche ouverte, pour vérifier peut-être que la demande est sérieuse.

– Prouver que je suis bien moi ?

– Oui. Par exemple en nous montrant votre carte d'identité. C'est important. Sans quoi on ne viendrait pas vous déranger.

L'homme hoche la tête, jette derrière les deux flics un coup d'œil soupçonneux.

– Bougez pas.

Il s'éloigne dans le couloir. Ses épaules semblent frôler les murs. Il doit se baisser pour passer sous un abat-jour. Une femme demande ce qui se passe, il répond : rien, des flics. Des flics ? s'écrie la femme. Bouge pas, je reviens.

Elissalde ricane en silence. On tombe mal. Jourdan s'adosse au mur. On tombe toujours mal. C'est le métier, ça. Perdre son temps aussi, c'est le métier, putain.

Dans l'appartement, ils entendent s'ouvrir placards et tiroirs. L'homme revient, une liasse de papiers dans sa main énorme.

– Voilà ma carte d'identité. On me l'a refaite y a deux ans. Et ça, les factures de gaz et d'électricité. Et ma carte de groupe sanguin. J'ai des relevés de la banque, si vous voulez.

Il leur fourre tout ça entre les mains, ils feuillettent en désordre. Gilles Gérard est tout près d'eux, au-dessus d'eux, en quelque sorte, comme un rocher en surplomb menaçant de tomber à tout moment. Jourdan l'entend souffler par le nez une colère contenue alors il surveille ses mains.

– Ça va ? C'est bon ? Ou vous allez me faire un test ADN ?

– On fait notre boulot, dit Jourdan. C'est pas la peine de le prendre sur ce ton.

– Et je peux savoir pourquoi vous venez faire votre boulot chez moi ?

– Non, vous pouvez pas. Tout ça ne vous concerne plus.

Jourdan lui colle son tas de factures sur la poitrine. L'autre les retient de justesse, ses grandes mains suffisant à peine à les empêcher de glisser. Il repousse du pied la porte, qui claque à la gueule des deux flics.

Ils montent en voiture sous les regards hostiles de deux jeunes types adossés de chaque côté d'une entrée du bâtiment. Elissalde leur adresse un petit geste de la main. Salut connards.

Ils roulent sans rien se dire. Sur le pont Saint-Jean, le miroitement du soleil sur la chaussée détrempée les éblouit. L'averse s'éloigne sur le fleuve soudain jaune, presque doré, puis l'éteint et rend les eaux à leur débit terne et boueux. Jourdan regarde ça avec un émerveillement qui l'étonne. Dans les rues du centre-ville sombres à nouveau, il essaie de garder en tête ces nuances d'or, ce scintillement brutal.

Elissalde s'est assoupi. Il rouvre les yeux au moment où ils pénètrent dans le garage. Putain, il dit en se tournant vers Jourdan :

– T'as gagné. C'était pas lui.

– Et c'est pas l'autre non plus.

– Tu développes ?

– Le mort. Le défenestré. C'est pas le tueur.

Ils descendent de voiture, se parlent par-dessus le capot.

– Comment tu sais ça ?

– Je ne le sais pas. J'en suis sûr.

– Ça s'appelle avoir la foi…

Dès qu'ils arrivent dans le service, Coco vient vers Jourdan :

– Il faut que tu viennes voir ça. L'affaire de ce gamin qu'on a retrouvé massacré avant-hier au bord du lac ?

Oui, Jourdan sait qu'une partie du groupe est déjà sur cette affaire et que deux crétins, mineurs tous les deux, 16 et 17 ans, ont été serrés hier après-midi. Corentin et Yacine. Il sait qu'on a retrouvé sur leurs téléphones une vidéo où ils ont filmé le tabassage, les tortures, il sait que les images circulent en ce moment sur Internet, il sait que des jeunes gens visionnent ça entre copains, entre fascination et effroi, éprouvant de ce qu'ils voient une stupeur malsaine, un plaisir trouble, un peu coupable, effrayant peut-être, comme quand ils décident de s'arsouiller avec un alcool fort, d'abord la brûlure, l'envie de recracher, puis l'ébriété, l'euphorie, puis l'hébétude et enfin la nausée pour les estomacs les plus fragiles. Il sait que la victime, Joseph Tamba, a été tuée à cause d'une dette de 100 euros et qu'il s'agissait pour ses tortionnaires de connaître le code de sa carte bancaire, histoire de hâter le remboursement. Il sait tout cela mais c'est un savoir inutile, à quoi il ne parvient à donner aucun sens, et il se demande s'il doit vraiment entrer dans ce bureau pour voir un de ces deux abrutis tassé sur sa chaise, il le dit à Coco mais elle insiste : nous, avec Bernie, on n'en peut plus. Qu'est-ce que tu ferais ?

L'autre connard, Yacine, a avoué les coups, les actes de torture, mais celui-ci, Corentin, il n'a rien fait, lui. Il s'est contenté de filmer. Il a donné un coup de pied ou deux, sans doute pour recadrer. Il n'imaginait pas que Tamba pouvait mourir. Depuis une heure, il ne dit plus rien. Parfois, il fait semblant de dormir. Bernie et moi, on va finir par l'emplafonner, ce fils de pute. Bernie confirme. Coco indique d'un coup de menton le bureau où marine l'abruti. Il veut juste rentrer chez lui. Il dit qu'il n'a rien fait, et qu'on lui casse les couilles pour rien.

Jourdan entrouvre la porte. Suspect assis sur une chaise, menotté dans le dos, plus ou moins avachi. J'en ai vu combien des pareils ? Sinistres guignols, interchangeables.

Allons-y.

Jourdan s'appuie au bureau, à demi assis, dominant le type devant lui sur sa chaise, menotté dans le dos. C'est un adolescent longiligne, aux bras maigres et noueux, vêtu d'un maillot de la Juventus. Négligeant l'arrivée de Jourdan, il affecte de regarder par la fenêtre. Sa jambe droite s'agite, montée sur le ressort du pied tendu.

– Tu sais pourquoi tu es ici ? Corentin, c'est ça ?

La jambe s'immobilise puis reprend son tremblement convulsif.

– Tu as entendu ? Je t'ai posé une question.

Le jeune homme renifle puis il regarde par terre, autour de lui, comme s'il cherchait quelque chose, puis il revient à sa contemplation de la fenêtre. Il cligne des yeux, étouffe un bâillement.

Jourdan frappe d'un coup sec l'arête de son tibia du bout de sa chaussure.

Le gamin gémit, se penche vers la douleur, empêché par les menottes.

Jourdan frappe l'autre jambe. Corentin tangue, les pieds de la chaise grincent. Son nez coule. Il a le menton plein de morve. Jourdan surprend un échange de regards entre Coco et Bernie. Et alors ? Il se penche vers le jeune homme.

– Je t'ai posé une question. Ne t'inquiète pas, tu dormiras ce soir en prison, comme on dit. On dit toujours ça. Pas sûr que tu arrives à dormir beaucoup. Bref. En attendant ce moment fort, on voudrait que tu nous dises si tu sais pourquoi tu es là. On voudrait s'assurer que tu as tout compris au film.

Comme le jeune homme renifle sans cesse, Jourdan attrape sur le bureau un mouchoir en papier et va lui torcher le nez et le serre et sent entre ses doigts le cartilage qu'il pourrait briser, jusqu'à ce que le garçon lève vers lui des yeux pleins de larmes. Jourdan se tient à quelques centimètres de lui, presque front contre front. Il sent son odeur de sueur, d'urine, cette âcre saleté qu'une nuit en geôle suffit à insinuer sur tous les corps qu'on y contraint.

– Alors ?

Jourdan passe derrière lui et regarde ses épaules se soulever, ses mains attachées se fermer et s'ouvrir, se serrer en poings dérisoires.

– Ton copain dit que c'est toi qui as tout fait, que lui a juste filmé. Tu confirmes ?

– Moi aussi j'ai filmé.

– Tas filmé quoi ?

– Les cigarettes.

– Les cigarettes ?

– Vous savez pas c'est quoi des cigarettes ?

Jourdan prend une pincée de cheveux très courts et tire et secoue la tête du garçon qui se met à geindre.

– T'es pas avec tes parents ou tes profs, ici. Tu nous parles pas sur ce ton. Tu cesses de nous prendre pour des cons.

Jourdan passe derrière le bureau et prend les photos de la scène de crime. Il choisit un gros plan du visage détruit, un œil crevé coulant entre les paupières mi-closes, puis une vision plus large du corps dénudé couvert d'ecchymoses, parsemé de brûlures de cigarettes. Il tient les clichés sous le nez du jeune homme.

– Nous, on filme pas. On prend des photos. Mais ça, là : tu l'as filmé ? Et l'œil, c'est lui qui s'est mis le doigt dedans pour le crever ?

Le gamin détourne les yeux.

– Il était pas mort quand on l'a laissé. Nous, on l'a pas tué. Il est mort après.

Il sanglote. Il bouge sur la chaise comme s'il voulait se lever. Jourdan le maintient assis en pinçant ses trapèzes et l'oblige à rentrer la tête dans les épaules. Il sent Coco juste derrière lui alors il soupire et lâche le garçon et pose ses mains sur le dossier de la chaise.

– Réponds par oui ou par non. Vous l'avez frappé ?

– Oui.

– Tous les deux ?

– Oui.

– À mains nues ?

– Oui, enfin…

– Enfin quoi ?

– On avait un poing américain.

– Qui on ?

– Tous les deux. On se le passait.

– Vous l'avez brûlé avec vos cigarettes ?

– Oui.

– Il était encore conscient ?

– Non, il était dans les vapes. Ça l'a réveillé.

– Ton copain, Yacine, nous a dit que Tamba te devait 100 euros. Tu confirmes ?

– Oui.

– Depuis longtemps ?

– Six mois.

– Tu lui as vendu quoi ?

– Un vélo.

– Un vélo.

Le garçon redresse la tête. Depuis un moment, il parvient à ravaler ses sanglots, il se tient droit et raide sur la chaise. Il regarde Jourdan droit dans les yeux.

– Ouais, un vélo. C'est interdit ?

Il se retourne vers Coco en train de taper le PV d'audition sur un ordinateur portable qu'elle tient sur ses genoux.

– Qu'est-ce que vous faites ?

– Mon travail, elle dit sans lever les yeux de son écran. Je prends tes déclarations en notes.

– De toute façon, je signerai pas.

– T'es pas obligé.

– Je veux un avocat. Et puis mes parents.

Bernie lui apporte une liste de commis d'office qu'il abandonne sur ses genoux.

– Ils sont prévenus, dit Coco. Ils veulent pas voir ta gueule. Qu'il se démerde, elle a dit ta mère. Ton père, il veut te tuer. Tu veux les appeler, pour vérifier ?

Bernie lui tapote l'arrière de la tête.

– Finalement, tu seras mieux au trou que chez eux. Et tu leur manqueras pas.

Le garçon secoue la tête.

– C'est pas nous qu'on l'a tué. Il était vivant quand on est partis.

Jourdan vient s'asseoir tout près de lui et lui parle à voix basse presque à l'oreille.

– Je ne sais pas si tu es profondément con ou si tu le fais exprès pour nous énerver, mais je t'explique un peu : il va y avoir une autopsie. Tu sais ce que c'est, non ? T'as dû voir ça à la télé dans une série de merde. Eh bien le médecin légiste il va déterminer les causes de la mort de Joseph Tamba. Voir si les coups que vous lui avez portés ont provoqué sa mort, même des heures après votre départ. Tu comprends ça ? Et d'après les premières constatations, il est très très très probable que vous ayez tué Tamba. Les juges, ensuite, ils devront déterminer si vous aviez l'intention de donner la mort ou non. Mais sur votre vidéo on vous entend menacer Tamba de le crever s'il ne donne pas son code de carte bleue. Et ça c'est un gros problème pour toi et ton copain, pauvre con. Tu piges, ou je te fais un dessin ?

Jourdan observe le jeune homme qui garde la tête baissée. Il aperçoit ses yeux écarquillés tourner en tous sens, comme quand on redoute le surgissement d'un danger. Impossible de savoir s'il se rend bien compte de ce qu'il a fait et de la situation dans laquelle ça le met. Il est peut-être dans ce tunnel de verre d'où il voit ses repères habituels s'estomper puis disparaître derrière une buée froide ; bientôt, il y sera poussé, aveugle et lourd, en essayant d'apercevoir quelque chose de l'extérieur, espérant toujours que le verre va se briser comme un mauvais rêve qui se déchire et il admettra, peut-être, quand la porte de la cellule s'ouvrira au bout du tunnel, après que les verrous auront claqué et l'auront tiré de son engourdissement, la réalité de son acte.

Jourdan se lève en prenant appui sur le genou du garçon. Il montre du doigt la liste des avocats commis d'office :

– Choisis bien, ça peut servir.

Le jeune homme ne réagit pas. Jourdan croise le regard de Bernie, qui tord la bouche et hausse les épaules. C'est carré. On le défère. J'ai assez vu sa gueule.

Dans l'autre bureau, le comparse, Yacine, est en train de signer le PV d'audition. Clément lui tourne les pages, Greg fume devant la fenêtre ouverte.

– Je surveille, t'inquiète, il dit. Une fois, pas deux !

– Comment ça se passe ?

– Bien. Il s'est allongé tout de suite. Il a même pas cherché à charger son copain.

– Emballez, c'est pesé.

Au moment où il s'apprête à sortir, Elissalde ouvre la porte et ils se heurtent presque.

– Caminade s'est foutu en l'air. Ils l'ont retrouvé pendu vers midi dans sa cellule. Son codétenu avait été extrait pour aller chez un juge, il a profité d'être seul.

Jourdan revient dans le bureau, se pose sur une chaise, un peu étourdi. Il dit « Fin de l'histoire » mais son esprit s'emplit à nouveau de visions des enfants étendus dans le couloir, de la femme affalée dans la salle de bains. Il se lève, marche vers le jeune homme en train de boire un peu d'eau, essaie de l'imaginer en train de battre à mort un type pour 100 euros mais il ne voit qu'un crétin d'adolescent lorgnant le fond de son gobelet vide espérant peut-être y trouver du marc de café et y deviner son avenir. Jourdan traîne, mains dans les poches, au milieu du bureau. Les autres sont plongés dans leur procédure, le jeune type attend, menotté à sa chaise, l'air hagard. Jourdan essaie de trouver un sens à tout ça : ces crimes, leurs coupables, le boulot de flic. Interpeller, juger et punir ? À quoi bon si les morts ne peuvent pas revenir ?

Jourdan demande qu'on reconduise les deux mis en cause en cellule. Il les regarde s'éloigner dans le couloir avec l'escorte ; ils traînent des pieds, l'un, le dénommé Yacine tête baissée, l'autre regardant droit devant lui, espérant peut-être que la prochaine porte qui s'ouvrira sera celle de sa liberté. De retour dans le bureau, il essaie de s'intéresser à la discussion autour des procédures, il apprend qu'un avocat va débarquer pour prendre l'affaire. Une femme. Maître Magali Pommier. Magali ? s'écrie Coco. Je la connais, on était ensemble en droit pénal à la fac. Une emmerdeuse, et pas con. On a intérêt à bien border notre affaire.

Ils s'y mettent tous, ils relisent, ils classent.

Jourdan s'efforce de comprendre ce qu'il lit, de savoir ce qu'il fait. Il repense à Caminade, pendu dans sa taule à la poignée d'un vasistas. Il ne sait pas de quelle croyance ou superstition la tête de ce minable était pleine et il se demande si, en se tuant, il a décidé de rejoindre ses morts ou de les poursuivre.

16

Il vide la boîte dans la casserole et allume le feu. Il regarde un moment la flamme qui ronronne, ses pétales bleus vibrants, il éteint même la lumière pour voir mieux et approcher sa main de cette fleur brûlante. Le jus épais des lentilles commence à accrocher au fond de la casserole alors il remue avec une spatule en bois et il coupe un bout de saucisse qu'il porte à sa bouche en salivant puis mâche lentement, debout devant la gazinière.

Il mange devant une émission de télévision où des femmes et des hommes en maillot de bain bavardent et s'insultent dans une villa luxueuse. Les femmes surtout l'intéressent. Leurs gros seins toujours sur le point de se montrer vraiment, leurs longues jambes, leurs fesses idéales et ce qu'il devine au fond, au bout de ce sillon. Les hommes aussi possèdent des corps sculptés, bras forts, épaules larges, abdominaux en tablettes, et il se dit qu'il pourrait participer à ce genre de cirque parce qu'il n'a rien à envier à ces minables avec les quatre heures qu'il passe chaque semaine sur des machines qui lui résistent mais qu'il parvient encore à vaincre. Il ne sait pas, au milieu de tous ces corps offerts, comment il résisterait à l'envie de déshabiller tout à fait les femmes, extravagantes putains, de les toucher, oui, les toucher, se frotter à elles et jouir, jouir sans fin de l'une à l'autre… Il effleure à travers son pantalon son désir exaspéré tout en nettoyant avec un morceau de pain le fond de son assiette, il enrage de les entendre baragouiner leurs griefs, bafouiller leurs piètres colères, masquées d'un maquillage grossier, il se dit qu'il faudrait les empêcher de parler, leur interdire de corrompre ainsi leur brutale beauté. Poupées stupides. Lui saurait les faire taire.

Il fait la vaisselle, désinfecte l'évier à l'eau de javel comme à chaque fois, range, essuie par terre trois gouttes d'eau avec du papier absorbant, désodorise la poubelle avec un aérosol parfumé à la menthe. Il enfile une parka, fait un tour de l'appartement puis se chausse. Il éteint la lumière et reste immobile dans le noir, tendant l'oreille, écoutant les voisins du dessus houspiller les enfants, leur télévision en sourdine, rires et acclamations d'un public enthousiaste. Il respire une dizaine de fois à fond, il fait le vide en lui. Il s'efforce de drainer vers ses mains et ses pieds des flux d'énergie inutile. Il ne perçoit plus en lui qu'un bourdonnement qui abolit toute sensation extérieure, qui écrase les souvenirs de la journée. Il est prêt. Il sort.

Ça le pousse. Comme des grandes mains plaquées dans son dos. Cinq soirs de suite il a marché des heures dans les rues sans ressentir jamais la fatigue de la journée, léger, invisible. Il se sentait invisible. Il a croisé des dizaines de regards qui passaient à travers lui sans le deviner. Les gens se pressaient sous la pluie, s'engouffraient dans les bars et les restaurants, remontaient leur col en sortant et ouvraient un parapluie, se couvraient d'une capuche puis filaient dans la nuit et disparaissaient avalés par l'ombre. Avant-hier, il a suivi deux femmes qui titubaient, bras dessus, bras dessous, en riant fort. Elles étaient peut-être ivres, ou bien leur fou rire les faisait-il chavirer parfois. Il les a suivies longtemps dans des rues qui se vidaient où ne s'entendait plus que le gargouillement des gouttières. L'une d'elles s'est retournée, l'a regardé et il a feint de prendre son trousseau de clé et de gravir les deux marches d'une entrée d'immeuble puis s'est blotti dans l'encoignure. Non, tu crois ? a dit l'autre femme. Elles ont éclaté de rire à nouveau et sortant de sa cachette il les a aperçues à une cinquantaine de mètres dans cette rue sombre où il lui semblait qu'elles ne pouvaient pas le voir à cette distance. Il s'est trouvé dans le quartier Saint-Michel et les a laissées, dissimulé derrière un fourgon, contourner la flèche gothique et rejoindre les quais puis il a presque couru pour ne pas les perdre de vue mais quand il a débouché sur le quai, le large trottoir venteux était plein de gens qui buvaient et fumaient et parlaient fort devant un pub, des bars, des restaurants, et il les a vues rejoindre un groupe qui les a accueillies avec des cris de joie et des embrassades alors il a continué son chemin, passant au large de ces gens, pour essayer de voir à quoi elles ressemblaient et leur a trouvé l'allure plutôt banale de jeunes femmes ordinaires, ni laides ni jolies, puis il a hâté le pas jusque vers le conservatoire et la gare. Là, le passage en trombe d'une voiture de police hurlante puis, un peu plus loin, celui d'une patrouille en maraude l'ont décidé à rentrer chez lui.

Ce soir, comme il n'a pas plu, comme l'air est tiède, les terrasses sont pleines. Il se faufile entre les tables, dans la rumeur des conversations, feignant de chercher quelqu'un. Il ne comprend pas la langue qu'on parle ce soir ; les mots qu'il attrape au hasard ne lui disent rien, d'ailleurs ne veulent rien dire. Christian n'est pas sûr que ces gens se parlent vraiment. Ils émettent des sons porteurs de messages rudimentaires à la manière d'insectes diffusant des vibrations et des phéromones en grouillant autour de leur colonie. Sa tête s'emplit de bourdonnements entrecoupés de rires bêlants ou de jacasseries. Les femmes surtout se font entendre. Insouciantes, insolentes. Dominatrices. Il croise le regard de quelques-unes, détourne les yeux, se dérobe d'un mouvement des épaules, comme s'il cherchait à se cacher derrière un lampadaire, illusoire refuge. Il se sent étranger en territoire ennemi. Agent secret. Pendant quelques minutes, il s'imagine chargé d'une mission dangereuse et s'efforce d'échapper à tous ces yeux et ne regarde plus rien ni personne tout en se défiant de ceux qui le remarqueraient. Il surveille les passants qui le croisent ou le dépassent, épiant le moindre geste hostile. Cette berline allemande qui roule au ralenti. Trois silhouettes à bord. Dans la poche de sa parka, il serre son poing sur la crosse d'une arme imaginaire. Ils ne m'auront pas vivant. Il se figure une fusillade ici, en pleine rue, au milieu de la foule. Il fait demi-tour, prêt à les affronter. Arrivant à hauteur du véhicule, il distingue par les vitres baissées trois hommes hilares dans une pulsation sourde de basses.

Il jette un coup d'œil discret autour de lui. Personne ne le surveille ni ne le suit. Il n'éveille aucune attention sur son passage. Il se prenait pour un personnage alors qu'il n'est personne et la déception lui serre la gorge. Tristesse et colère mêlées. Il a l'impression qu'on devine son jeu, qu'on va se moquer de son attitude de suspect épié, traqué, pathétique autant qu'un attardé mental repoussant une attaque d'aliens, caché sous son lit, avec un pistolet à eau. Alors il marche plus vite, s'éloigne du centre, arpente des rues étroites et sombres ; il lui semble que la nuit va l'absorber, le digérer. Il rentre la tête dans les épaules et fonce dans cette densité menaçante.

Il a chaud et soif. Il décide d'aller boire quelque chose à la gare. Un tramway redémarre de la station, et il voit cette femme presser le pas, le col d'un blouson de cuir relevé, venant vers lui. Elle marche vite sur ses jambes frêles, couvertes d'un collant noir, brillant, chaussée de Doc Martens. Elle est jeune. Elle s'arrête pour allumer une cigarette fine, peut-être un joint, alors Christian s'approche et lui demande du feu. La fille lève les yeux vers lui, le toise, enfonce ses mains dans les poches de son blouson. Ses yeux sont très clairs, maquillés de noir. Dégage, connard.

Christian la frappe à la gorge et la fille écarte son bras et il retire la lame et aussitôt son poing, son bras sont aspergés de sang cependant que la fille plaque sa main sur la plaie et recule pour s'adosser à une porte. Quelqu'un crie, plus loin. Qu'est-ce que vous faites ? J'appelle la police. Christian se retourne et voit marcher vers lui un jeune homme, son téléphone à l'oreille. La fille est en train de glisser au sol en gémissant, le sang ruisselant entre ses doigts. Il voudrait la frapper encore parce que ça ne suffit pas, parce qu'il doit continuer pour que ça le calme, mais c'est trop risqué : il court vers la station de tramway, tourne dans la rue à droite, court encore pendant trente mètres puis se remet à marcher tranquillement. Le type ne l'a pas suivi. Il a dû rester auprès de la fille. Christian déteste cette situation. Cela ne lui est jamais arrivé. Voilà le résultat de trop d'impulsivité. Maman le lui dirait : réfléchis donc avant d'agir. Il essuie son couteau puis sa main poisseuse de sang avec son mouchoir qu'il abandonne plus loin dans un container à ordures sous un tas d'épluchures et des croûtes de pizza.

Il entend les voitures de police venir de plusieurs directions. Il débouche sur le cours de la Marne, il hâte le pas vers la gare, se rassure de voir sur le parvis, sur les trottoirs, un reste d'agitation à l'arrivée des derniers trains. À la terrasse d'un café désert, il fauche sur une table une bouteille de bière à moitié pleine et vérifie qu'on n'y ait pas jeté de mégot avant de la boire en s'éloignant. Elle est encore fraîche ; les trois gorgées qu'il avale lui suffisent pour se sentir mieux.

Il sait où il va. Il sent en lui une impatience, une envie contrariée qu'il doit satisfaire.

Il marche longtemps pour calmer son exaspération, il longe des immeubles monumentaux, dont la blancheur n'est plus qu'une masse blafarde dans la nuit. Il croise quelques traînards, cherche en vain les prostituées qui racolent d'habitude par ici alors il continue, passe devant les grilles du Marché d'intérêt national où déjà des camions pleins de victuailles vont et viennent, et finit par apercevoir les fourgons garés en contrebas de la voie rapide. Le pare-brise du deuxième, un vieux Citroën au pare-chocs rafistolé, s'éclaire d'une loupiote verte alors il frappe deux coups à la vitre et il entend bouger puis voit coulisser la portière latérale. Une fille se penche vers lui, une frange épaisse lui tombant sur le front, vêtue d'une sorte de boléro rouge. Elle se frotte les yeux comme si elle se réveillait. Il ne distingue pas les traits de son visage. Sa silhouette courbée se détache en contrejour sur la lueur jaunâtre baignant l'habitacle. Il tend deux billets de vingt, elle dit d'accord et l'invite à entrer. Il s'assoit sur une banquette faisant office de lit, couverte d'un drap à grosses fleurs bleues. Ça sent le tabac froid et le désodorisant parfumé à la menthe. Elle le regarde à peine pendant qu'elle ôte son boléro, dévoilant des petits seins et une longue cicatrice sous les côtes, près du foie. Alors ? elle dit. T'es venu comment ? Il hausse les épaules puis guide la main de la fille vers son entrejambe. Tu me suces, il répond. Elle dit encore d'accord et elle l'installe sur la couchette et défait son pantalon et s'active sur lui avec de feints gémissements d'aise. Il se retient, il attend encore, il regarde autour de lui des photos accrochées aux cloisons. Des lagons, des plages bordées de cocotiers, des femmes écartelées. Il tient la fille par les cheveux, il l'oblige à calmer son empressement, il dit attends un peu mais il vient brusquement et la fille se dégage et se retourne pour prendre dans une boîte un mouchoir en papier. Pendant qu'elle crache dedans et s'essuie la bouche, le dos tourné, il enfonce son couteau dans sa nuque puis frappe et frappe, malgré ses cris, malgré la bombe lacrymogène qu'elle a réussi à saisir il ne sait où ni comment et qu'elle parvient à déclencher alors il ne voit plus que cette masse se débattant et hurlant et s'accrochant à son bras, si bien qu'il fait passer le couteau dans sa main gauche et l'enfonce dans le visage, et sent la lame buter contre de l'os et finit par expédier un coup de poing dans cette face masquée de cheveux collés par le sang.

Il force sur la poignée de la portière qui refuse de s'ouvrir et entend derrière lui la fille allongée par terre se débattre et pousser des cris affolés comme une qui aurait peur alors qu'il est déjà trop tard. La portière coulisse brusquement et il tombe à quatre pattes sur le macadam, à bout de souffle et tousse et crache, les yeux brûlants, puis se relève et sent son pantalon tomber sur ses genoux alors il rentre sa bite humide, se reboutonne, referme sur tout ça les pans de sa parka et s'enfuit dans une rue déserte bordée de maisons basses aux volets clos. Marchant, comme ivre, il sanglote sans savoir pourquoi.

17

Ils passent toutes les nuits, vers trois heures, dans ce coin-là et longent au pas les fourgons garés en contrebas de la rocade où officient les filles. Ils finissent par en connaître quelques-unes parce qu'entre deux michés elles fument au volant, éclairées par le plafonnier alors ils s'arrêtent, demandent si tout va bien, si elles n'ont pas froid, si personne ne vient les emmerder. Non, personne à part vous, disent les plus hardies, merci de vous soucier de notre confort. Parfois, ils descendent et la conversation se poursuit, un lien se noue. Un lien. Jamais autre chose. Pas de ça chez nous. C'est un peu de la police de proximité, qui se fait là. On connaît son monde, on maîtrise la situation. Quand il en arrive une nouvelle, on procède à un contrôle d'identité, on la convoque au commissariat, on essaie d'en savoir un peu plus sur le marle, on la prévient que le racolage est interdit, qu'on saisira le véhicule et le fric et en général ça s'arrête là sauf quand les riverains se plaignent à cause de bagarres ou d'exhibitions, alors un soir on envoie la cavalerie, on fait tourner les brassards orange et les gyrophares, on interpelle deux ou trois putains qui pleurent ou protestent en gueulant, c'est selon. On prend l'identité d'un client si on en trouve un, et l'on rassure le pékin par la mise en scène des signes extérieurs de sécurité publique, ça clignote et ça claque comme dans sa série préférée. On va secouer dès potron-minet le baltringue qui relève les compteurs, alors Karim, t'as rien pour nous ?

pas de livraison prévue ? Et ton boss ? Il branle quoi en ce moment ? Tu nous as dit que tu nous préviendrais et puis rien ! On s'inquiétait, on te croyait malade, ou pire, rentré au bled pour enterrer ton grand-père et prendre le deuil dans sa boutique d'épices et de plantes aromatiques. Les collègues des Stups lui font les gros yeux, c'est donneuse-donnant, ils lui disent, rapporte-nous quelque chose dans les huit jours si tu veux pas qu'on rouvre ton dossier.

Bref. La routine.

Mais hier soir, ils ont été étonnés de voir grande ouverte la porte du fourgon et ils se sont approchés. La fille était sur le dos, couverte de sang, étendue dans le sang. Elle avait un œil crevé, la bouche ouverte, arrachée, jusqu'à l'oreille. Ça sentait la lacrymo et la merde. On dit souvent que le sang a une odeur, surtout répandu en si grande quantité, mais non, ils n'ont rien remarqué de tel. La merde, oui. Et le gaz lacrymogène. La fille s'était défendue. Ils ont balayé ce carnage de la lueur de leurs lampes pendant une demi-minute peut-être, sidérés, puis l'un d'eux a appelé le central, il a présenté la situation avec des mots heurtés, le souffle court, il ne cessait de leur dire de se dépêcher, vite, il répétait, et le type au standard de nuit a fini par lui conseiller de se calmer, les collègues étaient en train de partir. L'autre flicard s'était éloigné et vomissait au cul d'un camion. Putain, il a dit en s'essuyant la bouche avec de l'essuie-tout qu'ils emportent toujours dans le coffre de la voiture, putain y a un truc qui passe pas. Sûrement le kebab. Putain d'Arabe.

Quand Jourdan est arrivé sur place, Desclaux, le taulier, était déjà là et discutait avec le substitut pendant que les gens de la scientifique dans la lumière des projecteurs, lourds danseurs aux allures d'ours polaires dans leurs combinaisons, évoluaient avec lenteur.

– Donc il a recommencé, a dit le proc en lui serrant la main. Alors l'autre, celui qui s'est défenestré, qui c'est ? Qu'est-ce qu'il a à voir dans tout ça ?

Jourdan a répondu que c'était une bonne question qui méritait en effet d'être posée. Une vingtaine d'appels suite à la parution de sa photo dans le journal et à la télévision, rien de sérieux. Ce type était mort mais on se demandait s'il avait vraiment vécu.

Bernie et Coco étaient là, qui prenaient des notes.

– Alors ?

Bernie a marmonné que ça n'était pas beau à voir, ce dont Jourdan se doutait, à moins de se complaire dans la contemplation macabre de la mort violente.

– Ce mec est un sauvage, a dit Coco. Cette fois-ci, il a laissé de l'ADN. Un mouchoir plein de foutre. Il se fait sucer puis il la massacre. Lui, je le croise, je le tue.

Jourdan s'est approché et a jeté un coup d'œil dans l'habitacle. Malgré l'éclairage cru, il lui a semblé qu'une nuit profonde envahissait le fourgon, émanant du visage détruit.

Laurence, une technicienne, était en train d'installer un sac neuf sur un petit aspirateur.

– Il va falloir penser à le stopper, elle a dit sans se retourner vers lui, la voix assourdie par son masque.

Elle n'a pas attendu que Jourdan réponde et a mis en marche l'appareil. Jourdan n'avait rien à répondre à ça. Il est revenu vers Desclaux et le substitut qui regardaient leur montre.

– Et là-bas ? a demandé Desclaux. Qu'est-ce qu'on a ? C'est le même ?

– Un seul coup, porté à la gorge. Il a été dérangé par un jeune gars qui s'est mis à gueuler et qui a appelé les secours puis est resté auprès de la fille. Il l'a vue mourir. Il est très choqué.

– Vous l'avez entendu ?

Le substitut a agité sa main en l'air pour essayer de retirer sa question. Jourdan a tordu la bouche.

– Je crois qu'on manque tous de sommeil… Bien sûr que

c'est le même. Deux attaques au couteau contre des femmes, dans le même coin, ce serait une coïncidence curieuse.

– On a un signalement ?

– Il l'a vu de dos, de loin, de nuit. Il n'a fait qu'entrevoir son visage quand il s'est retourné vers lui. Homme de type européen, athlétique, 1,80 mètre au moins. Parka sombre.

– La victime ?...

Jourdan a dû reprendre son souffle parce que soudain il étouffait.

– Lucie Dupré. Étudiante en psycho. Vingt ans depuis la semaine dernière. Elle est de Périgueux. Elle vit en coloc avec deux copines.

Les deux autres l'écoutaient en hochant du bonnet, comme ces chiens en plastique qu'il voyait, quand il était gosse, sur la plage arrière des voitures.

Deux routiers dormaient dans leurs camions. Rien vu, rien entendu. Les filles dans leurs camionnettes ? L'un d'eux a dit oui, vers 21 heures, quand je suis arrivé. Mais bon, vite fait, comme ça, j'ai fermé les yeux parce qu'elle était un peu vieille. On a embarqué les rois de la route pour vérifications et prélèvements, on a passé les cabines, les remorques au peigne fin.

Une dépanneuse est arrivée pour enlever le fourgon. Ses gyrophares jetaient des éclats aveuglants. Le commissaire et le substitut, clignant des yeux, en ont profité pour prendre congé. À demain, a dit Desclaux. Oui, c'est ça. À demain. Le magistrat s'est éloigné sans un mot puis s'est soudain retourné. Pardon, il a dit. Je pars comme un voleur. Bonne nuit.

Oui, bonne nuit, a pensé Jourdan. J'étais en train de chercher la formule adéquate.

Ici pour nous c'est terminé, a dit Bernie. Jourdan a regardé les pompiers évacuer le corps enveloppé dans un sac mortuaire. Ils agissaient avec lenteur, précautionneux. Ils ne disaient rien. Coco a accompagné la civière jusqu'à l'ambulance, une main à plat au-dessus du corps comme si elle redoutait que la morte tombe.

Jourdan a appelé Elissalde, qui s'était occupé de l'étudiante. Il avait fallu hospitaliser le témoin, qui avait fait un malaise cardiaque. Sinon, rien de neuf. Elissalde était déjà chez lui, il buvait un café dans sa cuisine. Il voulait dormir une heure ou deux. Il arriverait au bureau un peu tard.

Il était cinq heures passées. Bernie a proposé d'aller prendre un petit déjeuner aux Capucins. Comme ils étaient venus avec leurs voitures personnelles, ils ont décidé de les récupérer plus tard et de partir dans celle de Coco. Ils se sont garés devant le petit commissariat qu'il y a par là, à côté du marché. Un flic est sorti en gueulant que c'était réservé aux véhicules de police, alors vous dégagez. Ils ont brandi tous les trois leurs brèmes. Ça va, reste au chaud. On ne fait que passer.

Quand ils sont entrés dans le café, deux ou trois gus les ont dévisagés. On dirait qu'il y a du beau linge, ici, a murmuré Coco. On est détronchés. En passant près d'un des types, accoudé devant un verre d'alcool, Bernie lui a dit : On se connaît ? Ça me ferait chier, a répondu le type.

Toute la journée, branle-bas de combat. Les tauliers, le directeur régional. Réunion solennelle. Il faut faire vite, chers collègues. Cette fois-ci, on aura un ADN. Vous aurez tous les moyens nécessaires. Tous les groupes doivent s'y mettre. On tenait la grosse affaire. Il se rengorgeait, le dirlo. Un tueur en série, probable. Le mot était lâché. Quelques flicards ont souri de travers. On n'est pas au cinéma ou à la télé, putain. On sentait que le concept avait du mal à percer dans leur esprit.

À la sortie, débats et controverses. On se disputait des rudiments de criminologie. Quelques-uns pontifiaient. Ils avaient beaucoup lu. D'autres ricanaient. Ils en avaient vu d'autres.

Pas plus marioles pour ça. Qu'est-ce que t'en penses toi ? a demandé Gauthier à Jourdan, puisque les Mœurs étaient dans le dispositif. Jourdan a haussé les épaules. Je pense qu'on peut se mettre d'accord pour l'arrêter avant un nouveau passage à l'acte. On lui collera une étiquette quand on l'aura pris.

On a rouvert de vieux dossiers. On a activé les fichiers, on a fait tourner le SALVAC, on a appelé l'OCRVP. Coco, Clément et Bernie se sont mis dessus à plein temps. Les femmes poignardées ont commencé à émerger des banques de données. Jourdan lisait les rapports, les comptes-rendus. Il observait les photos des victimes de leur vivant, ces sourires, ces airs graves ou surpris. Il ne les reconnaissait jamais sur les clichés de scènes de crimes. Il devait se convaincre que c'étaient bien elles. Étendues, recroquevillées, vautrées dans la mort. Les yeux mi-clos, les lèvres retroussées comme si elles exprimaient l'écœurement de ce qu'on leur avait fait. Ces corps ravagés ne pouvaient être ceux des femmes qu'il avait aperçues. Tout cela devenait abstrait, irréel. Soudain, Jourdan ne comprenait plus par quel enchaînement barbare ces corps en avaient été réduits à cela. Tout ce qu'il avait vu, vécu, combattu pendant toutes ces années de police, faisant le gros dos sous les mauvais coups, parlant fort et dru, se défiant de la sensiblerie et des affects, ne lui avait rien appris et n'était qu'une suite d'expériences dénuées de sens.

À un moment, il s'est levé, suffoquant presque. Il est allé faire quelques pas dans le couloir, tenaillé par l'envie d'une cigarette, en a demandé une à Elissalde qui a quitté des yeux son écran et l'a interrogé du regard, remarquant sans doute sa pâleur, et lui a lancé paquet et briquet sans un mot. Il est allé fumer à la sortie du garage, en regardant le ciel, la pluie, hébété, seul au monde. Il a repensé à Barbara. Il l'a vue morte. Il a prononcé son prénom pour congédier sa vision.

Ils ont encore travaillé des heures. Ils se sont fait livrer des pizzas, des barquettes de bouffe chinoise. Ils sondaient les fichiers, remontaient sur des affaires vieilles de vingt ans, regroupaient les modes opératoires, dressaient des topographies, rassemblaient les victimes par âge, apparence physique, profession. Parfois, l'ombre d'un criminel non identifié apparaissait pour se dissoudre dans le brouillard d'une enquête sans issue. Ils ont débroussaillé ce sinistre sous-bois mais n'apercevaient aucun début de piste.

Ils ont mis de côté ces trois affaires non résolues entre 2008 et 2018. Femmes, jeunes, poignardées de nombreuses fois, sauvagement. On est sûr que le poignardeur est droitier. Le vol n'a jamais été le mobile, même apparent. Des objets ont été pris dans leurs sacs : briquets, cigarettes, bijoux. Jamais l'argent. Deux d'entre elles se livraient à la prostitution occasionnelle. Ils ont sorti aussi ces sept disparitions inexpliquées entre 1998 et 2017. Rien de commun entre toutes ces femmes. Ni physique, ni activité, ni lieu de résidence. Gironde, Landes, Dordogne. Les femmes disparues vivaient toutes à la campagne. La première, en 97, dans le Médoc. Enquête gendarmerie. Elissalde a ricané. Jourdan lui a fait remarquer que les pandores avaient fait le boulot. Elissalde en a convenu. Ils commençaient tous les deux à être trop fatigués pour se lancer dans une discussion là-dessus.

Tout à l'heure, un peu après minuit, le dos noué, la nuque douloureuse, leurs yeux se fermant tout seuls sur des lignes de texte qui dansaient et se mélangeaient, ils ont décidé qu'il valait mieux aller dormir un peu.

Jourdan roule sans rien voir autour de lui. La ville presque déserte sous la pluie qui s'est remise à tomber, les couleurs criardes des enseignes de néon, les vitrines allumées pour rien ni personne. Il se rend compte soudain qu'il roule sur les quais et se rappelle à peine qu'il a pris il y a moins de dix minutes sa voiture dans le garage du central.

Cette fille effondrée dans la rue contre cette porte, le sang, le sang encore. Détrempée de sang. Les mêmes chaussures que Barbara. Des Doc Martens. C'est ce qu'il a vu en premier quand il s'est approché. Le liseré jaune au-dessus de la semelle. Quelques battements parasites sont venus faire trébucher le rythme de son cœur. Plus loin, le type qui avait tenté d'aider la fille en essayant d'empêcher tout ce sang de pisser de l'artère déchirée grelottait assis par terre sous une couverture de survie. Jourdan s'est penché vers la morte pour scruter son visage et gommer celui de Barbara venu s'interposer. Effroyable pâleur presque phosphorescente.

Et dans ce fourgon dégueulasse, l'œil crevé de la femme, la joue arrachée, le sang répandu sous elle dans ces odeurs mêlées de fluides corporels, de tabac froid, de merde. Ses cuisses nues, blanches.

Voilà ce qu'il voit. Gros plans. Tout le reste est flou.

La prostituée s'appelait Anna Pereira. Ils ont retrouvé son portefeuille caché sous le plancher du fourgon. Cinq cents euros, quelques photos de famille : un petit garçon en maillot de foot rouge et vert, un couple de quinquagénaires surpris par le flash, les yeux rouges. Une carte d'identité périmée depuis deux ans. Dans un placard, à peine dissimulés, 150 euros pliés dans une enveloppe.

Le tueur n'est pas dans les fichiers. Il dort peut-être à cette heure-ci auprès de sa femme, ou bien se retourne-t-il dans un sac de couchage refugié sous un porche. Ou bien encore…

Jourdan gare la voiture dans l'allée devant le garage. Il éteint les phares puis reste un moment dans le noir. La pluie a cessé. On n'entend plus que le vent et le clapotement lourd sur la carrosserie des arbres qui s'égouttent.

Je veux dormir.

Il entre sans bruit et se déchausse, penché, le dos raide, le front lourd et douloureux comme si son cerveau liquéfié venait s'y accumuler.

Il va dans le couloir et entrouvre la porte de la chambre de Barbara. Lit vide. Il allume la lumière, il fait un pas dans la pièce comme si elle avait pu se cacher pour lui faire une farce. Il fait un tour sur lui-même, humilié par sa bêtise. Cœur emballé, gorge sèche. Il éteint, il sort, triste, déçu.

Il aperçoit de la lumière dans le bureau de Marlène, il frappe légèrement à la porte, la pousse. Elle lui tourne le dos, assise à sa table, face à la fenêtre obscure. Il s'approche et l'embrasse dans les cheveux. Elle ne réagit pas. À peine rentre-t-elle la tête dans les épaules. Elle corrige une copie à l'encre violette. Son écriture menue dans les marges, entre les lignes.

– Barbara n'est pas là ?

Marlène garde la tête baissée, continue d'écrire.

S'il te plaît, pense Jourdan.

– Elle dort chez Seb.

– Seb ?

– Sébastien. Son copain. Tu ne savais pas ?

Elle se retourne, lève les yeux vers lui, ôte ses lunettes. Ses paupières battent et disent un agacement contenu, peut-être du mépris ou de la pitié.

Jourdan bat en retraite. Il parvient à dire bonne nuit dans un souffle qui l'épuise.

18

Elle a traversé le jardin effondré, envahi de végétation, encombré de branches poussées en tous sens, gesticulations lentes des arbustes que le vent animait par moments. Ça sentait l'humus, le champignon. Du liseron avait grimpé sur le portique bleu et vert de la balançoire. Elle a fait le tour de la maison pour vérifier que les volets étaient bien fermés. Un chat s'est dressé dans l'herbe couchée par la pluie puis a détalé quand elle l'a appelé. Il a bondi sur un poteau de la clôture puis l'a observée un instant avant de disparaître.

Elle fait claquer les verrous et reste sur le seuil, face à l'obscurité, laissant souffler sur elle une bouffée renfermée de moisissure et de poussière. Il arrivait parfois qu'elle les entende bouger dans le noir ou parler à voix basse. Il est arrivé qu'elle se précipite dans le salon pour aller les retrouver puis se jetait dans un fauteuil vide, prise d'un vertige, le cœur au fond de la gorge. Il arrivait qu'elle leur parle. Je sais que vous êtes là. Montrez-vous. C'est moi Louise. Où êtes-vous ? Pourquoi vous êtes partis ? Pourquoi vous m'avez laissée ? Elle les invoquait à voix basse, chuchotant dans la lueur dansante des bougies qu'elle allumait, puis épiait le silence pour y deviner un murmure, et scrutait les ombres qui remuaient sur les murs. Papa lui avait raconté qu'après la mort de sa fille, Victor Hugo convoquait son esprit, percevait sa présence. Elle se rappelle les notations dans *Choses vues* : « Frappements, trois fois. » Elle s'était précipitée sur ces pages et les avait lues comme le conte fantastique d'un amour capable de faire revenir les morts.

Les deux siens n'étaient pas revenus alors elle aurait voulu les rejoindre mais elle avait trop peur du néant qui l'attendait sûrement. Ni au-delà, ni Dieu. Le vide et les ténèbres étaient ici, autour d'elle, en elle. Elle s'y débattait comme on se noie dans une eau glacée.

Ils ne sont plus là. Elle le sait. Elle a voulu croire que la maison serait un lieu sacré, un espace intermédiaire entre les vivants et les morts, où elle pourrait fixer avec eux des rendez-vous mais ils ont cessé de venir et elle s'est aperçue que leur présence désespérément silencieuse n'était rien d'autre qu'une douleur tendre qu'elle s'infligeait, un chagrin complaisant. Elle séjournait des heures dans des limbes où ils n'étaient pas, où ils n'avaient jamais été, puisqu'ils n'étaient plus.

L'alcool, les drogues l'avaient jetée dans un enfer d'absolue solitude où elle abandonnait son corps de sable au flux et au reflux des marées.

Elle parcourt les pièces à la lueur de son téléphone. Le bureau où ils travaillaient, leurs tables face à face. Elle les entendait corriger leurs copies, râlant parfois, éclatant de rire, ou bien se faisant lire les bons devoirs. Elle passe son doigt sur la poussière déposée sur les tables, elle distingue encore leurs prénoms qu'elle a tracés un jour et les entoure d'un ovale en forme de nuage enfantin. Un oncle, après leur mort, est venu tour ranger. Il était alors question de vendre la maison, comme la bergerie dans les Pyrénées. Les cartons sont encore là. Les livres sont restés sur les étagères. Elle jette un coup d'œil aux titres alignés, aux noms des auteurs.

Un jour, au début, elle en avait ouvert un, *L'Éducation sentimentale*, dont sa mère lui parlait souvent, un roman d'amour impossible qu'à quinze ans Louise avait envie de lire mais qui l'avait repoussée parce qu'il était trop gros. C'était un livre de poche au dos cassé d'avoir été lu si souvent et à peine l'avait-elle ouvert qu'une feuille de papier en était tombée, pliée en deux, où elle avait retrouvé la belle écriture rythmée de sa mère posant des questions sur le point de vue de Frédéric spectateur de la révolution de 1848, sa vision du peuple insurgé. Le cœur de Louise avait bondi. L'écriture vivait là, sous ses yeux, forte et cadencée comme la voix que Louise entendait lui lire ces quelques lignes. Feuilletant le livre, elle avait retrouvé dans les marges des commentaires, des passages encadrés, et la voix continuait de chuchoter, et le roman lui était apparu soudain comme un grimoire dont émanait une obscure magie qui l'effrayait. Elle l'avait remis à sa place, bien serré entre deux autres, ses pages comprimées d'où plus un sortilège n'aurait su s'échapper, puis s'était enfuie de la pièce non sans en refermer soigneusement la porte pour que rien ne la poursuive.

Louise n'a jamais plus ouvert aucun livre de cette bibliothèque. Elle les effleure à peine comme si elle redoutait qu'ils tombent en poussière, elle s'attarde en rêverie devant quelques titres, puis s'éloigne. Elle a vu le mois dernier un film où le père d'une jeune fille, disparu de l'autre côté du temps à bord d'un vaisseau spatial, parvenait à communiquer avec elle en faisant bouger les livres de la bibliothèque, prisonnier d'une autre dimension spatio-temporelle. Il rentrait sur terre, quelques années plus tard, au moment où sa fille, une vieillarde, agonisait entourée de ses enfants et petits-enfants. Après la fin du film, Louise est restée devant son écran à pleurer doucement malgré l'extravagance de cette histoire, déchirée par les espoirs déraisonnables auxquels l'imagination fait croire pour les décevoir aussitôt.

Elle a froid. Elle se blottit dans un fauteuil dont le cuir craque et grince sous elle.

Elle se rappelle parce qu'elle ne peut pas s'en empêcher.

Elle avait voulu voir où ça s'était produit. On l'y avait

amenée dans un état d'hébétude confinant au rêve éveillé, au point que pendant un moment elle s'était imaginée capable de remonter le temps et d'empêcher l'accident. La route est droite, à cet endroit, depuis des kilomètres, au milieu des pins, tranchée taillant dans cette monotonie funèbre. C'était l'hiver, la pluie brouillait les vitres, la forêt comme un mur défendait de rien voir.

L'oncle s'est garé dans un pare-feu. Sa tante a ouvert la portière. C'est là-bas.

Louise s'est débarrassée des mains qui voulaient la soutenir et a marché sur le bas-côté vers le virage qu'elle voyait à une cinquantaine de mètres. Soudain, la marque parallèle des roues écrasait l'herbe, soulevant des mottes de terre. Une trouée était ouverte, fonçant tout droit à travers les buissons et les arbustes arrachés couchés là en tous sens, et s'arrêtait au pied de l'arbre au tronc écorché, son bois nu dégoulinant de résine, où la voiture s'était disloquée.

Louise a marché sur ce chemin cahoteux, suivant leurs dernières traces. Elle a posé sa main sur l'aubier collant de résine et a levé les yeux vers son sommet, hérissement noir sur le fond gris du ciel. De la pluie tombait sur sa figure et mouillait ses yeux. Sa tante a ouvert un parapluie au-dessus d'elle mais Louise l'a repoussée. Ça pleurait sur elle qui n'avait pas de larmes. Elle s'est retournée, la route déroulait son ruban et venait vers elle de si loin. Elle aurait aimé à ce moment-là voir surgir la voiture de ses parents pour se précipiter et leur faire de grands signes puis les voir prendre en douceur ce virage et s'éloigner en leur adressant un petit signe de la main. Peut-être son père aurait-il dit à ce moment-là qu'il avait cru voir quelqu'un au bord de la route, peut-être lui aurait-il semblé apercevoir dans le rétroviseur une silhouette vague agiter sa main…

Elle s'est réveillée de ce songe dans les bras de son oncle qui lui tapotait les joues pendant que sa tante lui essuyait le front. Elle s'est mise debout et s'est tournée vers la route vide. Comme la pluie redoublait, on l'a ramenée vers la voiture. On lui demandait si ça allait, elle répondait que oui parce qu'elle ne pouvait dire qu'elle avait envie de rester là, dans ce virage, pour les attendre et leur faire signe et espérer demain, à la maison, leur retour.

Louise frissonne dans le fauteuil. Elle remonte le col de son gros blouson, cherche son bonnet dans une poche et l'enfonce sur son crâne. Ses yeux sont habitués à l'obscurité et discernent une lueur incertaine dont elle ne sait déterminer l'origine. Peut-être le vasistas des toilettes à l'étage. La masse sombre des meubles autour d'elle la rassure comme un troupeau bienveillant qui se serait approché de cette visiteuse familière, la reconnaissant peut-être comme la petite bergère qui avait couru entre eux, sous eux, pendant les années heureuses.

La clarté de l'écran du téléphone l'éblouit presque.

Sam. J'ai le temps.

Elle avait entendu dire que les gendarmes n'avaient pas retrouvé de traces de freinage. Que la voiture avait quitté la route à plus de cent, comme en avait témoigné le compteur bloqué au moment du choc. Il était onze heures du matin, un samedi. Ils se rendaient chez des vieux copains qui vivaient près de Mont-de-Marsan. Maman voulait revoir Mado, sa meilleure amie, tant qu'elle était encore capable de parler, de marcher, de la serrer dans ses bras, tant qu'elle pouvait encore arracher aux jours qui lui restaient quelques instants de bonheur. Mado riait fort, Mado avait de grands yeux noisette, doux, avec de longs cils qui battaient tendrement quand elle vous écoutait et maman disait qu'en sa compagnie elle avait l'impression que la mort patienterait encore.

Quand elle disait ce genre de choses, papa se levait lentement et allait à la fenêtre et regardait dans le jardin ce qu'il y avait à voir, le prunier, la haie, le toit de la maison voisine, le ciel, c'est-à-dire presque rien.

Louise l'avait surpris plus d'une fois, pleurant le front contre la vitre, depuis le diagnostic : la tumeur n'était pas opérable. Elle grossirait lentement, pendant des mois, occasionnant des dommages cognitifs puis moteurs. Six, douze mois ? On pourrait essayer un protocole de chimiothérapie qui avait parfois donné des résultats. Maman avait dit : Essayons toujours. Mieux vaut perdre ses cheveux que la tête, si jamais ça marche. Elle avait perdu ses cheveux. Au moment de l'accident ils repoussaient, poivre et sel, et papa disait qu'avec ses cheveux courts elle ressemblait à Catherine Sauvage. Qui c'est ? avait demandé Louise. C'est beau comme nom. On ne lui avait pas répondu. Elle les sentait s'éloigner d'elle, par moments, seuls au monde, même quand ils la prenaient dans leurs bras et la couvraient de baisers doux et déchirants comme des adieux.

Elle en est sûre : il a pris sa main, il a accéléré. Ils se sont regardés, ils se sont souri. Louise les voit comme si elle était assise sur le siège arrière.

Un sanglot, un seul, la tire de sa torpeur rêveuse. Conneries. Elle se met debout, se frappe les joues pour se réveiller, regarde l'heure à son téléphone. Je suis en retard.

Sam trotte vers elle, la figure mangée par la capuche de son ciré jaune, comme un petit matelot un peu ivre, louvoyant entre les enfants et les adultes qui attendent encore devant le portail ou s'éloignent sous la pluie. Elle se baisse, elle l'embrasse et ils grognent tous les deux comme des animaux sous la capuche trop grande en se disant des bêtises. Il est question de requin marteau et de sardines. Louise pousse un petit cri en se relevant. Un cri de sardine. Sam éclate de rire et prend une grosse goutte de pluie dans l'œil. Ils se hâtent vers la voiture. Louise jette toujours autour d'elle un coup d'œil circulaire et ne voit rien. Deux jours sans appel ou sms de Lucas. Il est peut-être en prison. Ou mort d'un coup de couteau dans une bagarre. Ne rêvons pas. La vraie bonne nouvelle c'est que demain il n'y a pas école et qu'ils vont pouvoir regarder un film. Louise a retrouvé dans les dvd de ses parents *Princesse Mononoké*, qu'elle a vu quand elle était gamine. Sam aura un peu peur. Il se blottira contre elle. Ils seront bien.

Rien sur le parking devant l'immeuble. Louise salue Aurélie, la voisine du cinquième. Le temps, le boulot. Elle est institutrice. Elle dit qu'elle et son amie voudraient avoir un enfant. Un petit garçon comme Sam, tiens, intelligent et beau comme lui. Elles en parlent beaucoup avec sa compagne, Lisette, mais c'est compliqué. Sam ne la quitte pas des yeux. Il serre la main de sa mère, se serre un peu contre elle. Un soir, il y a quelques semaines, après qu'elles avaient parlé de ça dans le hall, le gosse s'est effondré en larmes. Il avait peur que Louise le donne à Aurélie pour qu'elle ait son petit garçon. Louise a juré. C'est comme si je me coupais les bras et les jambes. Il ne resterait rien de moi qu'une pauvre chose triste. Sam l'a regardée avec effroi, s'imaginant sans doute sa mère ainsi mutilée et il s'est jeté contre elle en criant de peur. Louise avait juré encore, incapable de trouver d'autres mots à lui dire parce que ceux qui lui venaient étaient terrifiants. Le petit s'est endormi dans son chagrin et sa terreur. Le lendemain, en allant le réveiller, Louise a trouvé sur sa table de nuit trois de ses guerriers hérissés de lames et de piques. C'était pour qu'ils montent la garde, avait dit Sam. Mais maintenant, ça va.

Elle cherche ses clés dans son sac. Elle a donné à Sam la baguette de pain qu'ils ont achetée en venant. Un remuement se produit derrière elle, un cri étouffé la fait se retourner. Sam dans les bras de Lucas qui le bâillonne de sa main. Les yeux de Sam exorbités, pleins de larmes. Les jambes de Sam pédalant dans le vide en essayant de donner des coups de pied.

– Ouvre. Magne.

Louise ne tremble pas. La serrure, les deux verrous claquent et quand la porte s'ouvre, l'air lui manque devant l'obscurité de l'appartement comme si elle s'apprêtait à sauter dans le vide. Lucas tient toujours le petit garçon et la pousse devant lui. Elle entre dans le salon, lance à sa droite une main pour allumer.

– Assois-toi là.

Lucas montre le canapé. Il s'installe dans un fauteuil, Sam sur ses genoux. Sam bouche ouverte ravalant ses sanglots. Les sourcils froncés, l'air furieux. Louise cherche son regard, le croise, essaie de lui faire comprendre que ça va aller alors le gamin bat des paupières, deux fois.

Soudain, Lucas écarte le gamin de lui et le toise.

– C'est qui ton père à toi ? Samir, hein ? Elle dit Sam mais c'est un nom bougnoule, pas vrai ? Alors cette pute elle s'est fait remplir par qui ? Comment il s'appelait ? Mohamed ? Farid ? Nourdine ? Tu sais ce qu'ils font aux enfants, ces bâtards ? Tiens, regarde.

Il sort un couteau de sa poche, fait jaillir la lame, la pointe sous la gorge de Sam. Sam pleure sans bruit. Louise se lève en hurlant.

– Un geste et je le saigne. Fais juste un geste. Moi, j'en ai rien à branler.

Louise se rassied. Elle suffoque dans une cage de verre embuée. Elle s'entend dire « Laisse-le il ne t'a rien fait c'est un gosse. Je t'en prie. Tu as toujours été correct avec lui. Tu lui portais de bonbons, tu te rappelles ? »

Lucas secoue la tête. Non, il ne veut pas se rappeler. Son visage est luisant, cireux. Ses yeux s'exorbitent par moments. Il a bu, il a probablement pris de la drogue. Cocaïne. Il est au bord de la perte de contrôle. Il maintient la pointe du couteau sous le menton de Sam. S'il te plaît, dit-elle encore. Laisse-le.

Lucas serre Sam contre lui pour l'embrasser dans les cheveux. Tu vois que je l'aime ton bâtard ? Qu'est-ce qu'il te faut ?

Brusquement, il soulève l'enfant, le secoue, le jette au sol. Regarde ! Ce con il m'a pissé dessus ! T'es même pas capable de le rendre propre, même les truies savent élever leurs petits !

Sam s'est réfugié sous la table, roulé en boule. Louise ne voit que son dos rond secoué par les pleurs. Elle lui dit d'aller dans sa chambre, de se changer. Elle lui dit c'est rien c'est rien mon p'tit cœur. Sam s'extrait d'entre les pieds des chaises en rampant puis il part à quatre pattes dans le couloir sans un bruit. Louise regarde Lucas en train de s'éponger les cuisses avec un mouchoir en papier. Il marmonne des ordures. J'aurais dû l'égorger ce fils de pute. Il tient son couteau dans une main et s'essuie de l'autre puis il jette la boule de papier humide vers Louise.

– Viens.

Il agite son couteau vers elle. Il se lève, déboutonne son pantalon et sort sa queue.

– Viens, répète-t-il.

Louise ne bouge pas. Elle regarde son engin en s'efforçant de sourire avec mépris. La haine, la peur la font suffoquer. Elle trouve au fond d'elle un peu d'air pour parler.

– Pauvre con. Un couteau dans la main, la bite dans l'autre. Tu t'es regardé ?

Lucas renverse la table basse d'un coup de pied. Le plateau de verre explose. Fracas. Louise pense à Sam en train d'entendre ça, l'oreille collée à la porte. Lucas est déjà devant elle, il l'attrape par les cheveux, il pose la lame de son couteau sur sa gorge, force sa bouche. Louise sent l'odeur d'alcool qui transpire de tout son corps, elle sent la puanteur aigre de son sexe, elle a l'impression de sucer un poisson avarié. Elle pourrait le mordre, essayer de trancher net cette saloperie qui cogne au fond de sa bouche et lui donne envie de vomir, elle pourrait mais la lame la blesse déjà, un peu de sang coule, tiède, presque caressant, sur sa peau.

Il vient vite. Il grogne et la repousse. Elle crache, elle s'essuie la bouche avec un coussin qui traîne là, reprend son souffle, crache encore. Sale enculé. Les mots lui éraflent la gorge. Elle tousse, prise d'un haut-le-cœur. Elle cherche autour d'elle quelque chose à lui enfoncer dans le ventre, un objet en verre qu'elle pourrait briser pour l'égorger. Il n'y a rien. Elle trouve une télécommande qu'elle lui jette au visage. Le coup de pied dans l'épaule la renverse et elle se tasse en chien de fusil, les mains autour de la tête, les coudes pliés sur ses seins. Lucas la prend par les cheveux, et la frappe du poing sur l'oreille, l'atteint au menton et Louise se recroqueville encore, le dos contre le canapé pour empêcher le coup de pied qui pourrait la casser en deux et la paralyser pour toujours. Elle l'entend haleter au-dessus d'elle, les bouffées de son haleine alcoolisée se mêlent aux relents de foutre qui lui remontent de la bouche, il ne dit rien, il cogne et s'exaspère sur cette masse compacte qu'elle est devenue, contorsionniste tabassée qu'on pourrait loger dans une valise sur la piste de ce cirque dément.

Réfugiée au fond de sa terreur Louise n'a pas mal, elle ne sait pas si quelque chose est cassé en elle, un os brisé, un organe meurtri. Louise ne sait pas si ça saigne quelque part, elle s'est repliée loin dans un tunnel imprenable avec ses fantômes, avec Sam, son petit, avec les quelques souvenirs qui lui font du bien, un tunnel dans lequel le fauve en train de s'acharner sur elle ne pénétrera jamais et où elle pourrait mourir entourée de ses trésors comme une reine antique. Elle serre encore ses bras autour d'elle en essayant de se blottir au fond de sa grotte et le coup suivant soudain ne vient pas, elle n'entend que le souffle saccadé de Lucas figé au-dessus d'elle puis la sonnette, frénétique, puis le tambourinement à la porte d'entrée puis les appels, Louise ! Ouvre ! J'ai prévenu les flics ! La police arrive !

Naïma.

Lucas s'éloigne, Louise voit à travers ses larmes sa silhouette s'enfoncer dans l'obscurité du couloir, elle entend la porte s'ouvrir et heurter le mur puis le cri, le remuement d'une lutte puis, dans le silence qui se presse à ses tympans en bourdonnant, les gémissements de l'amie.

19

Il ne dort plus. Deux nuits les yeux grands ouverts sur le plafond qu'il distingue à peine, carré pâli d'une lueur fossile, pesant sur lui, menaçant de descendre imperceptiblement et de l'écraser un jour.

Des rêves, pourtant. Le sommeil vient le prendre sans s'annoncer, se retire et l'abandonne comme la mer fait avec les débris, les algues arrachées, les cadavres. Il doit alors calmer son cœur secoué par la fureur et l'effroi. Il baigne encore à marée basse dans une flaque d'eau tiède, le souffle court, et il ne sait pas s'il a vraiment frappé maman, il se débat et se redresse et s'adosse à la tête du lit, massant sa main encore chaude et presque douloureuse des coups qu'il a donnés, des larmes plein la figure.

Elle se collait à lui, sa bouche maquillée cherchant la sienne, ses mains s'insinuant sous son tee-shirt, et lui tâchait de l'éloigner en la tirant par les cheveux mais il était sans force et elle pressait son visage dans son cou, sur le point de la faire tomber sur le lit qui l'empêchait de reculer. Puis il est parvenu à la repousser en hurlant salope, arrête ça, mais comme elle revenait sur lui avec ce même sourire alangui, les yeux fermés, mon fils, mon homme, il l'a giflée, il a enfoncé son poing dans son ventre mais elle ne pliait pas sous les coups, elle ne renonçait pas et tendait encore ses bras vers lui, non, maman, implorait-il, non, ne fais pas ça, et il continuait à la gifler, il martelait sa gueule à coups de poing, espérant entendre se briser les os de sa face mais son sourire de femme ivre ne s'effaçait jamais, un couteau, il lui aurait fallu un couteau pour arracher ce masque hébété alors qu'il n'avait que ses mains nues, il hurlait, l'injuriant, il la maintenait loin de lui, le bras tendu, sa main serrée autour de son cou et quand brusquement elle est tombée à genoux, geignant et pleurant et demandant pardon, il a hoqueté de tristesse et s'est retrouvé en larmes étendu dans ce lit humide de sueur.

Il ne dort plus. Ça n'est pas dormir, cela. Il voudrait se perdre dans le sommeil, sombrer dans le néant pour se réveiller neuf et propre dans la clarté et prendre pied dans la lumière d'un jour nouveau. Oublier. Se lever un matin tel un amnésique et renaître dans l'innocence.

C'est ce qu'il a essayé de dire au chien, l'autre nuit. Il est sorti vers trois heures du matin et il a couru longtemps dans l'air humide puis a marché au hasard, enjambant l'autoroute, le pont vibrant au passage des camions, et il a erré dans des rues inconnues, surprenant parfois de la lumière à une fenêtre, une silhouette derrière une vitre. Il s'est retourné à un moment puis a vu ce chien qui le suivait à distance. Un chien noir qui s'est arrêté et l'a observé, la truffe au ras du sol, puis a marché vers lui quand Christian s'est accroupi et l'a appelé et a tendu vers lui sa main où l'animal est venu poser son mufle.

Il a parlé au chien tout en caressant sa tête, il lui a demandé ce qu'il faisait là, moi j'attends que le jour se lève, mais il faudrait que je dorme, bien sûr toi tu t'en fous tu peux pas comprendre. Il lui a dit tout ce qu'il attendait de son impossible sommeil et d'un jour qui se lèverait si différent des autres, un jour vraiment nouveau, tu vois, avec des gens que je ne connaîtrais pas, qui ne sauraient rien de moi et ne me demanderaient rien.

Le chien semblait l'écouter, sa grosse tête reposant au creux de sa main, alourdie peu à peu comme s'il s'endormait. Le vent s'est mis à souffler par bouffées et a jeté sur la bête et l'homme des poignées d'embruns. Soudain le chien s'est ébroué puis a bâillé, s'est étiré, s'est gratté frénétiquement derrière une oreille.

Christian a regardé autour de lui la rue déserte, brouillée de crachin. Le chien, tout à ses ablutions, ne s'intéressait plus à lui. Connard de chien. Allez, casse-toi. Il lui a expédié un coup de pied que le chien a esquivé, puis il a recommencé à marcher, la tête dans les épaules, la figure mouillée, le froid commençant à pénétrer le tissu de son sweat. Il a presque couru mais la fatigue lui ankylosait les jambes. Il lui semblait qu'il aurait pu s'endormir là sur le trottoir, sous la pluie, tout de suite. Il a pressé le pas autant qu'il a pu. Il était près de 4 h 30. La pensée de la journée de travail qui s'annonçait, de leurs gueules à tous, dans le bus, au boulot, des livraisons, du camion à manœuvrer, l'idée d'avoir à leur parler, de faire semblant de s'intéresser à leur paperasse, aux clients, d'obéir, oui, d'accord, ça marche, pas d'souci, émettre tous ces mots vides qu'on balançait autour de soi à longueur de journée pour dire son acquiescement, sa docilité, sa soumission, alors que la plupart du temps on pourrait dire oui, ça va, j'ai compris, fais pas chier, je vais le faire, ton putain de boulot, ferme donc ta gueule, cette perspective de devoir affronter cela sans avoir dormi, avec dans les jambes, tout le jour, l'envie de se coucher n'importe où et de pioncer ne serait-ce qu'une heure lui a arraché un râle de rage et d'épuisement.

C'est en tournant le coin d'une rue qu'il s'est aperçu que le chien le suivait. Il a fait trois enjambées gesticulantes dans sa direction pour l'effrayer mais l'animal s'est arrêté, l'air apeuré, puis s'est remis à trotter derrière lui. Par moments, entre deux lampadaires, du chien si noir il ne distinguait que les yeux luisant d'une clarté bleutée. Un coup de vent plus fort que les autres a obligé Christian à tourner la tête et il s'est figé en voyant le trottoir vide. Il n'y avait rien à cet endroit. Aucune voiture garée. Il a attendu de voir réapparaître l'animal, en vain. Il n'était pas loin de chez lui alors il s'est hâté malgré la fatigue dans ses jambes. Il regardait de toutes parts, il épiait les poches d'ombre. Il s'attendait à revoir le chien qui le suivrait mais dans le noir, dissimulé dans des blocs de nuit. Peut-être en viendrait-il d'autres, comme une meute, qui le serreraient de près, grondant, montrant leurs crocs. Il n'était plus qu'un vieil enfant poussé en avant par la peur, à bout de souffle, et il a claqué derrière lui la porte de son immeuble en gémissant.

Il repousse drap et couverture et se lève. Les résonances de son rêve s'éteignent et son cœur se calme. Deux heures du matin. Par la fenêtre, la nuit, encore, son inquiétante tranquillité. Il va dans la cuisine boire au robinet. Il traîne dans son petit salon, allume l'ordinateur, visionne une vidéo porno, cinq minutes, puis éteint tout parce qu'il se revoit dans le fourgon, la femme penchée sur lui, la douceur de sa bouche, et la même colère le reprend et il se cogne à l'entrejambe deux, trois fois et tombe par terre abattu par la douleur sur le carrelage glacé où il se recroqueville en grondant, bien fait, bien fait pour toi halète-t-il, sale truie.

Quand il se réveille, il déplie ses jambes lentement et bascule sur le dos, saisi par la froidure du sol, dans une obscurité qui l'effraie. Il se met debout et attend que les ténèbres cessent de tourner autour de lui puis marche vers la chambre, chaque muscle douloureux, et il tombe sur son lit et s'enfonce aussitôt dans son sommeil, comme une pierre dans la vase.

20

Jourdan croise en arrivant sur le parking l'ambulance du SAMU qui roule lentement puis s'éloigne et actionne son deux-tons en tournant sur l'avenue. Silhouettes entrevues derrière les vitres dépolies. Il imagine la femme allongée sur la civière, le toubib penché sur elle, la perfusion, la lumière blafarde des néons.

Véhicules garés en tous sens, éclairs bleus sur les façades, curieux aux fenêtres. Jourdan se hisse jusqu'au troisième. Coco l'accueille et commence à lui faire un résumé sans le laisser reprendre son souffle. C'est rien, elle dit. Une affaire de violence conjugale qui tourne mal et la copine, appelée en renfort par le gosse, qui prend deux coups de couteau.

Jourdan s'arrête devant la porte de l'appartement 32. Des traînées de sang par terre, un gardien appuyé au battant de la porte, téléphone à l'oreille.

– En effet, c'est vraiment rien, dit Jourdan. Elle n'a presque pas saigné, on dirait.

Coco hoche la tête.

– D'accord. Journée de merde, paroles de merde. Ça te va ? J'ai aidé mon frère à vider la maison du paternel. Figure-toi que je me suis demandé si les fantômes n'existaient pas. On l'a retrouvé partout, jusqu'au fond du moindre tiroir. Partout il était présent.

Jourdan la fait taire d'un geste.

– Ça va. Je connais.

Coco prend un petit carnet, renifle, s'essuie le nez du revers de la main.

– La victime, celle qui a été plantée, se nomme Naïma El Ghazi. Trente ans, hôtesse à l'aéroport. Deux blessures : l'une au ventre, l'autre près du cœur. La fille du Samu ne pouvait pas se prononcer. Elle m'a dit qu'elle avait vu pire. L'agresseur s'appelle Lucas Poujaud. Trente-cinq ans. J'ai pas eu le temps de vérifier s'il était connu chez nous. La fille avait une photo du connard sur son téléphone, je l'ai diffusée. La scientifique est en route.

Jourdan entre dans l'appartement. Un sac à main ouvert, une baguette de pain piétinée. Dans le salon, sur un canapé, il y a une jeune femme brune, renversée contre le dossier, les yeux fermés. Un bout de gaze est fixé sur son cou avec du sparadrap. Un petit garçon pressé contre elle, semblant dormir. Assise à côté d'elle une gardienne lui tient la main. Quand elle voit Jourdan entrer, la flicarde se lève, raconte à voix basse : l'homme l'a frappée, l'a obligée à une fellation sous la menace d'un couteau. L'amie est arrivée, elle avait fait le 17 avant, elle a été prévenue par le gamin qui avait pris le téléphone de sa mère dans son sac à main abandonné dans le couloir. Le type s'est enfui et en sortant il a planté la copine qui cognait et gueulait à la porte. On le cherche. Des patrouilles partout. Pas d'adresse où le loger. Elle ? Louise Andreu, trente-et-un ans. Aide à domicile. On lui a proposé d'aller à l'hôpital, elle a refusé. La toubib du Samu lui a fait une piqûre pour la calmer un peu. Le petit, c'est Samir. Elle l'appelle Sam.

Moue et sourire entendus de la flic.

Jourdan ne lui rend pas son sourire. Merci. Je vais lui parler.

Il contourne les éclats de verre et la carcasse de la table basse détruite. Il va chercher une chaise et s'assied. Le petit garçon l'observe. Ses yeux vont et viennent entre le visage penché vers sa mère et le brassard de police. La femme ouvre les yeux, aperçoit Jourdan, soupire. Elle se redresse avec peine, grimaçant de douleur. Elle porte une main prudente à son oreille enflée, bleuie.

– Commandant Jourdan. Police judiciaire.

– Je leur ai tout dit.

– Ça m'étonnerait. Vous avez répondu à leurs questions, pas aux miennes.

Elle hoche la tête. Ses yeux sont gonflés de larmes et de fatigue. Elle jette un coup d'œil au gamin puis se lève, flageolante. Jourdan tend ses bras pour la rattraper, se lève à son tour. Ça va, elle dit. Elle remue son bras gauche, fait jouer l'articulation de l'épaule, tord la bouche à nouveau.

– Il ne vous a pas ratée, on dirait.

Elle ne répond pas. Elle regarde autour d'elle, immobile, debout près de son garçon, lui caressant le haut du crâne du bout des doigts.

– Je fumerais bien une clope. Je peux même vous en offrir une.

Elle traîne des pieds jusqu'à son sac à main.

– Venez. Sur le balcon. Sam, tu restes là un moment ?

Sam fait oui de la tête. En entrant dans la cuisine, elle va se rincer la bouche au robinet.

– J'ai encore ce goût dans la bouche.

– Vous avez craché ?

Elle se redresse brusquement, lui fait face. Blême, les yeux pleins de larmes.

– Pourquoi ? d'après vous j'aurais pu avaler et me pourlécher les babines ?

Jourdan a envie de se cogner la tête contre la porte d'un placard ou de mettre les doigts dans une prise. Il agite une main devant lui comme s'il pouvait dissiper le malentendu.

La femme est déjà sur le balcon.

– Non, bien sûr, je... la scientifique va arriver, on pourra faire un relevé de traces biologiques.

Jourdan la rejoint. Elle lui tend le paquet de cigarettes et un briquet. Le plaid qu'on lui a posé sur les épaules glisse et menace de tomber. Jourdan le rétablit en le remontant sur sa nuque, par-dessus les cheveux. Vous allez prendre froid. Elle ne réagit pas. La fumée qu'elle rejette est emportée par le petit vent qui vient rôder sur la façade de l'immeuble. Elle est tout contre la balustrade du balcon, le visage levé vers le ciel. Jourdan est en retrait. Il ne voit d'elle que son nez et ses cheveux emmêlés dont une mèche vient flotter devant ses yeux. Elle finit par la repousser puis la fait passer derrière son oreille.

– Bon, vous voulez savoir quoi de plus ? Je suis allée deux fois au commissariat, deux fois ces connards de flics ont refusé de prendre ma plainte en me disant que s'il recommençait ça se passerait mal pour lui, genre pan-pan cul-cul, et là, tout d'un coup, on m'envoie un commandant de la PJ avec brassard et tout, comme dans les films ? Il fallait qu'il poignarde mon amie pour qu'on me prenne au sérieux ? Pour qu'on se rende compte que ce mec est dangereux ? Et si Naïma meurt vous essaierez vraiment de l'arrêter ?

Elle s'est retournée, les joues mouillées de larmes. Elle écrase sa cigarette sous son pied puis se met à pleurer en silence.

– Dites-moi où le trouver.

– Jusqu'à il y a six mois, il créchait chez sa nouvelle copine, une espèce d'alcoolo, ou de tox, je sais pas trop. À Saint-Michel, 14 rue Saumenude. Une sorte d'étudiante financée par papa et qui faisait la pute pour payer ses extras. Il lui cognait dessus à elle aussi. Mais un jour, elle est allée porter plainte accompagnée de papa, qui est avocat. L'autre a pris ses cliques et ses claques et il a déménagé. Il s'est planqué pendant un moment… Pas envie de refaire de la taule.

– Il a fait de la taule ? Quand ? Pour quoi ?

– Il est sorti il y a sept ou huit ans. Il m'a seulement dit qu'il avait fait des conneries.

Jourdan prend son téléphone, appelle le service. Bernie décroche. Il allait partir. C'est l'anniversaire de son fils. Onze ans. Restau, ciné.

Jourdan s'en fout. Lucas Poujaud. Libéré en 2011 ou 2012. On tient peut-être quelque chose.

Bernie dit : tu crois ? Il demande si ça ne peut pas attendre demain parce que là, ils sont tous au pot de Colin, un capitaine des Stups qui vient de passer commandant et qui part en Guyane. Non, ça ne peut pas attendre. Et merde, dit Bernie, et il raccroche. Jourdan revient dans l'appartement et appelle Coco. Les techniciennes de l'IJ sont en train de s'installer. Il dit à Coco de téléphoner à Bernie puis de rentrer au service pour la recherche sur Lucas Poujaud. C'est l'anniversaire de son fils, dit Coco. Il a dû râler, Bernie. Comment elle sait ça ? Le calendrier. Coco explique qu'ils ont fabriqué un calendrier pour tout le groupe, affiché au-dessus de la cafetière. Les anniversaires des enfants, des conjoints.

Même pour Barbara et Marlène ? Jourdan n'ose pas demander. Louise Andreu a allumé une autre cigarette et les observe à travers la vitre. Jourdan croise son regard et lui sourit. Il ne sait pas pourquoi il sourit. Il sort sur le balcon et la prie de l'excuser. Il croit deviner un léger mouvement de surprise, une expression furtive d'étonnement ou de méfiance dans ses yeux. Il ne sait pas pourquoi il a utilisé cette formule à rallonge un peu précieuse et trop convenable.

Elle lui propose une autre cigarette, qu'il refuse.

– Parlez-moi de Lucas Poujaud.

Elle soupire, murmure non, putain, puis tourne le dos et s'accoude à la balustrade.

– Qu'est-ce que vous voulez que je vous dise ?

Sa voix est sourde, dispersée dans la nuit. Jourdan s'approche d'un pas, puis ne bouge plus.

– Qu'est-ce que je pourrais vous raconter ? Une belle histoire qui commence bien et se termine dans le sang. L'histoire d'une connasse qui a cru trop longtemps au prince charmant, l'histoire de la vipère que le brave paysan réchauffe contre lui et qui se retourne et le mord ? Je crois qu'il y avait une fable de La Fontaine que ma mère m'a racontée un jour et qui m'a fait peur. Alors voilà : figurez-vous qu'au début il était gentil, beau, pas con, qu'il venait toujours avec quelque chose pour Sam et que Sam l'aimait beaucoup, et moi aussi, ce qui m'a poussée à accepter de le voir plus souvent puis de le laisser s'installer un peu, ici, passer quelques jours, aller au ciné, se payer une pizzeria de temps en temps, mener une vie normale, quoi. Vous voyez un peu l'ambition ? Bref, le coup classique, et quand la première gifle est tombée, j'ai cru que c'était de ma faute… j'avais peut-être été un peu vache, je sais plus, j'avais dû avoir une journée compliquée, ah oui, il comprenait pas pourquoi je voulais pas, enfin… Je lui ai dit que j'étais crevée et comme il insistait, je lui ai dit que si lui il se mettait à travailler vraiment un jour, il verrait ce que c'est la fatigue. Je me suis excusée, c'était dégueulasse de lui reprocher de pas trouver de boulot.

– Il en cherchait vraiment ?

– C'est ce qu'il disait. En fait, il se levait vers dix heures, il partait zoner toute la journée et il rentrait le soir en disant qu'il ne trouvait rien. Souvent, il rapportait des gâteaux, une bouteille de vin, ou des bonbons pour le gosse.

– L'argent ?

– Il avait des économies, il disait. Il rendait des services à des gens, qui le payaient pour ça.

– Quel genre de services ? Vous l'avez cru ?

– Oui, je l'ai cru. Je croyais vraiment qu'avec le temps il se poserait, il trouverait du travail, que c'était pour ça qu'il était nerveux et violent. Il disait que quand ça irait mieux on ferait un petit frère ou une petite sœur à Sam. Et ça me rassurait, vous vous rendez compte ?

Elle se tait. Elle regarde sous elle, à l'aplomb du balcon.

– Un jour, il est parti. Quand je suis rentrée, ses affaires n'étaient plus là. Il avait emporté les clés, j'ai fait changer la serrure. Je croyais que c'était fini et c'est là que ça a commencé. Il squattait chez sa meuf et il ne me lâchait plus.

Elle se tourne vers l'intérieur de l'appartement.

– Je crois qu'on vous appelle.

Les filles de la scientifique annoncent à Jourdan qu'elles ont terminé. Elles ôtent leurs combinaisons, remballent leurs mallettes, s'en vont en refermant la porte doucement derrière elles. Jourdan tressaille en apercevant, endormi sur le canapé, le petit garçon dont il avait oublié la présence.

Louise se penche vers son fils et le prend dans ses bras et renonce, les reins douloureux. Elle se redresse en se massant le dos.

Jourdan soulève l'enfant. Il ne se rappelait pas à quel point ça ne pèse rien un petit. Où c'est ? Louise le précède dans le couloir. Elle entre dans la chambre, la lampe de chevet diffuse une clarté verte et bleue. Jourdan pose l'enfant sur le lit, lui enlève ses chaussettes, son pull. Le petit garçon se laisse faire. Son corps mou et souple et chaud. Jourdan retrouve des gestes qu'il pensait ne jamais refaire un jour. Barbara se débattait toujours même dans son sommeil quand on la couchait et qu'on essayait de la déshabiller. Jourdan ne tire que le drap sur les épaules du gamin parce qu'il fait chaud dans la chambre. Il le regarde se retourner, étirer ses jambes, faire claquer ses lèvres comme s'il avait soif.

– On n'a même pas eu le temps de manger, dit Louise. Il a avalé un pain aux raisins quand on est passés à la boulangerie et rien depuis.

Jourdan sort de la chambre. Il entend la femme parler tout bas à son fils.

Dans la cuisine, l'air frais du dehors s'engouffre par la fenêtre, qu'il ferme. Il tire une chaise, s'assied et s'accoude à la table. Il récapitule ce qu'il a appris par Louise Andreu : rien d'utile. L'histoire d'une femme sous l'emprise d'un pervers, banalité où le mal vient se loger et s'enkyste puis répand son infection. Il jette un coup d'œil à la photo du type : il lui trouve un air taciturne, un regard impénétrable. Calculateur. Manipulateur. Mais la sale gueule ne fait pas le sale con. Tous les flics savent ça, ou devraient le savoir. Sauf tous ceux qui se plaisent à l'ignorer et dont il ne fait pas bon croiser la patrouille si votre tête ne leur revient pas.

Jourdan entend couler de l'eau, couiner une porte. La femme entre dans la pièce et esquisse un sourire. Elle s'est changée : jogging noir, grand pull mauve. Elle a ramassé ses cheveux sur le haut de sa tête en forme de palmier penché. Elle a collé un pansement sur la coupure à son cou. Merci, elle dit tout bas. D'avoir couché Sam.

– Qu'est-ce qu'il a vu ?

– Rien. C'est pas ce qu'il a vu. Cet enculé lui pointait son couteau sur la gorge. Vous le croyez ça ?

Jourdan a envie de lui dire qu'en matière de sévices, violences et autres saloperies immondes il croit tout possible.

– Pourquoi il a fait ça d'après vous ?

Elle se lève, sort de la pièce. On entend un remuement de bouteilles. Elle revient avec du bourbon et deux verres. Elle pose le tout sur la table.

– Pour me faire peur, pour me faire du mal, il a fait ça.

– Et au gosse il aurait pu faire du mal ? Vous avez dit qu'il s'était attaché à lui, qu'il lui faisait des cadeaux.

En posant sa question, Jourdan revoit les trois petits morts étendus dans ce couloir, une balle dans la nuque. Cédric Caminade adorait ses enfants. Il aurait donné sa vie pour eux.

– Il était défoncé, il avait bu, sans doute. Je l'ai déjà vu comme ça deux fois. Il perd complètement le contrôle de lui-même. Il a failli tuer un mec qui me matait dans une fête foraine. On tirait à la carabine, il lui a enfoncé le fusil chargé dans l'œil. Heureusement que le forain a gardé son sang-froid et a pu le raisonner. Putain, il avait le doigt sur la gâchette… Une autre fois, il a cassé un pare-brise à coups de poing.

Louise distribue les verres, se sert du bourbon. Allez-y, si ça vous dit.

Le téléphone de Jourdan vibre. C'est Corine :

Naïma El Ghazi hors de danger.

Il montre le message à Louise. Les yeux de la femme se remplissent de larmes. Elle lève son verre, elle sourit, les joues mouillées. Jourdan se sert du bourbon. Ils trinquent. Jourdan observe la femme qui regarde le fond de son verre et continue de sourire. Il jette un coup d'œil autour de lui, repère un rouleau d'essuie-tout, se lève pour en découper une feuille, la lui tend.

– Gâchez pas la bonne nouvelle.

Elle sèche ses yeux, se mouche. S'excuse, puis jette un coup d'œil vers la pendule arrêtée.

Jourdan regarde sa montre.

– Je vais y aller.

Il est debout, les mains sur le dossier de la chaise.

Louise ne bouge pas. Elle lève les yeux, ses paupières battent vite.

– Vous n'avez pas fini votre verre.

Il vide son verre. Il aimerait se rasseoir et rester là en face de cette femme et parler avec elle. Il aime bien sa voix un peu éraillée. Comme si quelque chose s'y était brisé, il y a longtemps. Un voile, comme une élégance tragique posée sur tout ce qu'elle dit, même quand la rage et le chagrin la font déparler. Il faut partir. Il répète qu'il doit y aller, qu'il a encore du travail. Il sort presque avec brusquerie de la pièce, il entend sa chaise à elle racler le sol.

– Je vous raccompagne.

Elle le précède dans le couloir d'entrée, allume, ouvre la porte. Sur le seuil, le sang de Naïma, essuyé sommairement. Louise détourne les yeux.

– Vous voulez que…

– Non. Je vais le faire. C'est pas à vous de nettoyer ça.

– Même une fois propre ça s'efface pas. Je veux dire… Ça reste là.

Jourdan tapote son front de son index.

– Je sais.

Ils demeurent silencieux quelques secondes à regarder ces traces sombres puis Louise frissonne et s'écarte pour le laisser sortir.

– Merci, elle dit. Merci pour tout.

Il extirpe de son porte-carte un bristol sur lequel il écrit son numéro de téléphone personnel.

– N'hésitez pas, surtout. Tout ce qui pourra nous aider à le retrouver…

N'hésitez pas, se répète-t-il en descendant l'escalier.

Il décide de faire un tour au bureau. Dans la voiture, il allume la radio et laisse s'écouler les nouvelles du monde. Le président français n'accepte pas qu'on parle de violences policières. L'Américain, lui, ne voit rien à redire au meurtre d'un homme noir désarmé, abattu de cinq balles dans le dos. Le Turc emprisonne une écrivaine, fait arrêter ses opposants. La bande de Gaza a été bombardée par l'aviation israélienne en réponse à des tirs de roquettes artisanales, quatre morts. Grèves dans les hôpitaux, manifestations massives. La ministre promet que des discussions vont s'ouvrir.

Jourdan éteint. Sales cons. Il regarde autour de lui la ville dans la nuit, les silhouettes tranquilles des passants, ses bâtiments, ses éclairages, les voitures qu'il croise, les feux aux carrefours égrenant, imperturbables, leur code de couleurs, tout cet ordonnancement, ce décorum nocturne, opérationnel de la civilisation industrielle, et il se demande comment tout ça tient encore debout, tous ces réseaux, cette énergie, cet assemblage complexe, tant cela lui semble relever d'un château de cartes auquel on en rajoute sans cesse une autre puis une autre en pariant sur la stabilité de l'ensemble. Il est persuadé, Jourdan, que ça va se casser la gueule, que les lumières s'éteindront, que les images saturant les écrans, les voix surgies du lointain n'arriveront plus nulle part, perdues dans d'infranchissables distances comme ces oueds absorbés par le désert. Il ne sait pas quand ni comment mais il est sûr que ça se produira, chaos climatique, incendies géants, épidémies, les conjugaisons du pire sont déjà imprimées, leurs règles implacables connues de tous, au futur exclusivement. Temps barbare vers quoi on apprend encore des enfants à marcher.

Il tenait cet enfant dans ses bras et il ne pesait rien.

Sur son bureau, Corine a laissé un post-it : Lucas Poujaud, deux ans pour violences aggravées. Six mois quand il avait 17 ans pour des vols avec violence en récidive, peines confondues. Jourdan revient sur sa photo : t'as bien la gueule à ça.

Il passe deux heures à relire des procédures, à consulter les fichiers, puis il s'endort la tête sur les bras sans s'en apercevoir. Il est près d'une heure du matin quand il est réveillé par un téléphone qui sonne, qui n'en finit plus de sonner dans un bureau voisin. Il faudrait qu'il se couche. Qu'il étende quelque part les courbatures qui verrouillent son dos, ses jambes.

Il se couchera près de Marlène qu'il aura réveillée, il le sait, et elle se rendormira avant lui.

21

Naïma enfoncée dans le lit, les yeux tournés vers la fenêtre, des perfusions plantées dans le bras, qui bouge malaisément, avec de petites grimaces qui empêchent son sourire quand elle voit Louise entrer. La douceur de sa peau, l'odeur de son corps, la pression de sa main dans le cou de Louise, l'étreinte précautionneuse qui les tient serrées un instant. Les larmes qui leur viennent et qu'elles congédient d'un même geste, du bout des doigts.

Louise s'assied tout près d'elle, lui prend la main, chaude, s'inquiète de la fièvre, non, ça va, je sors vendredi matin.

Elles se parlent à voix basse, comment tu vas, et toi ? Et Sam ?

Elles se disent la peur, la douleur. Le souffle leur manque parfois pour aller au bout de leurs mots, elles s'enrouent, toussotent pour que ça sorte quand même. Naïma soulève le drap et montre le gros pansement collé au-dessus de sa hanche, le drain sanguinolent qui en sort, la lame est passée tout près du rein, puis elle bouge les doigts de son bras en écharpe, le muscle de l'épaule transpercé, j'aurai de belles cicatrices comme à la guerre.

Louise soulève son pull, montre ses bleus dans le dos, sur les bras, ça vire au jaunâtre, elle passe dessus de la pommade à l'arnica, elle n'a pas voulu que le médecin l'arrête plus de quatre jours. Naïma sort vendredi, le jour où Louise reprend le travail.

Ça fait mal ? Oui, non. Avec du doliprane, ça va.

Et Sam ?

Sam n'en a pas reparlé. Il se colle à Louise dès qu'elle s'assoit, il ne la quitte plus dès qu'il est à la maison. Il ne joue plus dans sa chambre comme avant. Il apporte ses trucs et ses machins, ses monstres, ses legos dans la cuisine pendant qu'elle prépare à manger, et elle l'entend faire se battre ses créatures et grogner, marmonner, souffler, simuler leurs cris quand ils tombent de la table dans des gouffres qu'on peut imaginer brûlant des flammes de l'enfer. À l'école, Louise n'a rien dit parce qu'elle a honte.

Honte ?

Naïma grimace parce qu'elle s'est redressée trop vivement et que la douleur l'a calmée d'un coup d'aiguillon.

Louise explique qu'elle a honte d'elle-même. Pas d'avoir été cognée mais d'avoir supporté ça, d'avoir laissé faire pendant trop longtemps avant de réagir. Et là, même en allant chez les flics elle n'osait pas dire pourquoi elle venait. La première fois, je me suis assise pour patienter à l'accueil du commissariat et il y avait ce con de flic qui me zyeutait tout en s'occupant du type qui venait râler parce que des jeunes faisaient du bruit dans sa rue avec leurs motos. Ce flic il me regardait comme si j'étais soupçonnée de quelque chose, pas comme une plaignante. Comme si j'avais commis une faute, tu comprends ? Il devait renifler de loin la femme battue. Ces flics à force d'en voir ils doivent avoir un flair spécial. On doit toutes avoir un truc particulier sur la gueule, même quand on n'a pas de bleus. Un air craintif comme les chiens battus, justement... je sais pas... Ou alors les ecchymoses ça a une odeur et ces mecs sont capables de la sentir. En tout cas, ce flic me matait par-dessus l'épaule de l'autre con qui pleurnichait à cause du bruit alors je me suis levée et je suis partie et je sentais son regard dans mon dos. Cette fois-là, j'ai gardé ça pour moi et j'ai chialé presque toute la nuit de colère, je te jure, y aurait pas eu Sam je me serais défoncé la gueule contre un mur ou balancée par la fenêtre, putain j'avais l'impression de valoir plus rien, de même pas mériter de vivre, et j'en étais à me dire que l'autre enfoiré avait raison de me taper dessus, de me traiter comme il me traitait parce que c'est tout ce que je méritais, parce que j'étais si facile à dominer et à manipuler...

Elle parle d'une traite, jusqu'au bout de son souffle, sa voix par moments étranglée, et c'est Naïma maintenant qui prend sa main dans la sienne. Elles se regardent. Elles se taisent, se sourient, se pressent les mains, comme s'il n'y avait plus de mots disponibles pour dire les choses.

Une infirmière entre, poussant devant elle une table de soins, et marque un arrêt devant ces deux femmes silencieuses qui se tiennent la main. Elle a collé sur sa blouse bleue un morceau de sparadrap EN GRÈVE. Température, tension. Pansement. Louise doit sortir. Dans le couloir, passe un jeune homme traînant avec lui une potence où pendent deux poches de perfusion. Il dévisage Louise, qui lui murmure un bonjour auquel il ne répond pas puis il s'éloigne, lent, d'un pas incertain, s'appuyant à sa perche à roulettes. Louise s'aperçoit que ses joues sont mouillées de larmes et elle comprend la curiosité de ce type. Comme s'il était si étonnant de voir quelqu'un pleurer dans un hôpital. Elle trouve un mouchoir en papier dans son sac et s'essuie les yeux et se mouche et s'en veut de ces larmes qui coulent toutes seules.

L'infirmière ressort de la chambre et s'approche de l'ordinateur installé sur une table roulante. Louise demande si Naïma va bien et la femme répond que oui, qu'elle a eu beaucoup de chance, qu'à quelques centimètres près... Elle a perdu du sang, il faut qu'elle récupère.

Naïma s'est redressée contre son oreiller. Louise s'aperçoit alors à quel point elle est pâle, sa peau cuivrée voilée de gris. Puis Naïma sourit et ça redonne de l'éclat à son visage.

Tu es ma sœur, songe Louise.

Elles se mettent à parler de ce qu'elles feront quand Naïma sortira. Louise lui propose de venir s'installer quelques jours à la maison. Naïma hésite. Et Sam ? Sam sera ravi, tu parles. On fera un repas de fête. Champagne, langoustines, huîtres, cailles au foie gras. On trouvera une recette sur Internet. Naïma ne sait pas.

La porte s'ouvre. C'est Fousia, la mère, et Nawel, la grande sœur. Elles serrent Louise contre elles puis se jettent sur Naïma. La mère psalmodie sa joie et ses remerciements à Dieu en arabe. Nawel soupire, lui dit de ne pas étouffer Naïma. Les filles éclatent de rire et la mère se fâche un peu puis elle rit elle aussi.

Louise a l'impression de retrouver la légèreté des jours heureux, quand tout allait bien, quand tout son monde était vivant. Fousia lui caresse la joue en lui demandant comment elle va, et ton fils ? Ce contact la fait frémir et lui fait monter dans la gorge un nœud amer. Nawel a toujours cette beauté un peu hautaine, ce profil droit, penchée vers sa sœur, lui parlant à voix basse, accrochant Louise par le poignet. Tu le laisses plus faire, hein ? Et les flics ?

Louise raconte un peu. Rien de neuf depuis quatre jours. Elle essaie de se rappeler le visage de ce flic à qui elle a offert un verre et ne parvient à retrouver que sa voix, les cassures dans sa voix.

Elle dit qu'elle doit partir. Aller chercher Sam à l'école. Les trois femmes se récrient puis l'embrassent. Louise s'arrache à leurs étreintes. Naïma se laisse aller contre son oreiller, contente et fatiguée.

Sam n'a pas insisté comme il le fait d'habitude pour traîner un peu devant la télé. Il a seulement demandé s'il pouvait jouer un moment dans son lit avant de dormir. Louise l'a entendu vaquer à la salle de bains. Il est revenu lui coller un gros baiser dans le cou puis il s'est enfui en courant pieds nus sur la moquette.

Elle le trouve endormi un quart d'heure plus tard, le lit envahi par des guerriers effondrés dans les replis du drap et de la couverture, champ de bataille après le carnage dans les dunes d'une planète molle. Louise range la petite armée dans une boîte, glisse sous le drap, tout contre Sam, le lapin Maurice et couvre les épaules de l'enfant. Elle le regarde dormir un moment, elle s'émerveille devant le miracle de cette respiration paisible qui soulève imperceptiblement la couverture rouge. Elle se rappelle soudain qu'elle ne sait toujours pas, et ne saura sans doute jamais, pourquoi le gosse a nommé Maurice son lapin dormeur.

Pendant dix minutes encore, elle reste assise devant son téléphone. Elle consulte ses messages anciens, en supprime quelques-uns, balaie la liste – si courte – de ses contacts, regarde quelques photos. Sam et Sam et Sam. Naïma radieuse l'autre soir au restau devant son assiette, fourchette dressée. Ma putain de vie, murmure-t-elle. Elle s'en veut aussitôt. Dans sa chambre bleue, il y a un petit magicien qui dort. Il est seul capable d'enchanter les jours.

Elle se décide, compose le numéro. John répond presque aussitôt. Louise abrège les formules conventionnelles.

– Tu peux venir ?

– Qu'est-ce qui se passe ?

– Je te dirai.

– Toi, viens.

– Je laisse pas mon gosse seul. Il dort.

Il note l'adresse. Pour sonner, trois coups brefs, un long. J'arrive.

En l'attendant, Louise va fumer sur le balcon et surveille les allées désertes. Elle fait jouer son épaule douloureuse et se demande si ça ira demain pour laver les vitres de madame Poupard, pour repasser le linge de la Petite Dame. La pensée de la journée de travail l'accable. Comment en sortir. Elle se sent captive comme un chien au bout de sa corde, tiré en arrière dès qu'il voudrait s'aventurer un peu plus loin. Changer de travail. Devenir institutrice ou infirmière. Elle y pense parfois mais le collier étrangleur la rappelle à l'ordre. Se loger. Se nourrir. Sam.

Vendre la maison.

« On ne pourra plus se voir ? »

Elle a dit ça à voix haute. Je deviens folle. Je parle toute seule aux morts, putain.

Une nausée lui brasse l'estomac, elle se précipite vers l'évier pour y cracher un peu de bile. Elle remplit un verre d'eau, boit, avale de travers, tousse et tousse et crache, les yeux pleins de larmes, au moment où l'on sonne à la porte.

Trois coups brefs, un coup long.

John brandit une bouteille de vin blanc. Louise le fait entrer et il hésite devant elle, l'air gauche, attendant peut-être qu'elle l'embrasse, mais comme elle ne bouge pas, il s'éloigne dans le salon pendant qu'elle referme. Il dit que l'appart n'est pas mal du tout, il tourne sur lui-même au milieu de la pièce, sa bouteille à la main. Louise la lui prend pour aller la mettre au frigo.

– T'es propriétaire ?

Louise a décidé de le ferrer. Deux nuits qu'elle ne dort plus en tournant et retournant la question. Alors calme-toi mon cœur et prenons notre souffle.

– Oui. Je l'ai acheté à la mort de mes parents avec l'argent d'une bergerie qu'ils avaient dans les Pyrénées. Un vieux truc de famille que mon père a retapé pendant des années. C'est mon oncle, le frère de ma mère, qui s'est occupé de ça. Il voulait vendre leur maison ici, enfin, notre maison, mais j'ai refusé.

– Pourquoi ?

– Disons que c'est sentimental.

– Ça t'aurait fait de la thune.

– Laisse tomber.

John hausse les épaules puis s'installe dans un fauteuil. Après tout ce sont tes affaires. Louise apporte des verres, laisse John déboucher la bouteille.

Ils trinquent. John fait tourner le vin dans son verre, hume, goûte, joue le fin connaisseur.

– Alors ? il dit. À quoi on boit ?

– À notre santé.

– C'est tout ?

Louise ôte une manche de son pull, le soulève, se met debout, montre son épaule, son dos. C'est bleu, jaunâtre, glauque. On croirait qu'elle est sale. Parfois, elle le pense. Souillée d'une crasse qui sourd de l'intérieur d'elle. Louise frissonne. Sous sa peau froide soudain, sa chair comme faisandée par les coups.

– Il a recommencé, cet enculé ?

Louise se rhabille. Elle boit une gorgée de vin. C'est terriblement bon.

– Qu'est-ce que tu comptes faire ?

Elle vide son verre, se ressert. Elle tousse un peu.

– Le tuer.

Elle a dit ça comme on crache.

John sourit de travers.

– Bonne idée. C'est de ça que tu voulais me parler ?

– Le tuer. Le massacrer.

– Et tu crois que je peux faire ça ?

– Toi ou des amis à toi.

John se lève, fait un tour de la pièce, examine le boîtier d'un dvd puis reste immobile face au mur.

Il se retourne vers Louise, les mains dans ses poches de pantalon.

– Qu'est-ce qui te permet de penser que…

– T'es toujours dans le bizness, non ? Tu connais du monde.

– Je connais personne. Tu te rends même pas compte de ce que tu demandes.

L'homme se rassoit. Il dévisage Louise d'un air grave. Il frotte les paumes de ses mains l'une contre l'autre, lentement.

– Tu veux quoi ? Une arme ?

Louise ne sait plus ce qu'elle veut dire, ce qu'elle veut faire. Prisonnière dans un cube de verre, se cognant aux parois.

– Un flingue je peux toujours t'en trouver un. Mais tu vas faire quoi avec ? Tuer ce sale con ? Partir au trou pour cinq ou dix ans ?

Louise repose son verre. Il lui semble que son estomac va se retourner et que son cerveau est en train de se dilater et force contre son crâne.

John sort un paquet de cigarettes.

– Je peux ?

Louise va fermer la porte du couloir menant aux chambres et ouvre la baie vitrée. L'air frais lui fait du bien. Elle récupère un cendrier et le pose sur la table basse qu'une voisine lui a donnée pour remplacer l'autre, brisée l'autre soir.

– Laisse tomber. J'étais paumée, je voulais que ce fils de pute morfle. Je me suis fait un film, et c'est n'importe quoi. Et puis c'est mon problème. Chacun sa merde.

John soupire. Il écrase sa cigarette avec soin, chasse la fumée qui insistait au-dessus du cendrier.

– J'ai peut-être une idée. Je connais deux mecs. Des frères. Deux dingues qui ont une sorte de dette avec moi. J'ai sauvé leur cul une fois, y a trois ans. Je vais les mettre sur la piste de Lucas, je leur raconterai qu'il me doit du blé, qu'il faut lui faire peur. Ils peuvent lui casser une jambe, lui démonter la gueule. Lui péter un genou pour de bon… Il pourra plus courir, ça va le calmer. Le tuer, non. Tu te rends pas compte.

Ça va chercher trop loin. C'est vraiment des mecs dangereux, ultra-violents. Il faut que je leur parle, qu'ils soient d'accord. Je leur filerai quelques doses supplémentaires. Qu'est-ce que t'en penses ?

Louise n'en pense rien. Elle a entendu John parler dans un lointain flou ; elle a l'impression que ses mots lui parviennent dans le désordre, éparpillés par un vent sombre, et elle s'efforce d'en reconstituer la suite et le sens. Oui, oui c'est ça, se dit-elle. Oui. Lui faire du mal. N'importe quoi, n'importe qui pour lui faire du mal. Elle hoche la tête à mesure que sa haine s'enracine et croît.

– Alors ? Qu'est-ce que tu penses de tout ça ?

Elle sursaute presque.

– Oui, bien sûr, elle dit. Tout ce que tu veux.

John sourit d'un air narquois.

– Tu sais où il crèche ce bâtard ? Où on peut le trouver ?

Louise donne l'adresse de deux bars et d'une pizzeria où Lucas a ses habitudes. Disant cela, elle s'imagine entrer là, une arme à la main, et l'abattre alors qu'il est installé au comptoir en train de baratiner une fille.

John lui dit qu'elle a l'air pensive. En effet, oui. Il est debout, elle lève la tête et fait l'effort de lui sourire. Il lui tend les bras. Il dit qu'il faut sceller leur pacte. Ils s'étreignent, Louise, le front contre sa poitrine, lui tapote le dos et lui dit qu'elle ne sait comment le remercier.

– Ça serait pas si compliqué, il dit. Et ça m'encouragerait à mener ma mission à bien !

Il a un rire bref, il soupire. Il embrasse ses cheveux, il presse son bassin contre celui de Louise.

Louise sent ça contre elle. Une main de l'homme passe sous son pull, ses doigts remontent le long de son dos, réveillent la douleur en passant sur les hématomes.

– Non, dit Louise. Tu me fais mal. Pas ce soir.

Il retire sa main de son dos, la glisse dans le pantalon de jogging, force et la faufile entre ses cuisses serrées.

– Mais si, ce soir, il lui chuchote à l'oreille. Pourquoi pas ? C'est donnant donnant, tu crois pas ? Et puis quand t'es venue chez moi l'autre jour, j'ai pas voulu insister mais j'ai bien vu que ça te chauffait, pas vrai ? Allez, tranquille… Ce que tu m'as demandé, ça s'appelle un contrat. Et dans un contrat chacun doit honorer sa part, tu crois pas ?

Louise ne sait pas quoi dire pour discuter, gagner du temps. Les doigts de l'homme s'agitent entre ses jambes, s'immiscent sous sa culotte. Elle dit :

– Tu me jures hein ?

– Te jurer quoi ?

Il halète. Sa voix assourdie, son haleine chaude, sa langue dans le cou de Louise.

– Que tu le feras vraiment. Je veux dire… Lucas.

Il prend le visage de Louise entre ses mains, la regarde dans les yeux, bat des paupières, l'air ému et doux.

– Je te le jure. Il faut que tu me croies.

Il colle sa bouche contre la sienne, et ses mains s'activent. Ceinture, bouton, fermeture Éclair. Il fait descendre le pantalon de Louise, frotte sa nudité contre la sienne. Louise se relâche, presse ses mains sur la nuque de l'homme.

Ils tombent sur le canapé. Louise ferme les yeux. L'homme grogne des obscénités et des mots tendres. Louise évite sa bouche autant que possible. Il lui fait mal quand il entre en elle, quand il s'agite, et dans son dos, sur ses bras, chacun des coups qu'elle a reçus lui fait mal. Chacun des mouvements de l'homme lui fait mal. Il lui semble que la douleur brûlante remonte jusque dans son estomac et elle se dit qu'elle va lui dégueuler dessus et cette pensée l'aide un peu à tenir jusqu'à la fin. Elle aimerait qu'il se dégage mais il reste encore couché sur elle, sa bouche contre sa joue, mouillée comme s'il bavait un peu. Elle le repousse doucement, il se redresse puis s'assoit. Ses jambes nues, le pantalon en bas des chevilles, renversé contre le dossier, l'air comblé.

Louise se lève, se rhabille. Elle prend une cigarette, va la fumer près de la fenêtre ouverte. Elle entend John bouger derrière elle. Bon, je vais y aller. Je te tiendrai au courant. Il s'approche, la prend doucement aux épaules pour embrasser sa nuque mais elle se dérobe, jette sa cigarette par-dessus le balcon, le raccompagne jusqu'à la porte.

Dès qu'il est parti, elle fait claquer bruyamment la serrure et le verrou.

L'eau chaude, presque brûlante. Le savon. Elle nettoie, elle insiste. Elle essaie d'expulser ça. Elle parcourt tout son corps avec le pommeau de la douche, elle savonne encore, ça commence à sentir bon.

Soudain, Sam est là, dans l'encadrement de la porte, son lapin Maurice à la main, traînant par terre. Louise se retourne vers la cloison, lui demande ce qu'il fait là, lui dit qu'il est l'heure de dormir. Le gosse regarde son dos, ses fesses, les yeux écarquillés. Elle sait qu'il ne regarde pas seulement sa mère nue. Elle coupe l'eau, attrape sa serviette, la noue autour d'elle.

– Ça te fait mal ?

– Oui, elle répond. Mais c'est rien.

22

Ils ne comprennent rien. Comment c'est possible ? D'où sortent ces deux dingues ? Ils se resservent du café. Desclaux, le taulier, en est à sa troisième tasse. Il murmure qu'il s'en fumerait bien une, lui qui a arrêté depuis cinq ans. Elissalde dit qu'à cela ne tienne. Ici, c'est une zone de non-droit. Il ouvre une fenêtre, allume une cigarette, souffle la fumée dans la pluie qui tourbillonne. Averse sur averse. Le taulier dit merde, faudra pas le dire à ma femme.

Jourdan lui non plus ne comprend rien. Il lui a fallu relire deux fois les conclusions des analyses ADN du tueur : elles correspondent à celles du gros qui s'est balancé par la fenêtre. Ils seraient frères. Ou plutôt demi-frères. On ne sait pas si c'est par le père ou par la mère. Jourdan parierait sur la mère. Il a du mal à imaginer un queutard quelconque élever les rejetons de deux partenaires différentes. Encore que ça se soit déjà vu, a signalé Corine.

Elle a connu ça à ses débuts, du côté de Dunkerque. Une des pondeuses était en taule, l'autre entrait et sortait sans cesse de psychiatrie. La troisième avait fait un déni de grossesse et avait refusé qu'on lui présente le nouveau-né. Une fille, en l'occurrence. Le type collectionnait les gros cas dans ce genre, filles perdues, folles, toxicos, toutes des proies faciles, et il héritait de la garde des marmots et touchait les allocs. Pendant des années, il les avait traînés de taudis en caravanes aux toits verdis de mousse, sans roues, posées sur des parpaings dans des campings de fin du monde, aux matelas et coussins puant la pisse et la moisissure. Un jour, pendant sa deuxième année de maternelle, la petite fille avait raconté à son institutrice, qu'elle aimait beaucoup, que papa lui faisait mal avec ses gros doigts et qu'il voulait qu'elle touche son truc. L'institutrice avait ravalé ses larmes et signalé les faits au procureur, comme la loi l'y obligeait.

Des histoires comme ça y en a plein, a conclu Coco. Chacun y est allé de son récit sordide. Jourdan les a laissés bavarder un moment, écœurés, furieux. Deux lieutenants du groupe de Gauthier sont arrivés. Ils ont serré des mains, plaqué des bises sonores, et se sont précipités sur la cafetière.

Le commissaire écrase sa cigarette au fond d'une corbeille à papier puis réclame le silence. On reprend tout à zéro. On essaie de comprendre le rôle de ce frère, le lien avec le tueur. On passe à nouveau la photo dans la presse, à la télé, on vérifie tous les témoignages, tous les signalements, même les plus farfelus. Des questions ? Pas de questions. Il se ressert un autre café, il dit qu'il est bien meilleur qu'aux Stups. Normal, dit Elissalde. Nous on coupe pas la came.

Au moment de partir, Desclaux veut en savoir plus sur cette affaire de femme poignardée l'autre soir. Aucun lien ? Non, aucun. Le type est un violent. Il casse la gueule à sa femme, il la harcèle. Le connard basique. Ce soir-là, une amie est venue sonner à la porte en disant qu'elle avait prévenu les flics, et il l'a surinée en s'enfuyant. Deux coups de couteau, aucun organe vital touché, on se demande par quel miracle. Il a déjà été condamné pour violences, pour agression sexuelle. Il est en cavale. Ce genre d'abruti ça se fait serrer vite fait. Au pire, il va démonter un mec dans un bar et il sera ramené par un équipage en goguette dans le secteur.

Jourdan a débité tout cela avec en tête le souvenir de cette femme triste fumant une cigarette sur le balcon. Ses cheveux sur la figure. Ses mouvements gênés par la douleur. Les larmes qu'elle retenait, peut-être par habitude. Il la chasse de son esprit mais il sait qu'elle y reste cachée depuis trois jours.

Dès que le commissaire est parti, ils font le point. On a sept femmes assassinées dans le département depuis une vingtaine d'années, probablement par le même tueur. En tout cas, trois dont on est sûr. Aucune trace biologique avant l'autre soir. Dans un cas, on a soupçonné l'utilisation d'un préservatif. Avec une prostituée, déjà. Et voilà que l'ADN d'un demi-frère apparaît. On savait déjà que le tueur n'était pas le géant qui a sauté par la fenêtre et que les deux se trouvaient sur la scène de crime. Qui a fait quoi ? Le groupe se remet au travail, à la recherche du détail passé inaperçu, du lien entre les meurtres, scrutant dans les rapports ce qui aurait pu être lu trop vite. Corine et Bernie partent fureter du côté des fourgons où tapinent les filles pour interroger celles qui sont là et voir du côté des camionneurs qui viennent se garer là. L'autre nuit, ça n'a rien donné. Les deux gus qui pionçaient dans leurs cabines ont été relâchés à l'aube, furieux parce qu'ils allaient livrer en retard.

Jourdan passe voir Gauthier, aux Mœurs. Lui non plus n'a rien. Les filles sont paralysées par la peur : elles ne savent rien, ne disent rien, prétendent ne connaître personne. Quant aux souteneurs ce sont des ordures, des minables, mais pas des assassins de ce genre. Pas le profil. Les pressions, les intimidations, le prolongement des gardes à vue n'ont rien donné. L'un de ces aimables entrepreneurs, puisque c'est ainsi qu'on désigne aujourd'hui ceux qui font prospérer leurs affaires en prenant tous les risques, est un honorable correspondant du service. Le bottin de la mondaine, pour le dire à l'ancienne. Il a promis de se renseigner, mais dans un secteur aussi concurrentiel, il est difficile d'obtenir des informations. Ils sont tous sur écoute, mais ils ont changé de téléphones dans la journée de leur mise en liberté. Secret des affaires…

Jourdan prend une voiture et roule vers Saint-Michel. Il se gare devant le commissariat des Capucins, comme l'autre jour, et rabat les pare-soleil marqués POLICE avant qu'on sorte pour le virer. La rue Saumenude, où crèche la petite amie de Lucas Poujaud, est étroite et courte. Un escalier sombre monte vers un puits de jour. Deuxième étage. La porte est peinte en rouge. Violaine Guichard. Du rap cogne fort là-derrière. Les basses font vibrer le battant sur lequel Jourdan a posé sa main à plat.

La porte s'ouvre et apparaissent des yeux lourdement maquillés dévorant le visage fin d'une blonde. Dès qu'elle voit Jourdan, la fille s'apprête à refermer mais il pousse d'un coup d'épaule et entre. La fille est tombée assise et commence à protester mais sa voix est noyée par le bombardement musical. Jourdan repère la petite chaîne stéréo et coupe le son et sort sa carte de police et conseille à la fille de se taire. Elle se tait, roulant des yeux apeurés, et recule, toujours assise, vers le lit contre quoi elle s'adosse et se met à pleurer. Jourdan lui explique qu'il est de la police, qu'elle ne risque rien. La fille gémit, s'essuie les yeux du revers de la main, noircit sa figure, tord la bouche.

Sur une étagère au-dessus d'un petit bureau, quelques livres de poche calés par une bouteille de bière vide. D'autres bouteilles sous le bureau, alignées. Le lit derrière la fille, défait, où sont éparpillés un pantalon noir, des sous-vêtements, un carton de pizza, un ordinateur portable et la lueur bleutée de son écran.

La fille se redresse et s'assied sur le lit. Elle hasarde une main sous les draps et en extrait un paquet de tabac puis commence à rouler une cigarette. Ses mains tremblent un peu mais elle finit par ficher la cigarette entre ses lèvres et la flamme du briquet vacille et Violaine Guichard tire deux bouffées avec avidité en regardant autour d'elle, par terre, par la fenêtre où une éclaircie ensoleille la façade de l'autre côté de la rue. Elle cligne des yeux, détourne le regard.

Jourdan prend un tabouret et s'assied en face d'elle. Il attend qu'elle le regarde mais elle examine sa cigarette, la fumée bleue qui s'élève et ondule.

– C'est mon père qui vous envoie ?

Elle essuie son visage dans le drap et pose sur Jourdan ses yeux gris.

– Votre père ?

– Oui, mon connard de père.

– Pourquoi voudriez-vous qu'il m'envoie ?

– Parce qu'il a peur pour ma vertu, sans doute. Et pour sa réputation, surtout.

Elle ne tremble plus. Elle cherche des yeux quelque chose où écraser sa cigarette. Jourdan récupère la bouteille vide qui calait les livres, qui glissent et s'affalent les uns sur les autres. La fille dit merci. La cigarette grésille au fond de la canette.

– Je me fous de votre vertu et plus encore de la réputation de votre père. Je cherche Lucas Poujaud.

Violaine se lève. Tout son corps raidi se met à trembler.

– Je veux plus entendre parler de cet enculé.

Elle fait un pas pour contourner Jourdan mais il la rattrape par le poignet et l'oblige à se rasseoir.

– Dites-moi où je peux le trouver. Ne me faites pas perdre mon temps.

Elle secoue la tête.

– Il a vécu avec vous pendant plusieurs mois. Vous savez forcément quelque chose. Je peux aussi vous emmener au commissariat. Vous êtes un témoin dans une enquête de police judiciaire et je peux vous faire des ennuis pour entrave à l'action de la justice. Je sais qu'il vous a battue. Je sais que vous l'avez foutu dehors le mois dernier. Je sais que vous vous livrez occasionnellement à la prostitution.

– C'est mes affaires. Et c'est pas de la prostitution.

– Et les coups ?

– C'est parce qu'il était jaloux des hommes avec qui j'allais passer des week-ends.

Jourdan aperçoit sur la table un téléphone et le prend. L'écran s'allume sur la photo d'une petite fille blonde elle aussi.

– Qui c'est ?

– Vous n'avez pas le droit.

– Bien sûr que si. Qui c'est ?

– Ma petite sœur Chloé.

La fille tend la main vers Jourdan pour récupérer son téléphone mais il esquive son geste.

– Dans ce téléphone, je suis sûr qu'on va trouver des numéros intéressants. Ceux des types qui vous paient pour coucher avec vous, par exemple, ou de celui ou celle qui vous a mise en relation avec eux. Ça peut devenir passionnant. Comme une série à la télé. Intrigues à double-fond, ramifications multiples. J'ai des collègues dont le métier est de venir foutre le bordel dans ce genre de scénario. Que pensera Chloé de sa grande sœur la pute ? Et papa ? Il va prendre ça comment ? Il va vous couper les vivres en considérant que vous avez enfin décroché un emploi ?

Violaine pleure. Elle s'essuie à nouveau dans le drap. Les larmes ont effacé toutes les traces de maquillage, ne laissant sur son visage que quelques traînées grises. Elle est une gamine à la figure sale.

– Non… Pas Chloé. Pas elle.

– Quel âge elle a ?

– Douze ans.

– Et alors ?

– Et alors rien.

Violaine frissonne. Elle cherche sur le lit quelque chose à se mettre sur le dos, trouve un pull noir.

– Il vous battait souvent ?

– Nous battre ? Non… C'est pas comme ça qu'il…

Jourdan sent une main froide se poser entre ses omoplates. Ne pas bouger. Ne trahir aucune émotion. On verra ça après. Il se contente de regarder la fille en train de se tasser sur elle-même. Il reste suspendu dans les cinq secondes de silence qui se figent entre eux.

– Lucas, vous voulez dire ?

– Qui d'autre ?

– Non, je... Souvent, oui. Il aimait pas que je le contrarie. Il se mettait tout de suite en colère. Ou alors, quand il était défoncé, il cherchait la petite bête, le détail qui n'allait pas. Il me disait qu'ici c'était un taudis, que c'était dégueulasse et pas rangé alors que lui il laissait ses affaires traîner partout. Une fois, il a balancé des trucs par la fenêtre. Mon ordi, la panière de linge sale, des livres. Les flics sont venus et ils l'ont juste engueulé, ils lui ont dit que la prochaine fois ils l'embarqueraient. Et vous ? Pourquoi vous le cherchez ?

– Dites-moi où je peux le trouver. Il a forcément ses habitudes, des endroits où il traîne.

– C'est grave ce qu'il a fait ?

– Oui. Comme ce qu'il vous a fait. Disons qu'il a franchi un palier supplémentaire...

– Au One Shot, cours de l'Yser. Et il va de temps en temps draguer les étudiantes à la Victoire les soirs de match. Sinon, on allait un peu partout. La pizzeria Tutti Quanti, aussi, cours de l'Argonne. Il connaît le patron, il y a bossé à une époque.

Jourdan se lève. Violaine Guichard reste figée, les yeux dans le vague, voûtée. Jourdan la remercie. Il songe à s'excuser de sa brutalité puis y renonce. Ce n'est pas cela qui a causé ses larmes. Les mots d'un con de flic avec ce qu'elle trimballe de plaies et de bosses, et depuis longtemps, apparemment, c'est de l'eau dans du sable déjà détrempé. Merci, il dit. Merci de votre aide. Elle se met debout, elle tire le bas de son grand pull sur ses cuisses. Jourdan ne l'avait pas vue si grande. Elle fait la taille de Barbara. Elle doit avoir le même âge.

Au moment d'ouvrir la porte, il lui dit :

– Vous savez que vous pouvez porter plainte.

– Contre Lucas ?

– Vous savez très bien de quoi et de qui je parle. Votre petite sœur Chloé vous ressemble beaucoup. Pensez à elle.

– Je ne fais que ça.

Il lui donne sa carte.

– Ne la jetez pas tout de suite.

Elle ouvre la porte, elle attend qu'il sorte, ses ongles crépitant d'impatience sur le bois peint en rouge. Elle redresse la tête pour la première fois depuis qu'il est arrivé et le regarde droit dans les yeux, sans ciller. On devine un sourire au coin de sa bouche. Merci, murmure-t-elle. Je vais voir ça.

23

Quand il entre dans le bureau, il dit bonjour, comme toujours, parce que c'est ainsi qu'il a été élevé, parce qu'il se souvient encore de la petite tape derrière la tête que maman lui assénait quand il négligeait de le faire en entrant quelque part mais Muriel ne répond pas, ce matin, alors il répète, un peu plus fort, lui qui n'aime pas parler fort. Elle marmonne quelque chose qui pourrait bien être un bonjour, sans lever les yeux de son journal, jusqu'au moment où elle semble remarquer la présence de Christian et replonge dans sa lecture.

En réalité, il se fout éperdument que la journée soit bonne ou mauvaise pour ceux qu'il est obligé de saluer, vraiment, ils peuvent tous crever là, tomber à ses pieds, il se sentirait plus libre et l'air lui serait plus léger. Ces gens ne lui sont rien, il est seulement obligé de travailler avec eux, de les croiser dans la rue, de se serrer dans le bus pour les laisser passer, de croiser parfois leurs regards d'aveugles mais en aucun cas ils ne sont ses semblables, il n'y a rien de commun entre eux et lui. Quand il était dans l'armée oui, avec les camarades, il y avait presque une fraternité, ils étaient souvent comme des frères qu'on n'aurait pas connus plus tôt mais qu'on reconnaissait épaule contre épaule secoués dans un transport de troupes ou devant des assiettes pleines de bouffe et de poussière et de sable sous une tente plantée dans le désert. Et en opération, là c'était comme s'ils ne formaient plus qu'un seul corps, Christian avait l'impression que dans sa poitrine battaient tous les autres cœurs de la section. La peur, la rage, la haine de ces nègres feignants et sournois, incapables de se battre face à face, étaient les mêmes. Les officiers disaient c'est toujours comme ça avec ces gens, ils appellent ça de la guérilla mais c'est la guéguerre des faibles, la sous-guerre de sous-hommes, on va pas se raconter d'histoires. Et eux acquiesçaient, autour des feux de palettes, sous un ciel si profond qu'ils n'osaient pas le regarder.

Depuis ce temps-là, depuis que l'armée l'a arraché à ses frères d'armes et l'a renvoyé dans le bourbier de la vie civile sous un prétexte abusif, il sait que ceux qu'il côtoie ne sont que des simulacres, des corps encombrants et lourds, creux comme ces statues de bronze qui se brisent quand on les renverse. Il doit tout le temps faire semblant. Prendre sur lui. Maîtriser ses envies de bousculer ou de crever ces baudruches qui lambinent en travers de son chemin. Je suis un projectile. Lance, sagaie, flèche, dard empoisonné, balle. Écartez-vous. Bientôt, je n'éviterai plus personne.

Il entend de loin la voix de Muriel dire quelque chose alors qu'elle pose le journal bien à plat sur le bureau, lissant le papier de la paume de la main.

– C'est la deuxième fois qu'ils publient la photo de ce macchabée, ça doit être important. T'as vu ça ?

Christian se penche, aperçoit à l'envers la photo occupant le quart d'une page mais il sait qu'il s'agit de Romain, oui, s'emparant du journal et regardant mieux c'est bien lui, cette figure ronde, ce cou gras, cet air stupide, il avait cette gueule-là quand il dormait, vautré sur son lit le matin quand maman essayait de le réveiller pour qu'il se prépare et parte au collège mais lui restait endormi ou bien se retournait en grognant et elle devait certains jours lui piquer le gras de son gros bras mou avec une fourchette, jusqu'au sang parfois, ça pouvait arriver, voilà ce que tu m'obliges à faire, putain, c'est pas Dieu possible d'être comme ça, merde, c'est comme le jour où je t'ai pondu, le bébé est un peu paresseux, disait la sage-femme, des heures et des heures j'ai essayé de te foutre dehors, j'ai cru que j'allais en crever et que j'allais me vider de mes tripes, et toi t'es sorti que la nuit suivante sans rien dire, j'ai pensé que t'étais mort et il a fallu te botter le cul pour que tu te mettes à bramer.

C'est bien lui. Christian se demande s'ils le gardent encore dans un de ces casiers réfrigérés qu'on voit parfois dans les films ou s'ils l'ont balancé dans une fosse commune mais il se doute bien que s'ils repassent ainsi la photo c'est qu'ils cherchent à l'identifier et que s'ils trouvent qui il était ils me trouveront moi. Il sent son visage pâlir, sa peau se tendre.

– Et alors ? dit Muriel. Tu le connais ou quoi ?

Christian repose le journal et croise les yeux noirs de la femme plantés dans les siens, les paupières plissées comme si elle cherchait à deviner quelque chose, comme si elle lisait en lui toutes les pensées qui se heurtent dans son esprit. Alors il reprend le journal, content que ses mains ne tremblent pas, revient sur la photo et dit :

– Il ressemble à un mec que j'ai connu y a quatre ou cinq ans. On faisait du rugby ensemble. Mais il avait des cheveux très noirs, et bouclés comme un Arabe et puis surtout un tatouage là, dans le cou, une sorte de fleur rouge.

– Oui, moi aussi j'ai cru que c'était notre ancien voisin. J'ai failli appeler le numéro qu'ils donnent et puis non, à la réflexion il était plus vieux que ça.

La femme sourit. Elle est peut-être soulagée. Voilà ça peut arriver de croire reconnaître quelqu'un. Alors ? il demande. Y a quoi à faire ?

Un chargement de parpaings et de ciment à côté de Sauternes.

Une demi-heure pour charger le camion. Comme il ne pleut pas, il en profite pour en griller une dans un rayon de soleil. Il examine le briquet doré et ses paillettes. Le patron l'observe, alors il range le briquet dans sa poche. Joli briquet, c'est pour aller au bal ?

Christian explique qu'il l'a trouvé par terre l'autre jour et qu'il fonctionne bien. Le patron rigole. Moi je m'en fous, hein. Chacun son truc.

Il va falloir le jeter, ce briquet. On va me prendre pour un pédé. Il repense à tous ces menus objets qu'il leur a pris, ces paquets de cigarettes ou de tabac, ces miroirs de poche, des poudriers, des bâtons de rouge à lèvres, des médailles, des bagues en toc, des flacons de parfum, tout ce bric-à-brac qui garde longtemps des relents musqués et qu'il respire parfois en essayant en vain de se rappeler leurs visages parce que désormais il les confond un peu toutes, il ne sait plus à laquelle appartenait telle ou telle bricole, surtout les trois premières, celles qu'il a dû porter chez maman jusqu'à ce qu'elle lui dise qu'elle n'en voulait plus, qu'il fallait qu'il arrête parce qu'elle serait obligée un jour d'aller le dénoncer aux gendarmes.

Il l'avait battue ce jour-là. Il s'était rué sur elle comme on tombe au fond d'un trou et là, tout au fond, il l'avait trouvée soudain en pleurs, du sang plein la figure, geignant de douleur et il s'était agenouillé auprès d'elle alors qu'elle s'accrochait à son cou et qu'elle cherchait sa bouche en gémissant qu'elle l'aimait même morte.

Il roule sur l'autoroute et le moteur du vieux camion peine à traîner le chargement. Christian enrage de voir le dépasser les bolides lancés à 150 et il se demande ce qui le retient de faire un écart pour les balancer contre la glissière. Il s'exaspère sur l'accélérateur, ébloui par la chaussée détrempée que le soleil transforme en immense ruban d'acier dépoli, il entend le moteur s'emballer sans aucun effet et il soupçonne que la transmission est foutue et qu'elle va le lâcher en pleine campagne. Son esprit est occupé un moment par cette perspective et il imagine les manœuvres à effectuer par le dépanneur qui viendra le prendre en remorque, mais tout d'un coup lui revient ce qui s'est passé dans ce fourgon avec la pute et c'est comme si on lui posait sur le crâne un casque hérissé d'épingles aussi fines que des cheveux : il la revoit en train de cracher son foutre dans un mouchoir et il comprend pourquoi les flics ont refait paraître la photo de l'autre clodo dans le journal. Il comprend que par les analyses ils savent leur lien. Frères bâtards, comme des chiens.

Si jamais un connard quelconque reconnaît Romain sur la photo…

Il n'ose pas envisager ce qui se passera. Son cerveau se bloque contre la paroi de béton qu'il vient de heurter. Il jette le briquet à paillettes, le regarde rebondir sur l'asphalte.

Sur les routes de campagne, il suit son itinéraire sur l'écran du GPS, se distrait de voir la flèche s'incurver et se tordre. Deux chevreuils traversent la chaussée d'un bond à trente mètres de lui mais quand il cherche, roulant au pas, à les apercevoir dans les bois, plus rien ne bouge et l'on croirait qu'ils ont été absorbés, digérés par la végétation.

Arrivé sur le chantier, une grande maison à deux cents mètres d'un village, il trouve deux types en train de monter un échafaudage, les pieds dans la boue jusqu'à la mi-hauteur de leurs bottes. Par la vitre baissée, Christian entend le plus vieux des deux lui dire de déposer là, en faisant de grands gestes. Il manœuvre dans un pré, sent le train arrière s'enfoncer, stoppe puis descend vérifier qu'il n'est pas enlisé.

– Tu risques rien, ici. C'est mou, mais pas plus. Putain de pluie qu'on prend sur la gueule. On a bien cru que la dalle allait jamais sécher.

Christian regarde le ciel où avance la trouée bleu pâle d'une éclaircie.

– Sûr, putain, c'te pluie.

Le type se met une cigarette à la bouche et le soleil reparaît dès que la flamme s'allume.

– Putain merde, c'est moi qui commande au soleil !

Christian se retourne vers lui, en train de jouer avec son briquet, la flamme tout près de sa figure jetant dans ses yeux ronds de fugaces lueurs.

– Et t'arrives à faire pleuvoir ?

L'homme interrompt son jeu.

– Pourquoi tu dis ça ? Tu trouves qu'y en a pas assez comme ça de pluie ?

– Ben si t'es assez mariole pour faire venir le soleil, peut-être qu'en pissant en l'air tu fais venir la pluie, non ?

L'homme le dévisage en tirant sur sa cigarette.

– Je rigolais, il dit.

Christian lui tourne le dos pour actionner la grue de déchargement. Il se hisse sur le plateau, ajuste les courroies, le crochet, redescend et tombe des deux pieds dans un trou d'eau. Il jure dans ses dents et se met à barboter dans ses chaussures de travail.

– Ah ça, ici, si t'as pas de bottes, tu peux te noyer.

Christian ignore le comique qui lève les yeux vers la palette d'une tonne en train de passer au-dessus de lui. Il se dit qu'il pourrait lâcher le frein du câble et fracasser la gueule de ce crétin. Il se dit aussi que ce n'est sans doute pas le moment d'attirer l'attention sur soi, même à propos de ce qu'on prendrait facilement pour un accident du travail.

Il finit de décharger les parpaings, le ciment, la ferraille à béton. Le type signe le bon de livraison en s'appliquant.

– Voilà un autographe. Un jour, ça aura de la valeur, tu verras.

Quand tu seras élu roi des cons, pense Christian. En remontant dans la cabine, il ôte ses chaussures et essore ses chaussettes et frissonne en remettant tout ça puis, s'éloignant sur la route, met le chauffage à fond et règle la ventilation sur ses pieds.

Tout le reste de la journée, il sert des clients, il aide à remplir des remorques, il dit bonjour, au revoir, merci quand quelqu'un lui glisse un billet de cinq comme pourboire parce qu'il a donné un coup de main pour arrimer une courroie. Il essaie de parler le moins possible parce qu'il s'est aperçu que sa propre voix le gêne, l'empêche de réfléchir et qu'il a vraiment besoin de réfléchir. Il surveille le grand portail par où vont et viennent les camions qui viennent livrer ou charger parce qu'il s'attend à voir se faufiler derrière leurs gros essieux une voiture sombre avec quatre flics à l'intérieur.

À force de réfléchir dans son silence à lui, il en vient à une évidence : il doit aller chez maman pour les sortir de là et tout balancer dans la flotte. La terre retournée ? Il travaillera le lopin avec un petit motoculteur comme un futur potager pour cet été. On y plantera des tomates et des poivrons et des courgettes. Maman aime bien la ratatouille.

Ils ne pourront rien contre elle. Et moi, je serai loin.

24

Louise marche dans l'allée engazonnée de ce cimetière de campagne. Le ciel est gris. Aucune couleur. Masses blanchâtres des pierres tombales. Elle aperçoit des croquemorts portant un corps et, s'approchant, elle sait qu'il s'agit de sa mère. Bras écartés, bouche ouverte. Le cadavre est raide et sec. Les croquemorts le placent dans un cercueil et Louise leur demande : « Et moi ? Vous m'avez mise où ? » Un des hommes lui montre un carré de terre fraîchement retournée : « Ici. » Louise n'éprouve ni effroi ni surprise. Elle voit leur tombe à quelques mètres. Elle se sent soulagée parce qu'elle n'est pas loin d'eux mais la tristesse la submerge et elle se met à pleurer, incapable de bouger, impuissante.

C'est la tristesse qui la réveille. Elle essuie ses larmes dans le drap et cherche à distinguer le volume de sa chambre à la lueur des chiffres du radio-réveil. Donc je suis vivante. Elle aimerait entendre un bruit pour en être sûre. Le passage d'une voiture, la voix de quelqu'un en bas sur le parking, le grondement sourd d'un avion. La douleur dans son épaule la convainc qu'elle n'est pas morte. Presque six heures. Elle ne se rendormira pas.

Debout dans le noir, elle gonfle ses poumons et la douleur lui coupe le souffle. Le bas de son dos se contracte comme une barre quand elle se penche vers la lampe de chevet pour allumer. Elle frissonne en s'habillant. Elle a l'impression que son corps est un assemblage de fibres desséchées sur le point de se déchirer. Elle chasse de son esprit la vision du corps de sa mère fabriquée par son rêve.

Le jour n'est pas levé mais elle sait que l'aube sera là dès qu'elle aura poussé la porte de Sam et qu'elle l'aura vu englouti sous ses couvertures ou étendu, bras et jambes en étoile, sans rien sur lui, au milieu du chaos de son lit où l'on croirait qu'il a combattu toute la nuit. La lumière du couloir se répand dès que la porte s'ouvre. Un chausson traîne par terre, un vaisseau spatial gît sur le dos, crashé sur cette planète étrange. Le cœur de Louise s'arrête. Les jambes de Louise lui manquent et elle doit s'accrocher au montant de la porte pour ne pas tomber.

Sam ?

Elle ne sait pas si elle a crié ou murmuré son prénom ou s'il a seulement explosé sous son crâne comme une attaque cérébrale.

Sam n'est pas dans son lit. Louise court dans le couloir en se cognant aux cloisons. Elle crie Sam, Sam, sa voix se déchire et s'éteint et elle sait qu'après ça elle ne pourra plus jamais rien dire mais quand elle arrive dans l'entrée elle voit dans la pénombre quelque chose bouger par terre et quand elle trouve enfin l'interrupteur, les intestins, la vessie sur le point de se vider brusquement, elle voit le gamin se redresser contre la porte aux verrous fermés, une couverture lui glissant des épaules et elle se jette à genoux près de lui et le prend contre elle et gémit, incapable de dire quoi que ce soit.

Ils restent un moment fondus l'un en l'autre. L'immeuble autour d'eux reprend vie. Une porte grince, des pas descendent l'escalier, une voiture démarre. Louise soulève son fils, le porte dans le salon et l'assoit sur le canapé. Comme ses pieds sont froids, elle récupère la couverture et l'enveloppe dedans. Il sanglote sans bruit. Je voulais pas, bredouille-t-il.

Louise n'arrive pas à parler. Elle pose la main de l'enfant dans son cou. C'est un petit animal qui bouge et se faufile sous son vieux pull et glisse jusqu'à son épaule. Des mots lui reviennent, elle dit :

– Pourquoi tu...

La petite main remonte sur sa nuque, les doigts remuent dans ses cheveux. Louise se souvient que sa mère faisait ça quand elle avait du chagrin.

– C'était pour monter la garde, dit Sam. Pour pas qu'il revienne.

– Et t'aurais fait quoi ? T'es trop petit, tu te rends compte ?

Sam se lève. Il court pieds nus sur le carrelage froid. Tes chaussons. Louise préfère ne rien dire parce qu'elle revoit le gosse dans les bras de Lucas, le couteau sous la gorge, le lit vide tout à l'heure, et la terreur lui noue le ventre. Elle entend Sam chercher quelque chose dans le petit sac à dos qu'il a apporté avec lui dans l'entrée. Il revient coiffé d'un casque de Dark Vador, un grand couteau de cuisine à la main.

– Voilà, il dit. Si j'avais eu ça l'autre jour, pendant qu'il me tenait, il t'aurait pas fait mal. Je l'aurais tué.

Sam la regarde fixement, l'air grave, sourcils froncés, puis il ôte son déguisement et pose le couteau.

– J'ai pris le bien pointu, qui coupe bien.

– Tu peux pas dire ça.

– Pourquoi ?

– Les petits garçons ça tue pas les gens.

Il s'assied à l'autre bout du canapé, les bras croisés, ignorant le regard de Louise qui cherche le sien.

– Alors les grands, eux, ils peuvent. Et puis taper.

– Eux non plus ils n'ont pas le droit de faire ça.

Sam hausse les épaules.

– Moi, j'ai tout le temps peur que tu sois morte.

Louise se rapproche de lui et le serre contre elle. Le gamin croise plus fort ses bras, ramène ses genoux sur sa poitrine. Elle étreint un petit corps dur et compact qui se refuse à elle. Elle cherche des mots. Voilà ce qu'on est tous les deux.

Tellement seuls. La nuit partout. Et ce gosse qui voudrait tuer quelqu'un. Mon fils contaminé, bientôt malade comme nous. Il faut qu'on parte d'ici. Elle pense à des ailleurs. La Bretagne. Souvenirs d'enfance. Pêche à pied. Les crabes cavalant entre les cailloux. L'océan cognant et cognant sur les rochers. Elle se rappelle le bateau pour l'île de Sein, le gros clapot près du phare de la Vieille. Les rues étroites et leurs jardinets pleins de fleurs. Son père aurait aimé passer quelques semaines là, en hiver, sous les tempêtes. Sam aimerait ça aussi. Les cris du vent furieux errant entre les maisons. Comme elle le sent se détendre, elle embrasse ses cheveux.

– Je ne suis pas morte. Je suis avec toi.

Sam hoche la tête. Il murmure « Je sais, mais… »

– On va partir. Loin de tout ça.

Ils restent longtemps sans rien se dire, l'un contre l'autre. Louise sait ce qu'il lui reste à faire. Elle n'ose pas réveiller Sam qui s'est assoupi mais elle voudrait se lever pour faire une liste. Rien que pour le plaisir de relire ses résolutions numérotées, commentées. Il lui semble soudain qu'un avenir est possible et qu'elle peut en finir avec ce train sans destination des jours qui se suivent, accrochés tant bien que mal les uns aux autres.

Puis ils se préparent. Le matin gris-bleu derrière les vitres, l'odeur du café, l'auréole de chocolat aux lèvres de Sam, son silence inhabituel, l'éclat noir de ses yeux quand il les lève vers Louise, la radio et ses échos du chaos.

La liste. Louise l'établit pendant que Sam est à la salle de bains. Sa main hésite, son cœur tressaille quand elle écrit « Vendre la maison. Se renseigner ». Vous n'êtes plus là-bas. Vous êtes avec moi. Je vous emmène avec moi.

Sam revient avec son cartable, son blouson zippé, le bonnet sur la tête. Je suis prêt. Il se chausse. Louise lui dit qu'ils sont en avance, qu'elle doit aller se coiffer pour être belle. Pfff… Sam se met à chantonner.

Dans la voiture, il se demande si Nadia sera là parce qu'hier elle était malade, et Enzo aussi. C'est juste un petit rhume, m'a dit sa mère. Tu verras, elle sera là, ta fiancée. Pfff... T'es bête.

Il retrouve deux copains devant le portail, colle un baiser rapide sur la joue de Louise, s'éloigne en bavardant avec ses deux complices puis, avant de disparaître au coin du bâtiment, il se retourne vers elle et s'arrête une seconde, les yeux pleins de questions.

Laver les vitres chez madame Poupard, lutter contre les traces que le soleil se plaît à y faire surgir, repasser le linge chez madame Le Goff, la Petite Dame, qui n'a guère dormi cette nuit parce que son membre fantôme l'a tourmentée, j'avais mal au pied qu'on m'a coupé il y a dix ans, et après, des démangeaisons dans le mollet. L'autre nuit, j'ai rêvé que ma jambe avait repoussé. Et ces incendies en Australie ? Vous avez vu ça ? Et la Syrie ? Quel monde on laisse aux enfants ? Ma petite fille me dit toujours t'en fais pas Mamie, ça ira pour moi. Pour toi oui, mais pour les autres ? Les autres je m'en fous. Voilà la mentalité des jeunes maintenant. Bien sûr, avec son école d'ingénieurs, elle s'en sortira toujours. Louise la laisse parler et acquiesce à ce qu'elle dit. Ils parlaient comme elle. Ils s'indignaient chaque jour. Ils l'avaient emmenée deux ou trois fois à des manifestations. Louise se rappelle la foule énorme qu'elle apercevait, infinie, sur les épaules de son père, et le bruit des sonos, des slogans, des chants, les banderoles qu'elle demandait à sa mère de lui expliquer, tous ces gens en colère qui souriaient quand même et marchaient, tranquilles, en bavardant.

Nettoyer, repasser, faire les courses. Réconforter, s'efforcer de sourire, trouver les mots qu'il faut, toujours les mêmes. Et vos petits-enfants ? Et votre fils ? Vous restez ici dimanche ? Et le docteur qu'est-ce qu'il en dit ? Vous en avez parlé à l'infirmière ? Vous inquiétez pas. Ça va aller.

Ou bien se taire dans le silence affolant de la dépression – ces visages bleuis par la lueur de la télé, cyanosés par la solitude – ou de l'hostilité paranoïaque de la vieille qui vérifie les tickets de caisse en grommelant ou qui passe derrière Louise son doigt sur le meuble qu'elle vient de dépoussiérer.

Elle sort de sa journée de travail comme d'un tunnel encombré de voitures en panne, leurs conducteurs figés au volant ou assoupis sur le siège arrière. Elle récupère Sam qu'elle trouve couché, la tête sur ses bras croisés, à côté de sa feuille de dessin, où il a esquissé une mer plate, un voilier minuscule posé sur son horizon, surmontée d'un soleil orangé. Dès qu'ils arrivent chez eux, le garçon part dans sa chambre en disant qu'il va terminer son dessin.

Louise sort de son sac la liste de résolutions qu'elle a écrite ce matin et la relit. Elle l'a relue plusieurs fois dans la journée, entre chaque intervention.

John décroche aussitôt. De la musique techno cogne derrière lui. Il parle fort. Il aboie :

– Ouais, qu'est-ce que tu veux ?

– Je te dérange ?

Il hésite. Le volume de la musique diminue.

– Non. Qu'est-ce qu'il y a ?

Louise ne sait pas comment dire ça. Sam entre dans la pièce et lui montre son dessin. Il a ajouté des oiseaux rouges et jaunes au-dessus de sa mer. Et près du voilier, il a marqué « Maman et Sam ».

– Oh, t'es toujours là ?

Louise sourit de travers à Sam. Elle lui montre le téléphone qu'elle a à l'oreille, il laisse le dessin sur ses genoux et repart.

– Il faut tout arrêter.

Une voix chuchote près de John. Il marmonne quelque chose d'inaudible.

– Arrêter quoi ?

– Tout ça. Lucas. Tes mecs. Il faut laisser tomber.

– Tu te fous de moi ?

Elle bredouille que non, mais que ça va trop loin, qu'elle ne veut pas que ça tourne mal. Elle l'entend dire, à l'écart de son téléphone : « C'est ça, casse-toi. »

– Mes mecs, comme tu dis, ils sont déjà sur l'affaire. J'ai passé un deal avec eux et c'est pas le genre à plaisanter avec ça. En plus, ton connard, ils le connaissent. Ils ont déjà eu une embrouille avec lui et ça leur fera du bien de lui péter sa gueule. Je crois même qu'ils l'ont déjà repéré. C'est comme des pitbulls, ces mecs. Quand tu les lâches sur quelqu'un, tu peux plus les rappeler.

La pièce flotte autour de Louise.

– Ils vont pas le…

– Mais non. Ils vont juste lui faire passer l'envie de te foutre sur la gueule.

Louise essaie de réfléchir. Elle repense à l'autre soir. John sur elle en train de se payer. Elle ne sait pas quel marché il a passé avec ces types. Elle est peut-être la récompense qu'il leur a promise.

– Louise, t'es là ?

Il parle soudain d'une voix plus douce. Elle a l'impression qu'il est là, tout près, et qu'il pose ses mains sur elle.

– Je fais ça pour toi, tu sais bien. Ça fait longtemps nous deux qu'on se connaît, pas vrai ? On a ça en commun, maintenant, tu crois pas ?

Elle dit si, bien sûr. Elle essaie de prendre de grandes goulées d'air pour ne pas s'évanouir.

– Y a mon fils qui m'appelle. Il a faim.

– On en reparle, de toute façon.

Louise coupe la communication. Elle pose le téléphone. Elle a peur qu'il se remette à sonner. Ce flic. Elle attrape son sac, fouille, ne trouve rien, le renverse sur la table, voit apparaître le bristol.

– Monsieur Jourdan, enfin, commandant Jourdan ? C'est Louise Andreu… Vous savez, je…

– Oui, bien sûr. Qu'est-ce qui se passe ?

– J'ai besoin de vous. Enfin, il faut que je vous parle.

– Je peux passer vers neuf heures. Je finis un truc ici et je suis chez vous. Ça ira ?

– Oui, oui… Merci.

Elle s'étend sur le canapé, le téléphone sur la poitrine. Un mécanisme s'est mis en branle, dont elle devine les rouages se mouvoir autour d'elle, sans savoir ce qu'ils produiront. Elle revoit Charlie Chaplin devenu fou, absorbé par les engrenages, mais elle ne se rappelle plus comment ça finit. S'il part seul en faisant tournoyer sa canne, ou heureux au bras de sa bien-aimée.

25

Quand Barbara est entrée dans la cuisine, Jourdan avalait son troisième café, sa quatrième tranche de pain grillé blindée de beurre et de confiture d'oranges. Il avait éteint la radio pour interrompre le bruit de fond obsédant du monde en train de se disloquer et le ronronnement affligeant des commentaires. Le silence lui était tombé dessus comme une couverture et il s'y trouvait bien, face à la fenêtre où le matin bleuissait, le jardin finissant de s'égoutter sous le vent. Il a regardé sa fille poser ses affaires dans un coin et se faire un expresso. Elle lui tournait le dos, surveillant le ronronnement de la machine, et il avait l'impression qu'elle n'osait pas se retourner. Enfin, elle s'est assise et lui a souri en soufflant sur sa tasse brûlante.

Marlène avait annoncé une heure plus tôt qu'elle allait partir. Jourdan se doutait bien que prête, coiffée, maquillée, elle était sur le point de partir, même s'il était encore tôt. Comme il avait réagi à peine, elle avait précisé qu'elle avait trouvé un appartement en proche banlieue, pas trop cher, et qu'elle emménagerait à la fin mai. Elle avait ajouté qu'elle était désolée. Et triste, si triste. Mais que ça ne pouvait plus durer ainsi. « Trop de silence, tu comprends ? C'est comme si tu n'étais plus là, avec nous. Comme si tu vivais dans un monde parallèle, avec tes flics et tes voyous. Ou dans une bulle, tiens, en forme de gyrophare. »

Jourdan l'avait regardée longuement alors qu'elle piochait dans le pot de confiture pour charger une tranche de pain. Ses yeux bleu nuit, profonds et pénétrants, sa bouche toujours boudeuse capable de sourires solaires, renversants. La beauté de cette femme qui l'avait saisi dès qu'il l'avait vue. Il se riait des coups de foudre de cinéma ou de romans, des apparitions qui éblouissent, des regards qui se croisent et nouent aussitôt un lien à toute épreuve. C'est pourtant exactement ce qui lui était arrivé ce soir-là à Paris à la terrasse de ce café du boulevard Saint-Martin quand elle lui avait demandé du feu. L'épreuve était venue plus tard, bien plus tard, celle du temps. Il ne sait pas quand le charme a cessé de s'exercer. Comme si leurs pouvoirs magiques s'étaient affaiblis sans qu'ils s'en aperçoivent, les dépouillant de leur capacité à changer les aubes blafardes en matins clairs.

Il lui semblait avoir tout appris d'elle. Du corps et de l'esprit.

Il la regardait alors qu'elle mordait sa tartine, sa tasse de café dans l'autre main où luisait la bague de Murano rouge sang. Elle l'avait regardé à son tour, ses paupières battant follement, et il avait voulu croire qu'elle empêchait des larmes de venir.

– Tu ne dis rien ? Comme d'habitude ?

Il avait senti monter un sanglot. Depuis quand n'avait-il pas pleuré ? Il ne se rappelait que ce jour où Barbara, à dix ou onze ans, avait coulé sous leurs yeux, jetée au sol par une vague, emportée par le ressac. Il avait plongé et l'avait rattrapée dans le bouillonnement soudain glacé, aveuglé d'eau et de sable. De retour sur la plage, il était tombé à genoux, sa gosse dans les bras, et pendant que Marlène lui faisait cracher et vomir l'eau de mer qu'elle avait bue, il avait chialé comme jamais.

– Tu dois avoir raison. C'est moi qui… Tu as quelqu'un ?

Il avait regretté aussitôt sa question. Question de flic.

– Non. Je n'avais que toi.

Marlène avait fini son café puis s'était levée. Elle était restée debout durant quelques secondes, attendant peut-être que Jourdan dise autre chose mais il n'avait plus de souffle alors elle avait pris son sac et l'avait porté à son épaule. Jourdan s'était levé et avait pris sa main qu'elle lui avait abandonnée, détournant les yeux, et il avait embrassé le bout de ses doigts, la bague de Murano, ce rouge pur.

Marlène était partie en disant « Ciao bello » comme une incantation ancienne à la magie épuisée.

Puis le silence. Jourdan s'était resservi du café.

Du fond de ce silence, il observe sa fille en train de prendre son petit déjeuner. Il ne se rappelle pas depuis quand ça ne lui est pas arrivé.

– T'as l'air d'avoir faim.

– J'ai toujours faim le matin. Le p'tit déj, c'est ce que je préfère.

Son téléphone vibre ; elle y jette un coup d'œil, lit un message.

– Oh putain. Il est tard. Tu peux me descendre en ville ? Y a grève des trams.

Un embouteillage les bloque au milieu du fleuve. Plus loin, deux ambulances, une voiture de police, les éclairs bleus. Jourdan attend qu'elle parle. Barbara espère peut-être qu'il dise quelque chose. Dans le bourdonnement du ventilateur de chauffage, l'habitacle est saturé par leurs paroles empêchées. Jourdan baisse la vitre, prend un peu d'air frais.

– Alors ?

– Alors quoi ?

– Ta mère s'en va. Elle t'a dit ?

– Bien sûr.

– Et ?...

Barbara soupire. Elle baisse elle aussi la vitre de son côté, se tourne vers le dehors, accoudée à la portière.

– Elle a raison, je crois.

Ses mots sont emportés par le vent et Jourdan lui sait gré de ne pas les lui avoir lancés en pleine figure.

– Merci, il dit.
– Pourquoi tu me remercies ?
– Comme ça. Ce serait trop long à expliquer.
– Oui, comme d'habitude. Comme c'est trop long à expliquer, tu préfères ne rien dire.

Quand ils passent près des lieux de l'accident, Jourdan aperçoit un scooter au sol, son carénage éclaté. Du sang par terre. Barbara détourne le regard.

– Tu vas aller vivre avec elle ?
– Oui, plus ou moins. Il y a une chambre pour moi. Mais c'est pas très grand.

Ils roulent au pas dans un chaos puant de gaz d'échappement, derrière un semi-remorque espagnol.

– Moi aussi je vais partir, dit Jourdan.

Barbara se tourne vers lui, les yeux ronds.

– Où ça ?
– Loin. Je sais pas où. Faut que je réfléchisse.
– C'est à ça que tu penses depuis tout ce temps où…
– Non, non… Mais si vous n'êtes plus là, rien ni personne ne me retient plus.

Barbara secoue la tête. Elle attrape son téléphone, le consulte comme si elle y cherchait quoi répliquer, puis le range.

– C'est toi qui n'étais plus avec nous. À faire la gueule tout le temps, toujours agacé, distant… Tu rentrais tard ou tu ne rentrais pas. Tu t'es rendu compte de ça ? Maman a cru qu'il y avait quelqu'un d'autre dans ta vie.
– Non. Que vous deux.
– Nous deux peut-être… Et tous ces cons de flics et ces abrutis que tu recherches, que tu interroges, ah c'est sûr, à eux tu continues de parler… Et ces putains d'enquêtes et ton groupe à la con, ta nouvelle famille. Quand tu parlais, tu parlais plus que de ça. Tu te souciais même pas de ce qu'on faisait, de ce qu'on vivait, nous. Tu l'as pas compris ? T'avais

rien à nous dire sur tout ça ? ta vie, la nôtre ? C'était trop long à expliquer, ça aussi ?

Jourdan a l'impression que la voiture a plongé dans un fleuve et qu'ils coulent lentement, piégés par la montée de l'eau, et l'air lui manque et il se retient de happer bouche ouverte ce qui peut encore se respirer, incapable de réagir, paralysé par le froid qui l'enserre. Barbara s'est tue et il lui semble qu'elle pleure, tournée vers l'extérieur, il la voit essuyer sa joue du revers de la main.

Comme ils arrivent près du conservatoire, Barbara lui demande de la laisser là, puisque l'école est tout près. Ses yeux sont secs mais elle est pâle comme une enfant malade.

– Salut, elle dit. Ça me fera du bien de marcher.

Il la regarde s'éloigner, il aimerait qu'elle se retourne mais elle presse le pas, remontant à son épaule son sac qui glissait, louvoyant parmi les passants et il ne peut pas la voir tourner au coin de la rue parce que derrière lui hurlent des klaxons et qu'il doit redémarrer, avancer dans les bruits et le chaos de ce matin où la nuit semble ne plus vouloir finir.

Téléphone. C'est Elissalde. On a retrouvé un couple cramé dans un appartement de Bègles. J'y pars avec Bernie et Greg. Tu nous rejoins ? Jourdan hésite. Il a envie de s'asseoir quelque part loin de tout. L'autre lui demande si tout va bien. Elissalde et son intuition ultra-lucide. Bien sûr que tout va bien. J'arrive.

C'est une maison basse entourée d'un petit jardin, rue Salvador Allende. Curieux sur les trottoirs, voitures de flics en travers de la chaussée, flics en travers des trottoirs face aux spécialistes éventuels de la scène de crime vue à la télé. Les pompiers replient leur matériel. Leur officier, son casque sous le bras, discute avec Elissalde. Jourdan s'approche, salue, écoute. L'origine criminelle ne fait aucun doute. On a identifié des départs de feu à trois endroits, au moins. Essence. On a même des restes du jerrycan. Les corps calcinés ont été trouvés dans ce qui a été le salon, pieds et mains liés par du fil électrique. Le pompier s'éloigne, va parler à ses hommes. Les techniciens de la scientifique pataugent dans l'eau, parmi la noirceur carbonisée. Greg demande à Jourdan s'il veut voir les corps. Jourdan décline. Il fait le tour de la maison, marchant sur le verre des vitres explosées par l'incendie. La carcasse d'une R25 repose sur les jantes. Ça pue l'essence. L'intérieur a fondu, le siège arrière s'est répandu sur le fond et n'est plus qu'un amas figé de meringue jaunâtre. Jourdan aimerait bien qu'on trouve quelque chose d'intéressant dans le coffre. Il est sur le point de demander qu'on l'ouvre tout de suite puis renonce et décide qu'il s'en fout.

Il fait encore quelques pas dans le jardin en friche. Un lilas s'entête, quelques jonquilles sont en train de faner. Il entend derrière lui qu'on se salue, qu'on s'apostrophe. C'est Zamora, des Stups, et deux de ses zombies qui débarquent. Jourdan marche vers eux. Quand il l'aperçoit, Zamora lui annonce qu'ils travaillaient sur ces deux connards depuis six mois et que maintenant c'est foutu. Cédric Garcia et Kenza Arioui. Une grosse livraison attendue, et les deux cramés devaient dire où et quand ça se ferait. Zamora parle vite, allume une cigarette d'une main tremblante avec un Zippo dont il fait claquer le capot comme au cinéma. Jourdan se demande à quoi il carbure, si tôt le matin. Zamora aspire les deux premières bouffées avec un soulagement visible puis raconte que son groupe s'est farci deux semaines de planque sur cette affaire, qu'ils ont pastillé deux bagnoles, qu'ils suivent les pérégrinations de ces enculés entre Toulouse, Marseille et Bordeaux et qu'ils tiennent tous grâce aux amphètes et prennent une douche tous les deux jours pour pas que les voyous les reniflent trop facilement. Il se marre à cette idée, tousse à s'arracher les bronches : les cigarettes qu'il a sans doute enchaînées depuis des semaines. Quand il retrouve son souffle, il avise l'épave de la R25 et se demande ce qu'ils foutaient avec une voiture pareille. Un truc à se faire désosser par les douaniers. Le coffre ? Jourdan ne sait pas. Jourdan s'en fout. Zamora fait signe à un de ses hommes. L'autre revient avec un pied-de-biche et casse le coffre puis saute en arrière et va se plier au-dessus des jonquilles pour vomir ou cracher.

Il y a là le corps nu d'un type, bleuâtre, gonflé, puant la merde. On lui a crevé les yeux. Zamora sur l'instant ne dit rien, interloqué, une main sur le nez et la bouche. Les deux zombies se tiennent à distance, jetant des coups d'œil méfiants au cadavre comme s'il allait leur bondir dessus.

– Il est très mort, leur dit Jourdan. Vous risquez rien.

Zamora se penche, montre du doigt un détail :

– Choufe la gonzesse tatouée sur l'épaule. C'est Maxime Pietri, Maxou pour ses petits suceurs de bites. C'est lui qui devait réceptionner la livraison. Faut que j'appelle le taulier, ça se complique.

Il tourne le dos à Jourdan puis s'éloigne, le téléphone à l'oreille. Les deux zombies se sont approchés et contemplent le cadavre.

– C'est l'effet de surprise, dit à Jourdan celui qui a ouvert. J'en ai vu d'autres, mais je m'y ferai jamais.

– Et moi j'arrive plus à m'y faire, dit Jourdan.

Jourdan rejoint Elissalde qui assiste à tout ça mains dans les poches.

– Une affaire de stups… Zamora est dans tous ses états. Et dans la voiture ?

– La suite du feuilleton. Rien à foutre. Je rentre au bureau.

– T'as l'air bizarre.

Jourdan ne répond pas. Il tourne le dos à ce chaos, s'efforce de respirer à fond pour vider ses poumons des miasmes qui semblent s'y être accumulés. Il reste quelques secondes dans le silence de sa voiture. Il regarde les pompiers manœuvrer pour repartir puis démarre.

Dans le bureau du groupe, Coco et Clément trempent des croissants dans leur café. Madec est là, de retour, et Jourdan le serre dans ses bras en lui demandant comment il va. Ça va. Ça ira de mieux en mieux. Jourdan se sert du café. Il lui semble respirer mieux, il trouve qu'il fait bon dans le foutoir de ce bureau, dans cette odeur de café. Le croissant est bon. Coco explique que le boulanger à côté de chez elle est un artiste.

Ils mettent Madec au courant. Le tueur, son demi-frère, toutes les vérifications à faire et refaire, les recoupements avec d'autres affaires. Ils lui laissent les appels des gens qui croient reconnaître le gros sur sa photo. Quand le reste du groupe rentre, on n'entend plus guère que des bruits de claviers, de dossiers feuilletés, de tiroirs qui s'ouvrent et se ferment.

À midi, ils décident d'aller déjeuner tous ensemble à la cantine. Jourdan les écoute émettre des hypothèses sur le tueur, s'exaspérer de ne rien trouver, plaisanter, aussi, chahuter, se lancer des défis ou des paris improbables. Il flotte au milieu de ces bavardages et par moments il aimerait voir la tête qu'il fait, un sourire idiot probablement collé sur la gueule, affichant le masque d'un bien-être qu'il aimerait arracher pour de bon et leur dire, à tous qui sont là, qu'il n'en peut plus, qu'il faut que ça s'arrête, qu'il se sent depuis des mois se vider de toute substance comme une baudruche et que bientôt il ne restera de lui qu'une enveloppe vide, la peau sur les os, sa tête de mort penchée sur une épaule. À un moment, il parvient à se lever et sort fumer une cigarette au soleil, fermant les yeux le visage tourné vers la lumière, seul, dans ce bruit assourdi de la ville, et la lumière rouge qui traverse ses paupières l'aide à faire refluer ses larmes et à dénouer ce qui est venu se bloquer ce matin dans sa gorge.

L'après-midi se passe en écoutes des appels de témoins qui pensent avoir identifié la photo du gros dans le journal ou à la télévision. Une vingtaine d'appels le plus souvent délirants ou alcoolisés, sans parler de celui d'une femme se présentant comme une magicienne, exerçant en secret dans le Médoc, qui dit avoir connu le gros au collège, elle donne même son prénom et son nom, trois ans dans la même classe, et qui propose d'interroger le corps pour qu'il révèle son ultime vérité et permette l'arrestation de ce démon qui tue les femmes. Elle parle de thanato-thérapie, son but étant de soulager les morts de leurs obsessions, de leurs fautes, voire de leurs crimes pour qu'ils trouvent enfin le repos, puisque les sacrements de l'Église n'y suffisent pas. Ça les amuse un moment puis ils classent l'appel en dingo, et passent au suivant, un routier qui a pris en charge ce gros type, il y a cinq ans, entre Angoulême et Poitiers. Même qu'il avait un sac à dos kaki, j'ai cru que c'était un militaire. Quand on s'étonne de la précision de son souvenir, le routier s'enorgueillit de ne jamais rien oublier, surtout les auto-stoppeurs qu'il prend à son bord. Madec et Coco partent vérifier deux témoignages, reviennent sans rien de probant. Madec dit qu'il aurait bien aimé rendre visite à la magicienne du Médoc, rien que pour se marrer.

Jourdan flotte dans le flux et le reflux des informations, s'empêchant plusieurs fois d'appeler Marlène ou Barbara, jetant finalement son téléphone personnel au fond d'un tiroir, puis remuant tout pour le retrouver quand vers 18 h 30 il sonne et qu'il décroche malgré le numéro inconnu et qu'il entend la voix de Louise Andreu. Il faut que je vous parle.

Jourdan sonne chez Louise Andreu vers 21 heures. Avant de venir, il a tourné en rond dans le bureau, attribuant cette sorte d'impatience à l'impasse dans laquelle l'enquête piétinait. Rien, ils n'avaient rien. Zamora l'a prévenu qu'une opération était prévue le lendemain matin pour appréhender les incendiaires de la maison de Bègles, avec l'appui de la BRI, puisqu'il semblait qu'ils avaient détourné la livraison de came et que les grands patrons avaient décidé de frapper fort, très fort. C'est ce qu'ils vont dire à la presse, frapper fort. Avec un peu de chance, le ministère se fendra d'un communiqué. Si tu veux te lever tôt et venir prendre l'air, on offre le café à 5 heures et après on file sur Le Moulleau[1], ces enfoirés louent une villa dans ce coin-là avec vue sur le Bassin. Jourdan s'est contenté de répondre que tout était possible si jamais il parvenait à dormir plus de deux heures. L'idée de dormir a semblé surprendre Zamora comme si le mot n'appartenait pas à son vocabulaire.

Deux verrous claquent, une chaîne de sûreté se tend puis le visage de Louise Andreu apparaît. Elle fait entrer Jourdan, un doigt sur les lèvres, il faudra parler bas parce que son fils est couché et qu'elle a eu du mal à l'endormir. Elle explique qu'il n'est pas bien depuis l'autre soir. Ce matin, elle l'a trouvé couché dans l'entrée, en travers de la porte, un couteau à la main.

Louise l'invite à s'asseoir, lui offre quelque chose à boire. Jourdan refuse, elle n'insiste pas. Il lui demande ce qu'elle a à lui dire.

– Je veux que ça s'arrête. Je veux sortir Sam de tout ce bordel. Il avait pris ce couteau parce qu'il voulait tuer Lucas si jamais il revenait. Un gamin de huit ans ne doit pas avoir ce genre d'idées en tête. Et puis je ne vous ai pas tout dit. Je sais où trouver Lucas. Enfin… Je sais où on peut le trouver.

Elle masse son épaule. Elle dit qu'elle a travaillé toute la journée et qu'elle a mal partout. Elle dit que sa vie n'est qu'une suite de jours semblables éclairés seulement par la présence de Sam, égayés par les mots de Sam, colorés par les dessins qu'il rapporte de l'école. Seuls les moments qu'elle peut voler avec Sam comptent vraiment. Bien sûr, il y a

1. Le Moulleau : quartier d'Arcachon.

Naïma, qui est comme sa sœur, mais ça ne comble pas le vide du temps qui passe. Sam grandit mais elle se sent vieillir, sa jeunesse brûlée, saccagée par ces années de dérive, de naufrage après la mort de ses parents, la drogue, oui, monsieur le policier, j'ai plongé je crois aussi loin qu'on peut le faire sans en crever, overdoses, deux s'il vous plaît, hôpital, et la peur panique de la mort qui s'est emparée d'elle, persuadée soudain que ses parents ne l'attendaient pas si tôt et surtout pas par là, un peu comme quand on rate un rendez-vous, qu'on ne s'est pas compris sur l'endroit et qu'on se perd définitivement dans une ville inconnue. Oui, un matin elle s'était réveillée terrifiée par cette perspective évidente, une mort solitaire sur un trottoir ou dans un sordide lit de hasard, une mort solitaire sans même la consolation superstitieuse, dérisoire, de retrouvailles avec ses morts. Elle s'était levée de son lit, encombrée par les perfusions, avait tenu quelques secondes, secouée par le vertige, puis s'était assise au bord du matelas, faisant effort pour rester droite, pleurant, pleurant enfin comme elle ne savait plus le faire depuis plus de deux ans, depuis qu'elle avait juré à ses parents, devant leurs corps à la morgue, qu'elle les rejoindrait bientôt, elle qui ne croyait à aucun dieu ni aucun au-delà, qui avait, comme eux, toujours moqué les superstitions, voilà dans cette chambre d'hôpital qu'elle décidait de trahir sa promesse et leur demandait de lui pardonner, murmurant, le dos nu frissonnant par l'ouverture de la blouse siglée CHU, des incantations auxquelles elle s'obligeait de croire.

Louise se tait, les yeux brillants, un peu essoufflée.

– Voilà, parvient-elle à dire. Voilà pourquoi ça doit s'arrêter. Je peux plus rester comme ça. Il faut qu'on en sorte, Sam et moi. Et Sam il ne s'en sortira pas si je ne m'en sors pas. J'ai compris ça ce matin. Il m'en aura fallu du temps, pas vrai ?

Jourdan l'écoute et la regarde. Le débit de sa voix éraillée qu'elle s'efforce de calmer, le geste qu'elle a de repousser une mèche de cheveux derrière son oreille. La petite bague dorée qu'elle touche tout le temps, l'éclat de la pierre bleutée qui s'allume dès que bouge sa main. Il se concentre sur ces détails, mais il ne peut s'empêcher de suivre la courbe de son cou, la douceur arrondie du menton. Ses yeux noirs agrandis par la tristesse, la peur ou la colère, il ne sait pas. Ses grands yeux noirs.

Comme il veut reprendre un peu ses esprits, il se rappelle qu'il est flic. Qu'elle a appelé un flic à sa recousse.

– On le trouve où, Lucas Poujaud ?

– J'ai fait une grosse connerie. Je sais pas si…

Elle baisse les yeux, frotte ses mains lentement l'une contre l'autre.

– Dites toujours.

– Voilà : je voulais le tuer, ce fils de pute. Mais moi, je m'en sens pas capable, et puis il est bien plus costaud que moi, alors… Alors j'ai un copain que j'ai rencontré par hasard il y a quelques semaines. Je lui ai demandé de s'en occuper. Pas de le tuer, je veux dire… Lui faire peur, quoi.

Jourdan prend dans sa poche le carnet qu'il traîne toujours avec lui. Je suis flic. Allons-y.

– Nom du copain ?

– Jonathan Nicot. Tout le monde l'appelle John. 37, rue Jean Lormier à Talence.

Jourdan note. Écriture tremblée. Il attend la suite mais Louise s'est tue.

– Et alors ?

– Alors, il m'a dit qu'il avait demandé à deux types de faire le boulot. Deux frères qu'il connaît dans son bizness, qui ont une dette avec lui.

– Son bizness ?

– La came. C'était déjà ça à l'époque, quand je l'ai connu, du temps où j'étais là-dedans.

– Ils s'appellent comment, les frères ?

– Il m'a pas dit.

Louise sourit tristement. Elle se lève pour aller chercher ses cigarettes, ouvre la baie vitrée, en allume une.

– Pourquoi vous me racontez tout ça ? Vous auriez pu laisser faire. Vous me parlez, je suis flic. Si ça tourne mal, si ces deux abrutis massacrent Lucas, il se passe quoi ?

– Je pensais que…

– Vous lui avec donné quoi en échange, à votre John ? De l'argent ? Vous avez de l'argent pour vous payer un contrat de ce genre ?

Jourdan a parlé plus fort, plus durement qu'il l'aurait voulu parce qu'il connaît la réponse mais Louise se penche de l'autre côté de la table basse et fait front.

– D'après vous ? Il m'a baisée. Il m'a fait mal mais il était content. Il grognait comme un putain de clébard. Ça vous va comme réponse ? Vous vous y attendiez de la part d'une fille dans mon genre, non ?

– C'est quoi votre genre ?

– Une paumée comme vous devez en voir des dizaines par an dans votre boulot. Qui savent plus comment faire pour s'en sortir, qui font tout à l'envers.

– Vous pouvez pas dire ça. Vous…

– Sans mon fils, je serais crevée dans un coin ou bien je ferais la pute pour ma prochaine dose, en espérant qu'elle ne me tuera pas. Je…

– Arrêtez.

Jourdan se lève brusquement. Louise le regarde faire, effrayée. Il sort sur le balcon, ne voit rien des bâtiments en face, de leurs fenêtres éclairées, des ombres qui bougent parfois devant la lueur crue des écrans de télé. Il n'y a que la nuit, le halo blafard de la ville écrasée de nuages bas. Il sursaute en entendant la voix de Louise derrière lui.

– Qu'est-ce que vous faites ?

– Et vous ? Qu'est-ce que vous comptez faire ?

Il se retourne vers elle, appuyée au montant de la porte-fenêtre.

– Vous m'avez fait peur.

– Qu'est-ce que vous comptez faire quand ce sera fini ?

– Qu'est-ce qui sera fini ?

– Avec ce connard. Lucas. Je vais m'occuper de lui.

– Je partirai. Loin d'ici, avec mon fils. Je recommencerai ailleurs. Avec mes parents, on allait dans un coin de Bretagne. J'y ai passé des jours tellement heureux. Je reprendrai tout à zéro. Des études, par exemple.

Elle se tait, les yeux baissés, l'air rêveur.

– J'y arriverai.

Jourdan rentre dans le salon et passe tout près d'elle, réprime le geste qu'il a d'écarter la mèche de cheveux qui lui barre le visage.

Louise le suit du regard. Elle croise les bras, les serre autour d'elle parce qu'elle a froid.

– Restez pas là. Vous allez attraper la crève.

Elle referme, rentre la tête dans les épaules en frissonnant.

– Vous allez vous occuper de lui ? Comment ça ?

– Je verrai. C'est mon affaire.

– Vous allez l'arrêter ?

Louise sourit avec ironie. Elle tire ses cheveux en arrière comme si elle allait les attacher, puis le défie du regard.

– Ça dépend de ce que vous voulez dire par arrêter.

– Vous plaisantez ?

– Non. Je suis trop fatigué pour ça. En attendant, dites-moi où je peux trouver ce con.

– Vous ne voulez pas vous asseoir ?

– Non. Je vais y aller. Il faut que je reste debout parce que je ne suis pas sûr de me relever avant demain midi.

Louise lui donne les points de chute que Violaine Guichard lui avait indiqués.

– Il a aussi un oncle, celui qui l'a élevé. Il habite à Cambes.

Il est élagueur. Bûcheron, ce genre. Il s'appelle comme lui. Poujaud, mais je connais pas son prénom. Il va le voir, de temps en temps.

Jourdan écrit tout cela dans son carnet. Sa main tremble. Tout son être est pris d'un tremblement intérieur. Il a l'impression que son cœur ne bat plus mais roule confusément dans sa poitrine. Il range son carnet. Louise s'occupe en se roulant une autre cigarette. Il dit :

– Vous croyez qu'il dort ?

Louise ne comprend pas tout de suite de qui il parle, puis jette un coup d'œil vers la porte qui mène aux chambres puis écoute.

– Oui. J'en suis sûre.

Jourdan se dirige vers l'entrée. Elle le suit, déverrouille la porte, lui ouvre.

– Vous me tiendrez au courant ? Vous reviendrez me dire ?

Il promet. Il tente un sourire, sa gueule se tord un peu et l'on voit toute sa fatigue creuser des rides.

En sortant, lui tournant le dos, il dit :

– Moi aussi, j'irais bien me refaire en Bretagne.

Il s'éloigne dans le corridor. Il sait qu'elle le regarde. La porte ne se referme que lorsqu'il commence à descendre l'escalier.

26

La maison apparaît peu à peu, tassée dans le brouillard, écrasée presque, percée de deux trous qui vaporisent une lueur jaune. Il évite de larges flaques et gare finalement la voiture près de la niche du chien. Elle n'abrite plus de chien depuis longtemps mais ils parlent toujours de la niche du chien. Il descend de voiture et se mouille les pieds dans l'herbe froide et détrempée. Il jure entre ses dents et claque violemment la portière avec un grognement d'exaspération. Il se voûte un peu sous le brouillard qui bouge devant lui, montant de l'estuaire, et il écarte et agite ses bras pour le dissiper.

La mère l'attend sur le seuil, comme toujours. Au moment où il tend le cou pour l'embrasser, elle se dérobe. Elle tient le journal.

– Tiens, regarde.

Elle lui colle la page sous le nez. Il ne cherche pas à voir, il a déjà vu. Il repousse son bras qui lui barre le passage.

– Oui, je sais. C'est pour ça que je suis venu.

– Même mort, il faut qu'il nous fasse chier.

Il s'assoit à la table de la cuisine et examine la photo dans le journal. La mère apporte un bol, lui sert du café.

– T'as pas pris de croissants, en venant ?

Il fait non de la tête, les jambes étendues devant lui. Elle ouvre une boîte de biscuits. Le café est trop chaud. Il se brûle la gueule et grimace.

– Qu'est-ce qui s'est passé pour qu'ils la passent encore une fois ? Qu'est-ce que t'as fait ?

Il trempe le gâteau dans son café et le regarde ramollir puis fondre. Il le récupère au fond avec sa cuillère, savoure cette bouillie sucrée, boit une gorgée, recommence. Maman ne le quitte pas des yeux mais il s'en fout. Il feint de l'ignorer, elle déteste ça, et dans cinq minutes elle va venir se frotter à lui et il la laissera faire parce qu'il ne veut pas la décevoir davantage, laisse-moi faire ou je me tue, elle dit parfois, tu ne sais pas ce que ça représente pour moi, sans ça, sans toi je me tuerais.

– Ils sont après toi, c'est ça ? T'as recommencé ? Pourquoi ils insistent comme ça ? Ils doivent avoir du nouveau et ils vont te coincer, non ? c'est ça ? Réponds !

Elle a hurlé et balayé devant elle son bol de café.

Il finit le sien. Liche la dernière goutte. Il se concentre pour calmer les cognements fous de son cœur. Je dois rassembler ma force physique et mentale. Je dois redevenir un guerrier. Il convoque quelques souvenirs de la petite guerre à laquelle il a été mêlé : armes, blindés, tirs sporadiques, silhouettes furtives au sommet des dunes. Putains s'accrochant au montant de leur grabat sous ses coups de reins. Mais ne défilent que des images fanées, écornées, rapiécées comme ces vieilles photos qu'on rafistole avec du scotch.

Sa mère fait semblant de pleurer, la tête sur ses bras croisés, avec de petits geignements agaçants. Il sait qu'elle fait semblant parce qu'elle ne pleure jamais. Elle dit que la dernière fois qu'elle a pleuré dans sa vie c'était à huit ans quand elle a trouvé sa mère pendue à une poutre du chai. Après, c'est son père qui les battait, elle et sa sœur, si jamais elles pleuraient. Elle a raconté ça à Christian quand il avait seize ans, un après-midi d'été, allongée contre lui : son enfance humiliée et battue. Son père qui leur faisait des misères, à sa sœur et à elle. Ce jour-là Christian l'avait laissée faire. D'autres fois ça s'était produit mais à force il n'avait plus voulu, il savait bien que c'était mal, même quand on aime si fort, même quand des larmes coulent. Le dégoût l'avait pris, de lui-même, et de ce que ça lui faisait tout de même quand elle venait si près de lui, une vraie colère contre ça, ces gestes, ce plaisir qui lui faisait tellement envie, pourtant.

Un jour, il avait été pris par une fureur. Il s'était senti plus fort, après. Plus calme.

Il s'en veut de penser à tout ça. D'habitude, il chasse toutes ces idées. Il va regarder des vidéos terribles sur Internet ; des choses que la plupart des gens ne supporteraient pas. Il s'en veut un peu, mais ça lui nettoie la tête de toutes ces pensées dont il ne sait que faire.

Il se lève pour aider maman à ramasser les éclats du bol brisé et à essuyer le café. Il y en a partout. La mère soupire, le souffle court. Elle se plie et se relève avec effort. Laisse. Alors elle laisse et s'assoit. Elle allume une cigarette, tousse, tousse, tape du poing sur la table pour que ça passe.

Quand il a fini, Christian nettoie le sol, le plan de travail et rince, et essuie, puis range tout.

– Faut que j'aille les sortir, maintenant.

La mère ne comprend pas, puis regarde vers le jardin.

– Pourquoi ? Ils vont te prendre, non ?

Il va chercher ses bottes, son ciré, se prépare. La mère l'a suivi dans la remise où il prend des outils. Une pioche, une pelle, deux grands sacs-poubelles.

– Faut qu'ils trouvent rien ici.

– Comment tu veux qu'ils trouvent ?

– Tu sais comment ils font. Avec des pelleteuses et tout. Même les dalles de béton.

La femme enfile des bottes elle aussi et une vieille veste mitée accrochée à un clou planté dans la charpente. Ils marchent tous les deux dans le brouillard, silhouettes lentes, sombres comme dans ces tableaux réalistes qui semblaient peints à la glaise. Ils franchissent une haie de lauriers et arrivent dans un champ planté de quelques arbres fruitiers. Un vieux pommier fendu en deux s'écartèle, escaladé par un roncier. Y en a une ici, c'est sûr. La première. La mère tâte du bout de sa botte la terre grasse. Tu vas tomber sur des racines. Ils font le tour. Là aussi, rappelle-toi. Il se rappelle. Même que je t'ai aidé tellement t'avais bu. Il se rappelle. Il a vomi dans le trou et maman l'a giflé parce qu'elle trouvait ça vraiment inconvenant. Et puis là.

Christian tourne sur lui-même au milieu de ce cimetière. Cinquante mètres carrés plantés de deux pruniers et d'un cerisier.

– Je ferai un potager. Comme ça, si jamais ils remontent jusqu'ici, ils se demanderont pas pourquoi la terre est retournée. Je louerai un motoculteur à Pauillac.

La mère s'éloigne. On mange à midi et demi. Il la regarde trébucher contre les mottes d'herbe, la tête baissée et pour la première fois il trouve qu'elle a l'air d'une vieille.

Mais non. Il tape dans ses mains pour se donner du courage et pioche au pied du pommier, arrachant les branches griffues du roncier. Le fer cogne et rebondit contre une racine. Il retourne dans la remise pour y prendre une hache et coupe la racine et la jette au loin. Il s'essouffle et son cœur s'emballe. Pendant une pause, il essaie de se rappeler le visage de la fille enterrée là. Une blonde, ça oui. Draguée en boîte, où elle venait de perdre de vue ses deux copines, emballées par des types.

Il s'acharne. Il prend pied dans le trou, les semelles collées à la terre, piétinant dans cette poix qui sent l'humus. De l'argile adhère à la pelle. Une pâte jaunâtre et verte. Il pioche, il évacue, il scrute le fond, il est curieux de ce qu'il va trouver. Il ne sait plus s'il avait creusé profond. Maman lui avait conseillé de s'appliquer, de faire ça bien.

Il y est jusqu'à mi-cuisse, trempé de sueur, les tempes tarabustées par la pulsation douloureuse de ses artères et il aperçoit de la toile bleue dont il dégage les pourtours avec précaution du bout de sa pelle. Il s'accroupit. Il tire le tissu qui se déchire et il aperçoit dessous l'os qui se détache et retombe. Il se redresse d'un bond, sur le point de jeter une pelletée de terre là-dessus, effaré, et il s'appuie au bord de la fosse pour réfléchir. Il faut. C'est comme à la guerre. Il prend une grande goulée d'air puis s'extirpe du trou et court vers la remise. Il se tord les pieds, se retournant toutes les trois enjambées. Il prend une paire de gants, une truelle, et repart.

Il faut.

Il a vu faire des archéologues à la télé alors il fait pareil avec sa truelle. Les ossements sont pris dans des gangues de terre humide et il doit faire attention à ne rien laisser. Il arrache des lambeaux de tissu noir cousu de petites perles en strass, il en frotte une pour en retrouver l'éclat puis jette tout ça dans le sac-poubelle. Il souffle, il suffoque parfois. La sueur lui coule du menton comme s'il bavait. Après qu'il l'a dégagé, le crâne souillé de boue a ce ricanement qui l'inquiétait, au collège, quand il regardait le squelette pendu dans la salle de sciences naturelles. Il essaie de retrouver le visage qui couvrait cette tête de mort mais aucun souvenir ne lui revient. Il jette le sac-poubelle hors du trou et creuse encore un peu pour vérifier qu'il n'y a plus rien.

Il rebouche à toute vitesse, il s'enfonce jusqu'aux genoux en tassant la terre meuble. Il reprend son souffle, il regarde sa montre, déjà plus de dix heures. Le brouillard s'est levé et à travers ce qui reste de brume, le soleil est un rond pâle qu'on peut regarder en face. Se retournant, il aperçoit sa mère qui l'observe sur le seuil de la remise. Elle lui tourne le dos dès que leurs regards se croisent puis disparaît à l'intérieur.

Il traîne le sac derrière lui. Ça ne pèse presque rien, et il s'en étonne.

Il a presque fini de sortir la seconde quand maman l'appelle pour manger. Oui, cinq minutes. Tant pis, ça sera froid, répond-elle. Il est allé plus vite cette fois-ci. La terre était moins lourde, moins argileuse. Il a retrouvé presque intacte une minijupe de cuir dont il ne se souvenait pas. Une bague est tombée des phalanges désarticulées. Il espère que c'est de l'or et que la petite pierre rouge a de la valeur. Il ne comprend pas pourquoi il ne la lui a pas enlevée à l'époque. Il la glisse dans sa poche et tapote dessus, satisfait.

Il se lave les mains à un robinet branché à l'extérieur. Le vieux savon craquelé sent fort. Il extrait la terre de sous ses ongles, il frotte et frotte sa peau et la sent puis secoue ses mains avant de trouver un vieux chiffon sur l'établi.

Dans la cuisine, il lave encore ses mains avec du produit à vaisselle, s'essuie avec soin.

– Alors ?

– Plus qu'une. Finalement, c'est pas lourd.

Maman fait le service pendant qu'il coupe le pain. Ça sent bon. J'ai faim, il dit. C'est du ragoût de mouton, il était en promo, 15,90 le kilo.

Ils mangent en silence. À la télévision, une chaîne d'information en continu fait parler des journalistes de la démission d'un ministre soupçonné de corruption. La mère observe son fils du coin de l'œil et lui évite de la regarder, souvent tourné vers l'écran.

– Alors, dit-elle au bout d'un moment. Qu'est-ce qui s'est passé ?

Il soupire. Il ne répond pas d'abord. Il se coupe un bout de pain pour nettoyer son assiette, puis il dit :

– J'ai fait une erreur.

– Une erreur ?

– J'ai pas pu faire autrement. C'est la première fois.

– C'est toi qui le dis.

– Tu comprends rien, de toute façon.

Elle se lève brusquement. Sa chaise racle le sol. Elle va prendre des yaourts dans le frigo. Parfum fraise, comme il aime. Elle sert du café, elle allume une cigarette, lui fait passer le paquet. Ils fument en regardant la télé. Des femmes installées sur des canapés discutent de mode et d'enfants, d'emploi et de chômage.

Christian écrase sa cigarette et en prend une autre. J'en ai un paquet neuf dans la voiture, il dit en guise d'excuse. Il sort sous un soleil tiède, un ciel délavé. Il rebouche la deuxième fosse, tasse bien, puis considère quel effet ça fait. Il trouve que c'est bien comme ça. Avec un coup de motoculteur, on ne soupçonnera plus rien.

Il ne se rappelait pas que la troisième portait des bottes. C'était donc l'hiver ? Il ne sait plus bien. Il continue pendant une heure de gratter, de trier, de jeter. Il est surpris de trouver le crâne ouvert puis se rappelle. Elle s'était débattue dans la voiture, sur ce chemin. Elle s'était enfuie en criant, il avait dû se servir du cric qui traînait dans le coffre.

Il descend vers le fleuve, ses sacs sur le dos. Un chemin longe la berge et il rejoint un ponton délabré planté dans la vase et il s'aventure sur les planches glissantes jusqu'à la plateforme qui surplombe l'eau. Il jette les ossements le plus loin possible en prenant soin de les disperser. Il sait que la marée ne descendra jamais si bas, il sait qu'on ne retrouvera jamais rien. Il reste un long moment à observer les remous de l'eau épaisse qui semblent engloutir et ruminer ce qu'il vient d'y lancer. Parfois, passent des arbres morts, des planches, des bidons de plastique. Il s'attend à voir passer un noyé et il scrute la surface remuée par le vent qui vient de l'océan, curieux, presque impatient. L'autre rive est tassée sur la ligne d'horizon, grise, estompée par la brume. Il crache dans l'eau le sale goût qui lui vient dans la bouche puis allume la cigarette qu'il a prise à sa mère et fume l'esprit vide, incapable de repenser même à ce qu'il vient de faire aujourd'hui, sauf aux crânes. Ils étaient tous semblables, effrayants et burlesques comme ceux qu'on voit, gamin, dans le train fantôme.

Maman s'est assoupie dans son fauteuil devant la télé. Il s'assoit sans bruit en face d'elle et ferme les yeux. Les bavardages de l'émission le bercent et c'est la voix de sa mère qui le tire de la torpeur où il glissait doucement.

– Alors c'est fait ?

– Vendredi, je prendrai un jour de congé et je viendrai labourer. Ils n'y verront plus rien, s'ils viennent jusqu'ici.

– Peut-être que personne ne reconnaîtra Romain. Si ça se trouve, personne ne se souvient de lui, et c'est tant mieux.

Christian se lève et annonce qu'il va partir. Elle lui demande s'il ne veut pas rester manger et il dit qu'il est fatigué, qu'il veut se coucher tôt parce que demain il travaille.

Elle le serre contre elle et ça le rassure parce qu'il avait peur qu'elle soit fâchée. Ça va aller, elle dit. Tu verras. Il prend son visage entre ses mains :

– Ils ne me prendront pas. Jamais.

Il roule vers Bordeaux dans le soir qui tombe vite, obscurci par le mauvais temps qui dresse un mur anthracite vers l'ouest, comme une menace de désastre. Les premières gouttes de pluie commencent à tomber au moment où il se gare. La vieille avec son chien caparaçonné entre dans le hall en même temps que lui. Il lui tient la porte et l'observe de près, essayant d'imaginer sur quel crâne est affalé son visage froissé.

27

Jourdan trouve Marlène devant une valise presque pleine, deux gros sacs à ses pieds. Les placards sont ouverts. Des cintres vides pendent, ne traîne plus sur une étagère qu'une paire de grosses chaussettes en laine, celles des randonnées en montagne. Elle a à peine levé les yeux quand il est entré. Il passe derrière elle, effleure son épaule du plat de la main. Elle fléchit le cou, s'immobilise. Sa fine chaîne d'or luit sur sa nuque sous le chignon piqué d'une grosse épingle rouge. Il prend des affaires, il n'ose plus bouger et respire à peine.

Elle se tourne enfin vers lui :

– Je vais m'installer chez Nathalie. C'est mieux, je crois.

– Tu crois ?

– Se croiser encore ici pendant presque trois semaines en sachant que je vais partir…

– Que tu vas me quitter.

– Oui. Je vais te quitter. Mais attendre ça ici c'est au-dessus de mes forces. Et peut-être des tiennes. Et puis il me semble qu'on s'est déjà quittés, non ?

Jourdan part finir de s'habiller dans la salle de bains. Il évite son reflet dans le grand miroir et n'aperçoit qu'un spectre flou imitant chacun de ses gestes. Il entend Marlène s'affairer dans la chambre, veut la voir encore, cherche un prétexte.

– Il y a deux autres sacs dans le garage. Si tu veux, je…

– Merci, ça ira.

Elle a parlé avec une douceur lasse pour qu'il se taise, comme si les mots n'en pouvaient plus.

– Au revoir, Marlène.

Il a choisi de parler ainsi pour dire encore son prénom. Il avait aimé son prénom dès le début, qu'il avait qualifié un jour de rêveur. Le prononcer appelait aussitôt une idée de cinéma, de roman, lui qui ne lisait pas beaucoup, et surgissait dans l'instant son visage à elle, auréolée de l'imagerie de pacotille que Jourdan s'était fabriquée. Tu es mon Jean Gabin, lui avait-elle dit un jour. Il n'avait pas compris et elle avait dû lui raconter la liaison avec Marlène Dietrich. Ça lui avait bien plu, Jean Gabin. Il lui trouvait dans ses films d'avant-guerre un destin d'amoureux triste et tragique et il avait vu ou revu *La Bandera*, *Quai des brumes*, *Le jour se lève*, et s'était laissé embarquer à sa suite dans ses combats perdus d'avance.

Marlène répond, tournée vers lui, et l'espace d'un instant Jourdan croit qu'elle va s'approcher mais elle replonge ses mains dans la valise pour y déplacer un tee-shirt ou rectifier un faux pli alors il va prendre son arme de service, insère le chargeur, vérifie qu'aucune cartouche n'est engagée et il part.

Il imagine que secouée d'un séisme gigantesque la ville s'écroule. Il a vu ça au cinéma dans ces films où le héros américain est poursuivi par des gratte-ciel qui s'effondrent ou bombardé de voitures qui l'obligent à louvoyer à grands coups de volant virtuoses. Il roulerait dans un univers de ruines avec l'orgueil désespéré de l'unique survivant. Il regarde autour de lui la vie des autres comme si c'était un film ancien et muet témoignant d'un passé lointain, pris par une caméra super 8 au cadre instable, où sourient à l'opérateur des êtres qui ne veulent pas savoir qu'un jour ils seront morts et qu'on les verra encore longtemps bouger et rire.

Jourdan roule avec ces imaginations jusqu'à ce qu'il entre dans l'obscurité du parking comme dans un bunker protecteur.

Elissalde et Bernie épluchent un fichier de délinquants sexuels. Elissalde est persuadé que la motivation profonde du tueur est d'ordre sexuel, alors ils font le tri, passent des coups de fil à des psys ou des éducateurs. Jourdan pense qu'ils perdent leur temps mais ils disposent de si peu d'éléments qu'ils n'ont plus qu'à compter sur le hasard ou sur une erreur du type : l'ADN qu'il a laissé dans le fourgon de la pute a commencé à parler, à raconter une histoire de demi-frères et à poser d'autres questions encore : que faisait le gros avec l'autre, dans cette chambre au squat, au moment où Coralie a été tuée ? Il a marmonné « Fallait pas » avant de flinguer dans le bureau et de se balancer par la fenêtre. Fallait pas quoi ? Il s'est interposé ? Pourquoi n'a-t-il rien dit ? Les collègues ont eu l'impression d'avoir affaire à un type qui n'avait pas la lumière à tous les étages. Bref : d'où il sort ? Quand on le saura, on aura son frère.

Ils en reparlent encore une bonne partie de la matinée. Ils relisent leurs comptes rendus, leurs rapports, les constatations faites sur les scènes de crimes, au cas où un détail leur aurait échappé. Rien. Nada.

Quand il entre dans son bureau, Zamora lui annonce qu'il n'a qu'un quart d'heure à consacrer à Jourdan. Au lieu de chercher sur son ordinateur, il prend dans une armoire fermée à clé un dossier cartonné bleu et sans rien lire se met à réciter : Jonathan Nicot, dit John, né le 15 mai 85 à La Réole. Officiellement, gérant d'une entreprise spécialisée dans l'événementiel : location de sonos, d'éclairages, de structures de scènes. En réalité, c'est un gros dealer qui peut gagner jusqu'à 10 000 euros par mois. Il connaît tout le monde : politiques, journalistes, musiciens, patrons de bars, de boîtes de nuit, voyous de toutes sortes. Il a ses entrées partout. Sa société vivote, mais pour lui, ça va.

Jourdan s'étonne :

– Il travaille pour toi ?

– Qu'est-ce que tu lui veux ?

– Il peut nous être utile dans notre enquête sur le poignardeur.

– Ah oui ! Le *serial killer* ! singe Zamora avec un accent ricain. Oui, il travaille pour moi. Ce mec est un annuaire à jour. On le tient pour une affaire de mœurs : on a trouvé sur son ordi des fichiers pédo-pornos.

– Il paraît qu'il travaille avec deux frères, deux cinglés.

– T'es bien renseigné, pour quelqu'un qui vient aux infos.

– Allez, comme tu m'as pas emmerdé sur les deux cramés de Bègles, je te dis tout : les deux seuls frères que je connais dans son entourage ce sont les Chapin. Des jumeaux : Marc et Matthieu. Pas tout à fait des évangélistes. Ils ont tiré quatre ans pour braquage, puis encore trois pour trafic de stups. Depuis, ils se tiennent tranquilles. Ils ont une dette à l'égard de John : il a sauvé leur cul il y a deux ans pour une histoire de came, encore. Ils s'étaient foutus dans de sales draps, une équipe d'Arabes de la rive droite voulait leur faire la peau. Disons qu'on a empêché qu'ils en arrivent là, sur demande expresse de John. Bref. Enculés, fils de putes et compagnie. Vendraient père et mère pour sauver leur gueule. C'est avec ça qu'on bosse. C'est ça les Stups. On a souvent les mains sales et la nausée, comme disait l'autre sur je sais plus quoi.

– Sur Le Pen.

– Oui, bon, c'est du même genre : t'as qu'à voir comment la fille a viré le vioque pour garder le fauteuil. C'est comme ça dans tous les gangs.

Ils tombent d'accord là-dessus. Zamora lui offre un verre, il est presque midi. Jourdan essaie d'inventer quelque chose de plausible pour justifier sa demande de renseignements sur John mais Zamora lui dit qu'il s'en fout, et qu'un jour si ça se trouve ce minable prendra une balle de la part d'un type à qui il l'aura faite à l'envers. Des tontons, il n'en manque pas, je te dis : père et mère, ils vendraient.

Jourdan refuse que l'autre le resserve et prend congé. Faudra qu'on casse une croûte un de ces quatre, dit Zamora. Bien sûr, évidemment, et merci, dit Jourdan en refermant la porte.

Il va dans le fichier pour sortir des photos des frères Chapin. L'impression d'avoir déjà vu ces têtes-là. Il tire aussi un portrait du dénommé John. Cette arrogance dans le regard. Les pédophiles font profil bas, le plus souvent. Il plie en quatre leurs sales gueules et les range dans sa poche de veston.

Dans l'après-midi, son téléphone vibre en pleine réunion avec le taulier. Dans le couloir, une voix hésitante s'assure que c'est bien lui. C'est Violaine Guichard. Sa voix se brise. Il est venu. Il m'a menacée avec un couteau. J'ai peur. Il m'a donné rendez-vous ce soir au One Shot, vers neuf heures. Comme Jourdan ne dit rien, elle lui demande s'il est toujours en ligne. Oui. Je vous écoute. Elle demande qu'on la protège. Qu'on envoie une voiture chez elle. Il va revenir. Jourdan l'entend pleurer. Il lui conseille de partir passer la nuit chez une amie, si c'est possible. Je vous envoie un équipage, préparez quelques affaires en attendant.

Au bout de cinq minutes, il obtient que le commissariat de quartier daigne envoyer une voiture rue Saumenude. Oui, péril imminent. Jeune femme en panique.

Ils sont partis tôt. Ils ont décidé d'un commun accord qu'ils avaient assez labouré le terrain et qu'ils tournaient en rond. Demain matin, même heure, ils ont tous dit. Avant de s'en aller, Elissalde est venu demander à Jourdan si ça ne lui dirait pas de boire un coup quelque part, au Dos Tios, par exemple, un café espagnol qui avait accueilli souvent leurs arrosages et autres célébrations et qui servait les meilleures tapas de la ville. Jourdan a décliné en prétendant qu'il était crevé, qu'il avait une migraine infernale qui ne passait pas malgré les cachets. Manger léger, se coucher de bonne heure, dormir quelques heures. Mais promis, camarade, la semaine prochaine on se le fait cet apéro dînatoire avec les autres. Ils appellent ça des apéros dînatoires quand ils arrivent vers dix-neuf heures et qu'ils repartent un peu après vingt-trois heures, un peu gais, franchement hilares, après avoir descendu trois ou quatre bouteilles de rioja à cinq et goûté à peu près tout de la quinzaine de préparations que Carmen propose sur son comptoir.

Elissalde a dit d'accord. Ça fait un bail que j'ai pas mangé de *chipirones en su tinta*. Ils se sourient. Au moment de refermer la porte, Elissalde a demandé : Et Marlène ça va ? Ça va, a dit Jourdan.

Ça va. Il est sûr que l'*amigo* n'en a rien cru.

Ça va. Jourdan a vu se refermer la parenthèse de la journée. La question d'Elissalde agissait comme une piqûre de rappel qui sur le moment est indolore mais qui par la suite reste sensible dès qu'on passe le doigt dessus.

Il a essayé de réfléchir. De répondre à l'impossible question : Comment en est-on arrivé là ? Impossible question aux impossibles réponses. Il a tenté de remonter le temps mais un mur de verre l'empêchait d'aller plus loin que ce minuit du nouvel an quand Marlène avait à peine répondu à son étreinte et qu'il lui avait semblé, durant quelques instants, tenir dans ses bras quelqu'un qu'il n'avait pas vu depuis longtemps et qui lui était indifférent. Il essayait de savoir à quel moment ils avaient cessé de se parler. Il a pris son téléphone et a composé le numéro de Marlène. Il n'est pas passé par les contacts. Il l'a composé chiffre par chiffre pour tâcher de retrouver cet infime tremblement d'émotion juste avant d'entendre à l'autre bout de la ligne retentir la sonnerie puis il a coupé. Il a envoyé un sms à Barbara pour lui demander comment s'était passée sa journée et lui dire qu'il l'aimait et lui dire à très vite j'espère.

Il a eu l'impression de traîner dans une maison vide après qu'on a terminé le déménagement, quand on cherche à retrouver à quoi ça ressemblait avec des meubles et des cadres aux murs. Il s'est levé d'un bond pour s'arracher à sa mélancolie. Il était l'heure. Il a pris son arme dans le tiroir, une paire de menottes au cas où, une cagoule dans l'armoire.

Il réussit à se garer non loin du One Shot puis il attend. Il examine les photos qu'il a tirées tout à l'heure puis descend de voiture et s'éloigne dans la rue puis revient sur ses pas, le bar toujours bien en vue et il voit Lucas Poujaud y entrer vers neuf heures moins le quart et dix minutes plus tard les frères Chapin y arriver chacun de son côté. Il remonte en voiture et attend. Ne pas y aller. Attendre. C'est le genre d'endroit où un flic se fait détroncher comme s'il était phosphorescent. Il allume l'autoradio, il cherche une station dont la musique fera passer le temps plus vite. Il tombe sur une émission consacrée aux films de fantômes et de maisons hantées. Des films japonais, coréens, chinois. Les chroniqueurs s'enthousiasment. Une jeune femme s'emballe sur *The Haunting*, de Robert Wise, qu'elle considère comme un chef-d'œuvre. Elle recommande la lecture du roman dont c'est adapté, *The Haunting of Hill House*, d'une certaine Shirley Jackson.

Jourdan se concentre sur ces titres, ces noms. Il fut un temps où ils regardaient beaucoup de films. Marlène se rappelait tout : titre, réalisateur, acteurs principaux. Elle se moquait de Jourdan qui, six mois plus tard, ne s'en souvenait plus. Le temps s'écoule en chiffres bleus sur le tableau de bord. Jourdan sait bien que les fantômes existent. Il a toujours redouté les hantises.

L'émission se termine sur une musique évocatrice. Violoncelle, murmures et gémissements.

Lucas Poujaud sort sur le trottoir en compagnie d'une femme. Ils allument des cigarettes, leurs verres à la main. Un des frères Chapin apparaît à son tour. Il téléphone, puis fume, lui aussi. Poujaud ne remarque rien, plaisantant avec la femme qui se dégage en souplesse quand il la serre de trop près. Une dizaine de personnes parlent fort et rient et boivent sur ce trottoir. La femme rentre vivement dans le bar puis en ressort aussitôt et s'éloigne. Poujaud lui crie quelque chose, elle lui adresse un doigt d'honneur sans se retourner.

Une averse dépeuple le trottoir. Jourdan ne parvient pas à s'intéresser à l'émission suivante, où un écrivain est interrogé sur le récit qu'il a publié de sa dépression nerveuse. Prends bien tes cachets, dit Jourdan avant d'éteindre la radio.

Presque vingt-trois heures. Ça sort. Il n'a pu s'empêcher de prononcer ces mots qui enclenchent les dispositifs de filature ou d'interpellation. Lucas Poujaud s'éloigne, les deux frères au train, chacun sur un trottoir. Il traverse la petite foule des fumeurs attroupée devant un autre café, puis monte dans sa voiture garée sur un arrêt de bus. Une vieille Golf GTI. Les frères se précipitent, s'engouffrent dans le véhicule. L'un à l'arrière, l'autre à côté de Poujaud. Jourdan met en marche. Pourquoi tu trembles ? Il se demande si les frères sont armés. Il les imagine mal le corriger là, dans la voiture. Ou alors ils vont le travailler au couteau.

La voiture démarre. Jourdan laisse passer un SUV puis roule. Les rues se dépeuplent à mesure qu'ils s'éloignent en banlieue. Ils franchissent la rocade, arrivent dans une zone commerciale. Entrepôts, magasins énormes, parkings déserts. La pluie, parfois, tombe là-dessus et fait luire les hectares de macadam et brouille les couleurs criardes des néons.

Jourdan est obligé de leur laisser du champ. Il les voit contourner un entrepôt de bricolage et se gare plus loin, derrière un abri où sont rangés des caddies. Il descend de voiture, enfile sa cagoule, sort son arme. Il court vers les portes vitrées, suit les panneaux RETRAIT DES MARCHANDISES et entend alors les cris. Il les voit à peine à la lueur vague de lampadaires lointains. Il s'accroupit derrière un container à ordures, aperçoit l'un des frères Chapin penché sur Poujaud qui se tord au sol et se recroqueville. Il le frappe à coups de poing, pendant que son frère reste debout, une batte de base-ball à la main. Il entend Poujaud gémir, il le voit se débattre puis soudain ne plus bouger. « Laisse », dit celui qui tient la batte. L'autre se redresse, secoue ses bras, masse ses poings. La batte frappe deux, trois fois. Jourdan entend les impacts mous des coups portés dans le dos, sur les jambes, puis un choc plus dur, plus sec, puis un autre. « C'est bon. »

Les deux types remontent en voiture, démarrent feux éteints, disparaissent sur l'avenue vide.

Jourdan s'approche du corps inerte. Il allume une petite lampe torche, voit d'abord la tête ensanglantée, les cheveux trempés de sang. Il s'accroupit et examine ce qui reste du visage. Tout un côté de la face, de la tempe à la pommette, est enfoncé. L'œil crevé stagne au fond de ce trou. Jourdan se relève, secoué par une nausée. Il se casse en deux, laisse son estomac se soulever, reprend son souffle. Lucas Poujaud respire encore, très vite, en hyperventilation. Jourdan voudrait savoir s'il réagit encore, ne serait-ce que par réflexe, et approche la pointe de son pied de ses côtes mais n'ose pas le toucher.

Jourdan revient vers sa voiture. Il rejoint lui aussi tous feux éteints l'avenue, attend pour rallumer d'approcher de la rocade.

Il est presque minuit. Il appelle Louise Andreu. « C'est fait. Je m'en suis occupé. Vous pouvez être tranquille.

– Venez. »

28

Louise regrette. Louise a peur. Louise ne sait pas si elle doit avoir peur et regretter. Elle a dit à ce flic de venir parce qu'elle voulait qu'il lui raconte ce qui s'était passé, bien sûr. Mais aussi parce qu'elle avait envie qu'il soit là. Louise a peur de ses impulsions. Mais il y avait le calme de cette voix. Je m'en suis occupé, vous pouvez être tranquille. Elle l'a cru aussitôt. Elle aimerait le croire encore. Elle était sur Internet quand son téléphone a sonné. Elle faisait le tour des maisons à vendre en Bretagne. Elle rêvait de vues sur la mer, de balades sur un chemin douanier, d'un crépuscule à la pointe de Pen Hir. Avec Sam. Elle se payait pour la première fois depuis longtemps le luxe des clichés.

Elle surveille le parking comme elle l'a fait si souvent les tripes nouées. Elle guette, elle épie dans le silence le moindre grondement de moteur. Inquiète ou impatiente. Elle ne sait pas. Elle ne comprend pas ce qu'elle fait là, fumant une cigarette, serrant son briquet dans sa main, le faisant rouler entre ses doigts.

Elle s'en veut d'attendre dans la fraîcheur qui la fait frissonner alors elle referme la porte-fenêtre et va s'asseoir dans la pénombre. Elle prend un coussin, le serre contre elle, le jette au loin. Arrête ça, imbécile. C'est juste un flic, n'oublie pas ça, un flic. Tu n'as rien à attendre lui. Comme les autres, il essaiera. Comme les autres, il se croit autorisé à essayer.

Les coups frappés à la porte la réveillent. Elle ne savait pas qu'elle dormait. Elle se lève, secoue la tête, ramasse se cheveux sur le haut de son crâne et les fixe avec une barrette qui traînait là.

Il n'entre pas tout de suite. L'éclairage du couloir lui fait une gueule d'outre-tombe, malgré le sourire qu'il essaie de lui adresser. Sous un pan de son veston, elle aperçoit l'arme dans son étui et il capte son coup d'œil et il rabat le veston pour faire disparaître le pistolet.

– C'est rien, il dit en forme d'excuse.

– Non, je sais.

– Je vais pas me mettre à tirer des coups de feu en l'air, ça réveillerait le petit. Sam, c'est ça ?

– Oui. Sam.

Elle le fait entrer. Il demeure debout au milieu du salon, les bras ballants. Asseyez-vous, restez pas comme ça. Elle allume une autre lampe.

Ils s'assoient aux mêmes places que la dernière fois.

– Je ne vais pas vous embêter longtemps. Il est tard. Mais bon, vous savez l'essentiel.

– Non, c'est bien que vous soyez là. Enfin je veux dire, que vous vous donniez la peine de venir me parler.

Elle se tait parce qu'elle est en train de s'embrouiller.

Il se laisse aller au fond du fauteuil. Elle lui propose quelque chose à boire. Oui, de l'eau. Trois litres d'eau. Je crève de soif.

Louise rapporte une bouteille d'eau minérale, deux grands verres. J'en ai d'autres, si vous voulez.

Il sourit. Il sourit vraiment en remplissant les verres puis il vide le sien à longs traits.

Silence. Louise attend. Il examine le fond de son verre puis dit :

– Comme je vous ai dit, c'est réglé. Lucas ne viendra plus vous massacrer.

– Qu'est-ce qui s'est passé ?

– Les deux types dont vous m'avez parlé… Ils ont fait ce qu'on leur avait demandé de faire.

– Comment vous le savez ?

– Je les ai vus. J'étais pas loin.

– Et…

– On croira à un règlement de comptes entre voyous qui a mal tourné. Les deux frangins vont brûler sa voiture, on ne retrouvera rien dessus, ni empreintes ni ADN, rien qui puisse les identifier.

Louise sent la pièce tourner autour d'elle.

– Et Lucas ?

– Quoi Lucas ?

– Ils l'ont… Il est…

– Il y a une demi-heure, il respirait encore. J'ai pas éprouvé le besoin d'appeler le SAMU. Je suis pas sûr qu'ils auraient pu faire grand-chose pour lui.

Louise se met à pleurer. Elle essaie de retenir larmes et sanglots mais tout déborde.

Jourdan ne dit rien. Il boit encore de l'eau. Un message bipe sur son téléphone, il le lit, il range l'objet dans sa poche, soupire.

Louise ravale ses larmes, retrouve son souffle.

– Je voulais pas ça…

– Moi non plus, mais c'est comme ça.

Louise essuie son nez qui coule du revers de la main, comme une gosse.

– Il vous aurait tuée. Pensez à ce qui serait advenu de votre fils, si c'était arrivé. Vous êtes vivante et à l'abri de ce malade, définitivement. Vous pourrez laisser tout ça derrière vous quand vous partirez.

– Ça ne vous a rien fait de voir ça ?

– Voir quoi ?

– Ce qu'ils lui ont fait… Lui…

– Ce que ça m'a fait, c'est que j'ai repensé à une femme qu'on a trouvée morte l'an dernier. Elle n'avait plus figure humaine On dit toujours ça dans ces cas-là. Mais le type s'était tellement acharné que…

Jourdan s'interrompt. Il boit encore de l'eau.

– Je préfère vous passer les détails, mais le rapport d'autopsie était une nomenclature sans fin de toutes les lésions et fractures possibles sur un corps humain. Quand on l'a arrêté chez ses parents, il a fondu en larmes, il s'est jeté à nos genoux en jurant qu'il ne recommencerait plus. Il n'a même pas demandé de nouvelles de son gamin enfermé dans sa chambre et qu'on avait retrouvé prostré, mutique, et qui a attaqué les collègues qui ont voulu l'emmener. Voilà ce que ça m'a fait de voir la gueule de Lucas Poujaud tout à l'heure.

– On dirait que vous êtes en colère.

– Parfois, oui. Et alors j'ai peur de faire des bêtises. Mais surtout je suis fatigué. Il y a des situations auxquelles je ne peux plus, ou ne sais plus m'adapter. Des gens avec qui je ne peux plus faire de compromis. J'ai dû faire trop longtemps le grand écart et ça m'a cassé en morceaux, je crois. Comme ces suppliciés qu'on écartelait au Moyen Âge et qu'on démembrait. Enfin… J'exagère sûrement. Je sais pas comment dire ça.

Louise l'observe en train de laisser errer son regard autour de la pièce, tournant son alliance à son doigt. Elle aimerait lui parler de ça. Elle voudrait qu'il parle encore mais il se lève, finit son verre d'eau, le repose.

– Qu'est-ce qui me prend de vous raconter tout ça… Vous avez eu votre dose de merdier, vous aussi.

Il la précède dans l'entrée, elle le dépasse pour lui ouvrir la porte. Il se dandine un peu, l'air gauche, balourd.

– Merci pour la flotte, il dit. Je sais pas où vous l'achetez, mais c'est de la bonne.

Il sourit bêtement puis détourne les yeux.

Louise tend la main vers lui.

– Vous pouvez me prendre dans vos bras ?

Ça se referme sur elle et c'est très doux, léger, et pourtant elle est bien contre cette chaleur. Elle sent ses mains dans son dos qui n'osent pas appuyer, son bassin contre le sien qui ne force pas. Ils restent de longues secondes ainsi, immobiles sur le seuil de cette porte ouverte.

Jourdan hasarde un baiser dans ses cheveux, sur son front, puis s'écarte.

– Je pourrai revenir ?

Ses yeux brillent. Une larme, presque. Louise pointe son doigt :

– Vous devez avoir une poussière dans l'œil. Mais bon, vous pourrez revenir. J'aimerais bien.

Il frotte ses paupières.

– La fatigue, il dit. La fatigue.

Il s'en va en lui adressant un petit salut de la main. Bonne nuit.

Louise referme la porte, cherche à entendre son pas dans le couloir mais il n'y a plus que du silence. Alors, elle va sur le balcon pour le regarder partir. Un peu cachée pour ne pas qu'il la voie.

29

Jourdan regarde le jour se lever et s'étonne de ce rituel astronomique immuable, de cette apparente lenteur que rien ne saurait troubler. Étonnement d'enfant. Il se rappelle qu'il aimait voir la lumière blanchir à travers les persiennes. L'hiver, il entendait son père partir à l'usine et s'inquiétait de ne rien distinguer et s'imaginait que la Terre s'était arrêtée de tourner sur elle-même et que la nuit serait permanente, êtres et choses pris peu à peu dans le froid et la glace des ténèbres. Alors il comptait jusqu'au moment où s'insinuait une lueur grise qui bleuissait peu à peu. Il pouvait atteindre des nombres considérables, une fois il était allé jusqu'à près de 2 000, pendant que sa mère lui criait de descendre pour déjeuner. Il se disait qu'un jour, il décréterait un nombre magique qui ferait surgir la lumière dès qu'il y arriverait. L'été, les premières clartés étaient plus vives et le jour lui semblait triompher plus vite. Il lui arrivait, dès cinq heures, de se lever pour aller regarder le ciel pâlir et les étoiles s'éteindre, installé dans une chaise longue comme on contemple un prodige. Il se rappelle. Il revoit tout. Il les revoit tous. Il aimait l'automne. Le vent et la pluie. La grisaille sans fin des journées hésitant de l'aube au crépuscule. Il lui a fallu du temps pour aimer le soleil, la chaleur. Sans doute grâce aux jambes des filles, à leurs épaules nues, aux soirs d'été, aux ombres chaudes.

Jourdan ne sait pas pourquoi ces souvenirs lui reviennent alors qu'il est assis devant son habituel jardin sous la pluie où pointe par endroits un printemps intimidé. Assis à cette table en face du mug de Barbara où le loup de Tex Avery se tape sur la tête à coups de marteau. Jourdan avait rapporté ça d'une mission à Londres quand la gamine avait huit ans et c'était resté son mug du petit déjeuner qu'elle emportait même en vacances. Rappelle-toi, Barbara. Le poème de Prévert résonne dans sa tête. Il pleut sur Bordeaux aujourd'hui. Jourdan sait qu'elle ne viendra pas déjeuner tant qu'il sera là alors il part. Il crie bonne journée, je t'embrasse ma puce puis claque la porte.

Quand il arrive, on lui apprend que le groupe de Boisseau est parti sur un homicide : les employés d'un magasin de meubles ont trouvé le corps d'un type visiblement passé à tabac. Aucune caméra dans le coin, rien. Un règlement de comptes, hasarde Corine. Tant qu'ils se massacrent entre eux, on s'en tape. Pas la peine de bosser trois mois sur ce genre d'affaire.

Jourdan s'enferme dans son bureau. Il doit rédiger une note de synthèse sur l'affaire du poignardeur pour Desclaux, lui-même pressé par le directeur régional. Elissalde et Greg lui ont mâché le travail. Il passe la matinée à tout reprendre, il est près de conclure quand il décide d'écouter les enregistrements des appels de témoins pour faire une pause. Il s'étonne une fois de plus de la diversité des timbres, des rythmes, des intonations, des accents. De tout ce que cache ou révèle une voix. Ce type qui parle bas, comme s'il avait peur qu'on l'entende, et qui explique qu'il a bien connu le mort quand il était veilleur de nuit près d'Agen. Cette femme en pleurs persuadée que c'est son fils, disparu depuis près de vingt ans. Cette autre qui se dit magicienne et qui affirme que le gros s'appelle Romain Brèthes, qu'elle a été dans sa classe au collège pendant trois ans. Débit lent, voix enrouée. Jourdan l'imagine une cigarette à la bouche environnée d'animaux empaillés. Elle donne des détails, un garçon très grand, un peu gras, pas malin malin, moqué souvent, violent parfois. Il avait un frère mais il n'en parlait jamais. Plus âgé que lui. Dont il avait peur.

Jourdan repasse l'enregistrement. Un frère. Il note l'adresse de la magicienne. Madame Carole Claverie. Il pourrait l'appeler, mais il veut voir ça.

Il annonce aux autres qu'il doit sortir, une vérification à faire. Bernie propose de l'accompagner, Jourdan refuse, dit qu'il en a pour deux heures tout au plus.

Il fonce sur la route détrempée. Villages déserts, panneaux annonçant châteaux et grands crus. Déluge. Quelques fossés débordent. Par endroits, les pieds de vigne baignent dans l'eau. Il tourne et se perd et tourne en rond dans les quelques rues d'un village transpercé par la grand-route puis trouve la maison : 150 chemin du Héron. C'est une maison carrée, à un étage, derrière une rangée de cupressus. Une voiture est garée sur le bas-côté de la route, une autre dans l'allée menant à la porte d'entrée. Un miroir est fixé au battant, surmonté de l'inscription VOYEZ VOTRE ÂME. Jourdan jette un coup d'œil à sa gueule des mauvais jours. Il commence à regretter de n'avoir pas simplement téléphoné. Il frappe au heurtoir et une voix lui crie aussitôt « J'arrive ! ».

C'est une petite blonde qui lui ouvre. Il s'imaginait être accueilli par une brune ténébreuse aux yeux noirs, charbonnés d'un maquillage outrancier, enveloppée dans un châle noir lui aussi, brodé de signes astrologiques ou de runes mystérieux, et c'est une blonde pimpante, replète, aux grands yeux bleus, en blue-jean et sweat *Montana University* qui se tient devant lui.

– C'est la police ?

Jourdan lui montre quand même sa carte.

– Madame Claverie ?

Elle confirme.

– Je vous attendais. Mais comme je ne voyais personne venir, j'ai cru qu'on ne m'avait pas crue. Je savais qu'il était mort, j'ai croisé sa mère l'autre jour en voiture et j'ai vu ça dans ses yeux.

Elle le fait entrer, le conduit dans une pièce sombre éclairée seulement d'une lampe rouge posée dans un coin.

– C'est ici que je travaille. Mais aujourd'hui on est vendredi, je ne reçois pas de clients.

– Vous avez du monde ?

– Si vous saviez... Hier, c'étaient des Belges. Ils avaient entendu parler de moi, figurez-vous. Ils ont été envoûtés par son patron à lui. J'ai tout de suite compris d'où ça venait et j'ai réussi à retourner l'envoûtement. Mais ça arrive de partout. La semaine dernière, un couple de Marseillais. Des jeunes. Ils n'arrivaient pas à avoir d'enfant. J'ai deviné que c'est lui qui n'en veut pas, alors j'ai fait ce qu'il fallait pour que cette pauvre petite ne soit pas malheureuse. Je peux vous le dire à vous qui êtes de la police. Y a levée du secret professionnel.

Elle parle vite, avec de grands gestes. Dans la pénombre, ses yeux clairs paraissent immenses.

– Je suis venu vous parler de Romain Brèthes. Vous voyez, on a prêté attention à votre coup de fil. Vous me dites que vous avez vu sa mère ?

– Oui, l'autre jour, sur le parking de l'Intermarché.

– Elle habite dans le coin ?

– Oui, à Lamarque, c'est facile à trouver, c'est un peu après l'embarcadère du bac.

– Elle s'appelle Brèthes, elle aussi ?

– Elle, non. Elle c'est Ménard qu'elle s'appelle. Pierrette Ménard. Le père de Romain, enfin, son père... Son géniteur, plutôt, il l'a reconnu à la mairie et quinze jours après il mettait les voiles. On l'a jamais revu. Entre nous, moi je crois qu'il est mort.

– Lui aussi ?

– Oui. Quand je l'ai vue sur ce parking l'autre jour j'ai vu ça aussi. Cette femme, moi je l'approche pas. Elle traîne des morts derrière elle. Je peux rien contre son pouvoir. Heureusement, elle ne sait pas qu'elle l'a, donc elle ne s'en sert pas. C'est juste de la méchanceté ordinaire, vous voyez ? Juste une mauvaise femme.

Jourdan la regarde mieux. Elle est assise derrière sa table de travail, encombrée de cartes, de loupes, de carnets, d'un petit buste de Victor Hugo, d'un globe terrestre. Une bougie rouge brûle, qu'elle a allumée aussitôt assise. Jourdan est en face d'elle, sur une chaise étroite, inconfortable, et il observe ébahi cette femme en train d'asséner ses certitudes d'outre-mondes, et il n'ose pas l'interrompre et se lever et quitter cette maison pour se précipiter chez la mère de Romain Brèthes parce qu'il ne sait pas si ce qu'il entend l'amuse ou l'inquiète. Et il y a ses yeux, gris ou bleus, qui absorbent la lumière et la restituent plus douce encore.

– Vous parliez de son frère dans votre coup de téléphone. Où est-il ?

– Aucune idée. Je ne l'ai pas vu souvent. Il était bizarre. Un peu comme sa mère, on m'a dit. Il paraît que très jeune il s'est engagé dans l'armée pendant trois ou quatre ans. Mais bon... Je me rappelle même plus comment il s'appelle.

Jourdan décide de se lever et il s'arrache à sa chaise, le dos courbatu, et la femme le suit des yeux, l'air grave soudain, peut-être inquiète.

– Il faut que j'y aille, dit Jourdan. Je vous ai assez dérangée.

Elle se lève elle aussi sans rien dire et le suit jusque dans le couloir d'entrée. Elle semble perdue dans ses pensées. Jourdan est sur le point de lui demander ce qui lui arrive puis renonce. Tout de même, il dit :

– Pourquoi Victor Hugo ?

La femme semble sortir d'un songe, secoue ses cheveux blonds comme pour se désengourdir l'esprit.

– Victor Hugo ? Mais c'est parce qu'il parlait avec les morts, vous ne saviez pas ? sa fille Léopoldine.

Jourdan se rappelle qu'on a dû lui parler de ça au lycée.

– Je fais comme lui, parfois. Il y a deux nuits, ma fille Mylène est venue taper à la porte de ma chambre. C'était bien. Je lui ai dit qu'elle pouvait venir quand elle voulait. Des fois, elle vient s'asseoir au bord de mon lit mais elle ne dit rien. Elle me regarde seulement.

La femme sourit avec douceur, les mains tranquillement glissées dans les poches arrière de son jean.

Jourdan recule sous la pluie battante. La femme lui tend la main pour le saluer, il la serre en hâte et court vers sa voiture. Il referme la portière avec un soulagement qui ne tient pas qu'à l'averse tambourinant sur la tôle. Cette dingue aurait fini par lui faire peur. On dit de certains malades mentaux qu'ils ne sont pas tout seuls dans leur tête mais cette femme semblait vraiment accompagnée. Comme si sa folie pouvait par moments se matérialiser sous la forme d'apparitions ou de présences impalpables mais évidentes.

Jourdan appelle le bureau, il tombe sur Bernie. Il demande une recherche sur une certaine Pierrette Ménard, à Lamarque. Oui, dans le Médoc. Je veux l'adresse exacte et la localisation. Pas envie de tourner en rond pendant deux heures dans le bled. Oui... je crois que j'ai quelque chose. Ça m'a l'air sérieux.

Il coupe. La pluie tarabuste la voiture, le vent jette des seaux d'eau sur le pare-brise. Jourdan fait courir son doigt sur l'écran. Louise Andreu. Il entend le numéro se composer. Trois, quatre sonneries.

– Oui ?

En fond sonore, une télé qui gueule.

– C'est Jourdan. Vous allez bien ?

– Attendez.

La télé ne s'entend plus.

– Oui, je vais bien. Hier soir j'ai aimé ça. Je ne pensais pas que c'était encore possible.

– J'ai une proposition malhonnête à vous faire.

– Dites toujours.

– Voilà. Je suis sur le point de boucler une affaire. J'en ai jusqu'à ce soir, le temps que tout soit bien carré. Mais demain en fin de matinée, je laisse les autres terminer et je passe vous chercher, vous et Sam, et on s'en va jusqu'à lundi.

Silence. Il colle le téléphone à son oreille, gêné par le tapage des bourrasques. Il lui semble entendre Louise respirer.

– Vous êtes toujours là ? Vous me raccrochez pas au nez ?

– Non, non... Enfin, je veux dire oui, bien sûr. Venez. On sera prêts.

– Alors à demain. Avant midi. Je... je vous embrasse.

Il entend un petit rire.

– Je vous attends déjà.

Bernie a été rapide. Jourdan a l'adresse de cette bonne madame Pierrette Ménard ainsi que sa localisation. Il répond :

Je vous tiens au courant

Il suit les indications du GPS et dix minutes plus tard il roule sur un chemin aux ornières comblées d'éclats de briques et de tuiles. Il essaie de garer la voiture au sec pour éviter d'avoir à s'embourber ou à piétiner dans les immenses flaques. On croirait que ce coin est en train d'être absorbé par l'eau et la boue. Descendant de voiture, il s'aperçoit que l'estuaire coule à une centaine de mètres, derrière de grands arbres nus qui se débattent dans le vent.

La maison est basse, presque tassée au ras du sol, elle aussi en train de s'enfoncer, peut-être, dans le limon primitif déposé par les crues depuis des siècles. Une fenêtre est éclairée. Lueur bleue. La télé. Il frappe à la porte et aussitôt une femme grande, droite, aux cheveux noirs, courts, le toise d'un air méfiant. Il repense à ce que lui a dit Carole Claverie, la magicienne blonde, et essaie de discerner dans ce regard glacial la marque du mal. Foutaises. Il est en face de madame Tapedur, mégère vaguement apprivoisée, recluse à l'écart de la grand-route.

– Police. Commandant Jourdan.

– Bien sûr, entrez.

Elle le précède dans la cuisine, coupe le son de la télévision. Elle porte dans l'évier deux tasses qui se trouvaient sur la table. Jourdan tend l'oreille pour déceler une autre présence.

– Qu'est-ce que je peux faire pour vous, monsieur ?

– Vous connaissez Romain Brèthes ?

– Bien sûr, c'est mon fils. Qu'est-ce qu'il a fait ?

– Pourquoi vous me demandez ça ?

– Je suppose que vous êtes pas venu pour me faire passer une carte postale de sa part, non ? La police qui se déplace depuis Bordeaux dans ce trou perdu, c'est pas pour de bonnes nouvelles.

– Il est mort. Il s'est suicidé. On a eu beaucoup de mal à l'identifier.

La femme ne réagit pas. Elle garde les yeux fixés sur l'écran de télé. Sa poitrine se soulève sous le coup de l'émotion ou de la colère. Jourdan parie pour la colère.

– C'est tout ce que ça vous fait ?

– Ça devait arriver. Il m'en a fait voir tellement que quand il est parti, il y a des années, j'ai souhaité ne plus jamais entendre parler de lui. Il aurait pu déjà être mort depuis dix ans que ça serait la même chose.

– Et son frère ?

Elle se tourne brusquement vers lui.

– Quoi son frère ?

– C'est lui que nous recherchons.

Quelque chose a bougé derrière lui. Un souffle d'air frais lui court sur la nuque. Puis cette porte qui claque.

Jourdan arrache presque la porte qui raclait le sol en s'ouvrant. Il prend son arme et fait le tour de la maison, pataugeant dans la boue, heurtant les touffes d'herbe où il se tord les pieds. Il aperçoit à travers le rideau brouillé par la pluie qui lui coule dans les yeux le type là-bas, à trente mètres, un fusil à la main, qui court et s'entrave et patouille dans la gadoue. L'homme épaule le fusil et tire, Jourdan se jette par terre, le souffle coupé par le froid de l'eau qui trempe ses cuisses, ses bras, et riposte, couché, en appui sur une motte de terre glacée. Un coup, deux coups. L'homme se remet à courir et Jourdan se relève, suffocant, il lui semble que l'autre boite, Jourdan lui gueule police, rends-toi, mais l'homme s'arrête encore une fois et commence à épauler alors Jourdan se campe du mieux qu'il peut, la gueule pleine de terre, les yeux pleins d'eau et de larmes, les bras et les mains bien calés comme à l'entraînement, et il tire trois balles et il voit l'homme reculer, cassé en deux comme s'il avait pris un coup de poing puis tourner sur lui-même et lâcher son fusil avant de tomber lentement à genoux puis de s'affaler sur le ventre.

Jourdan s'approche de l'homme à terre, son arme toujours devant lui, et il ne comprend pas la douleur terrible qui lui casse le dos et soudain il ne sent plus ses jambes et il tombe, le bas de son corps semble ne plus exister et quand il voit la femme dressée au-dessus de lui la hache à la main il se dit qu'elle l'a coupé en deux et il hurle de terreur, il peut encore lever les bras, il protège sa tête en hurlant encore, non, il dit, mais le deuxième coup s'enfonce dans sa poitrine et sa bouche s'emplit de sang et il se noie en secouant la tête et la dernière chose que voit Jourdan c'est la cime d'un arbre courbée sous le vent, c'est la bâche du ciel plombé tendue au-dessus de lui, noire maintenant.

30

Louise s'est levée tôt, comme d'habitude, comme au matin d'une journée de travail. Le samedi, elle s'octroie une heure de sommeil supplémentaire et c'est parfois Sam qui vient la réveiller. Louise s'est levée tôt pour profiter plus longtemps de la journée. Pour y penser. Pour savourer. Elle ne comprend pas ce qui se passe. Elle ne sait pas pourquoi elle s'est mise à y croire. Elle a essayé de lutter contre cette pente douce où la poussait peut-être son immense fatigue, où l'entraînait à son corps défendant, chargé sur ses épaules, écrasant, le poids de toutes ces années. Des pentes, elle en a dévalé quelques-unes, grisée souvent par la vitesse ; elle s'est laissée tomber dans des chutes qu'elle croyait libres comme Alice dans ce puits, pour s'écraser au fond d'un trou sordide, dans le noir.

Mais aujourd'hui, en ce samedi, Louise s'est levée tôt avec au cœur une impatience. Comme on se lève plus tôt le jour de Noël pour aller sous le sapin. Elle s'en veut de cette envie enfantine. Tu as trente ans, calme-toi. Le Père Noël n'existe pas.

Elle a regardé Sam dormir dans le désordre de son lit défait. Elle a rabattu le drap sur ses épaules. Elle a eu envie de le prendre dans ses bras pour qu'ils entrent ensemble dans la cuisine où le jour bleuissait, mais elle a préféré le laisser récupérer. Cette nuit, il a encore fait un cauchemar. Toutes les nuits depuis une semaine, depuis le soir où…

Il faut qu'elle l'éloigne de ses cauchemars. Il faut partir, c'est l'heure. Émigrer, comme tous ces gens qui ne peuvent plus vivre où ils sont nés. Qui n'en peuvent plus de vivre, parfois.

Elle était en train de préparer un grand sac quand il s'est levé. Comme il mettait sans rien dire son nez dans ce qu'elle enfournait, elle lui a dit qu'ils partaient en week-end. Il est allé chercher son ours bleu et il l'a entassé dans le sac. Elle lui a dit qu'un copain viendrait les chercher avant midi. Tu verras. Il est vraiment gentil et très fort.

Louise est assise sur le canapé et attend. Le téléphone est posé devant elle. Sam est accroupi sur le tapis et fait combattre ses guerriers avec des petits bruits de bouche et de grands gestes quand ils bondissent hors d'atteinte de l'adversaire.

Louise attend. La télé muette diffuse ses couleurs animées. Elle regarde l'heure. Presque 15 heures. Elle n'y tient plus. Elle appelle.

Une voix répond, qu'elle ne reconnaît pas. Jourdan ? Non, c'est pas Jourdan. Je suis le capitaine Elissalde, de la police judiciaire. Qui veut lui parler ? Louise, c'est ça ?

Louise raccroche. Sam a cessé de jouer et la dévisage et vient se blottir contre elle.

Je ne pleurerai pas.

pcacmb
édition pré-presse
livres numériques

44400 Rezé

Achevé d'imprimer en janvier 2021
sur les presses de Normandie Roto Impression s.a.s.
61250 Lonrai (Orne)
pour le compte des Éditions Payot & Rivages
60/62, avenue de Saxe - 75015 Paris
N° d'imprimeur : 2100336
Dépôt légal : janvier 2021

Imprimé en France

IMPRIM'VERT